人间 THE LIVINGS

中国故事

味蕾深处是故乡

沈燕妮 主编

江苏凤凰文艺出版社
JIANGSU PHOENIX LITERATURE AND ART PUBLISHING, LTD

图书在版编目（CIP）数据

味蕾深处是故乡 / 沈燕妮主编 . -- 南京：江苏凤凰文艺出版社，2020.1（2022.8 重印）

ISBN 978-7-5594-3475-3

Ⅰ．①味… Ⅱ．①沈… Ⅲ．①纪实文学 – 中国 – 当代 Ⅳ．① I25

中国版本图书馆 CIP 数据核字 (2019) 第 053994 号

味蕾深处是故乡

沈燕妮 主编

出 版 人 张在健
责任编辑 李 黎
装帧设计 私书坊_刘 俊
绘 图 @golo_ 高佬
责任印制 刘 巍
出版发行 江苏凤凰文艺出版社
南京市中央路 165 号，邮编：210009
网 址 http://www.jswenyi.com
印 刷 苏州越洋印刷有限公司
开 本 880 毫米 × 1230 毫米 1/32
印 张 9.75
字 数 240 千字
版 次 2020 年 1 月第 1 版
印 次 2022 年 8 月第 4 次印刷
书 号 ISBN 978-7-5594-3475-3
定 价 52.00 元

目录

味蕾深处是故乡

“味蕾深处是故乡。”人与食物相关的记忆，总逃不出、也离不了滚滚红尘中的爱恨别离。

人生百味，皆需品尝。

抹布做的荞面疙瘩 |@阮兆明 湖北红安

我出生在湖北红安，比共和国年长五岁。儿时的美食至今还记忆犹新。

早年，父亲经常在外谋生。母亲种几亩农田，独自拉扯我们兄弟姐妹六人，生活不易，可怜我的三位哥哥、姐姐都不幸夭折。

所谓美食，就是妈妈从地里劳作归来，顺路到菜园摘的几把豇豆叶子，或是芝麻叶子。她用筷子在油瓶里蘸一下，到锅里划一圈，算是放油了。用草把子烧灶，炒出来的菜，竟然奇香无比。

妈妈收工晚，做饭、吃饭都舍不得点灯。那天吃荞面疙瘩，姐姐吃了一坨，嚼了好久，嚼不动，不敢丢，也不敢跟妈妈说，怕挨打，于是就把那坨吃不动的疙瘩夹到我碗里。我吃力费劲一番，也没法下咽，只好给了妈妈。妈妈也费了好一番功夫，也舍不得丢。后来，我们才发现那是一坨抹布。

到了二十一世纪，我回乡祭祖，在堂姐家落脚，堂姐为我们做了一道鸡汤。

捉来放养的鸡子，收拾干净，装进像药罐一样的砂锅。加水，放盐，放姜，再盖上淋湿了的马粪纸，将砂锅塞进灶角里。

一边煮饭，炒菜，一边用余热煨汤。等饭菜齐备，鸡汤也好了，贵客一人一碗。我可以毫不夸张地说，那鸡肉、那汤真是十里飘香，回味终生！

还有个细节，别的都可以吃，但两条鸡腿留下。这是习俗，也是礼性。

如今，我已是七十二岁的老翁了。一道道家乡美食，还是难忘。

一只鸡腿 |@骑风游大地　甘肃临夏

那时，我在离家十几公里外的县城读初中。

一次母亲来赶集，顺便接我放学，我们找到一辆农用三轮车准备回家，乘车之际，母亲突然从挎包里取出一只用纸包裹着的鸡腿，对我说："去车后边赶紧吃了，别让人看见，不好。"

原来，我家中午来了客，母亲偷偷留下了一只鸡腿。

我欢喜地跑到车后，用嘴狠撕，没几下就把鸡腿啃了个精光。吃完上车，母亲就一直看着我微笑。

其实，我已经放学了，那只鸡腿本可以留着等我回家再吃的，而母亲却一路把它揣到了县城里，有些急不可耐地把它交给我。

想来，这是我生命历程中吃过的最有爱的一只鸡腿。

丫丫的面 |@叙西畔　四川成都

"小姨疯了。"那个黄昏，妈妈走进家门，对我和父亲说。我从作业堆里抬起头，不敢相信自己的耳朵。"丫丫掉进水库，找到的时候都泡肿了。我妹她受不了这刺激就……"

我一瞬间，紧张地咬破了嘴唇。丫丫是我的小表妹。

等我们一家赶到小姨家时，才发现情况比我们想象中严重得多。

小姨披头散发，光着脚在房间里到处乱跑，嘴里念叨着："丫丫出来，再给妈妈煮碗面。"

在旁边一直掉眼泪的外婆说，丫丫出去玩之前，给小姨做了一碗面，没想到却再也没回来。小姨是被丫丫的那碗面给"迷怔"了，只要再吃一次，魂就会回来，人才会好。

可丫丫就是一个7岁的小姑娘，谁知道她做的面是什么味道啊？

两位姨妈心疼妹妹，各自做了一碗，小姨吃了一口就说不是丫丫做的，连汤带碗扫到桌子下面。大伯父不信邪，钻到厨房去煮了一碗，小姨吃了一口，"嚓"的一声，又有一个碗牺牲了。

大人们商量着把小姨送进城里的精神病医院接受治疗，外婆拦着死活不让，她说小姨只是一时迷了心窍，不是病。

大人们吵得不可开交，我溜进厨房，过了好一会儿，端出一碗面。

小姨一下子蹿到我面前，从手里抢了面，筷子都没用，直接用手抓着往嘴里塞。那口面，小姨嚼了大概有10秒，大家屏息凝神地看着小姨，觉得有10年那么长。

就在我们以为她会摔了碗继续疯魔的时候，她伸出手，又抓了第二口，一边吃，一边流眼泪，"丫丫的面，丫丫的面……"

吃到最后，小姨坐在地上嚎啕大哭起来。

一个月后，丫丫的后事处理得差不多了。小姨这才问我为什么会做"丫丫的面"。

我便一五一十地交代。我们小孩子之间，常玩一种叫"姑姑宴"的游戏。丫丫喜欢演妈妈，我就演孩子，妈妈会给孩子做饭吃——树叶是碗，树枝当筷子，红砖粉是辣椒面，灰砖粉是盐巴，菜青虫是大肥猪，杂草是各种菜……

虽然是玩乐，但丫丫每次都特别认真，她一边做一边念步骤：下多少面，煮几分钟，顺时针要转几圈，逆时针要几圈，先放盐还是先放醋，放一勺还是放两勺……丫丫总是絮絮叨叨说个不停。

次数多了，我也记住了她煮面的步骤。

后来，我再也没有煮过这样的面。我只记得当时，小姨把汤喝得一滴都不剩，那一定是丫丫的味道。

大年三十，一碗韭菜鸡蛋盖浇饭 |@啾啾　江西南昌

我大伯家以前开小饭馆，早上卖凉拌粉、瓦罐汤，中午和晚上卖小炒。

小破门面，进进出出四五步到头，当然不指望靠它发财了。有客人来，就抡勺子炒两个菜，没客人时，就坐着嗑瓜子聊天，把饭馆当自家饭厅。

大伯早年是出了名的败家子，跳舞跳来个花容月貌的老婆，又跟别人跑了。生个儿子遗传了妈妈的脸蛋，不务正业倒是像了爹。总之，一样糟糕。

大伯没开饭馆之前，他日常的“工作”里有一项，就是找我爸要钱。他神出鬼没于我爸的单位外，看见弟弟就远远地晃过来。多年下来，他们兄弟二人已经很有默契，常常不发一语就能完成掏钱、接钱、扬长而去的全过程。

妈妈对爸爸的懦弱十分不满，所以，当我家附近那家小饭馆转让时，我妈迅速地盘下了那家店，当礼物一样敲锣打鼓地送给了我大伯。想不到，大伯后来真的能做一手好菜了，他的“从良”，看似不可思议，或许也只是需要一个契机而已。

饭店一开就是七八年。爆炒腰花、鱼香肉丝、宫保鸡丁，一路跌跌撞撞，在小小的铺头里生了根。

每年过年，我们要到大伯的店里去吃年饭。虽然妈妈毫不掩饰对这家人的不屑，但过年的时候也会给我穿身新衣裳，叫我早早地到大伯店里去和哥哥玩。

白天放炮仗，下午吃瓜子、糖果、点心。到了晚上，大人们把做生意的方桌收起来，摆上大圆桌，一桌子的菜密密麻麻排上来，炸丸子、蹄髈、红烧鱼……

小孩子们坐在桌边欢呼雀跃，大人之间的关系奇诡又尴尬。

爷爷过世后不久，因为钱的事情，爸爸和大伯在这小饭馆门前大打出手，后来彻底反目。只是因为奶奶尚在，年饭还得一起吃。别家的年夜饭是团圆，在我们家却是冷淡的例行公事。

那一年，一家人正不冷不热地吃年夜饭，忽然，一个满身寒气的男人挟着风雪撞进门来，声音洪亮地说："老板，一个韭菜鸡蛋盖浇饭。"

我大为吃惊，年三十了，谁还跑到小饭馆吃盖浇饭啊？但大伯见怪不怪，很快炒好一份端给他。新鲜的韭菜冒着绿油油的热气，满满的鸡蛋颤巍巍地泛着金黄，一瓶二锅头"啪"地打开——这就是那个男人的年了。

七八岁的我盯着那个男人不声不响地吃完，起身告辞。他对我家的年夜饭视而不见，对贺年声音也置若罔闻。

多年以后，想起那个异乡的男人低着头大口扒饭的情景，我仍心生酸楚。尽管在同一个屋檐下，我们家这一团和气的幸福景象背后，只是勉力维持的假象罢了。

如今我也离开家，独自在外边漂泊，今年过年没有亲人陪在身边。可我却一直没有那个男人的勇气，在万家团圆的夜晚孤独地闯进一帘温暖，去目睹他人的幸福。

哪怕那幸福很可能也不是真的。

总是饺子 |@王二美　黑龙江

从小到大，吃饺子是家里最隆重的仪式。

我爸把吃饺子这个仪式发挥到淋漓尽致——不见饺子不算过节，不见饺子不算迎贵客，不见饺子就不算过生日和过各种纪念日……他可以在短期内做遍各种馅料后再自创，煮出一堆令人匪夷所思的饺子。

曾听过这么一个说法，"爱你的人，总关心你吃什么。"我深以为然，因为我爸就是这样。

每次来机场接我，见面他第一句话总是，“你要吃什么啊？做给你吃。”

我总是摆出一副好养活的样子说：“什么都好。”心里却想，“反正不管我要吃什么，你都要包饺子。”

偶然点了几次菜，不管我说吃什么，我爸都会补一句，“再包点饺子。”

然后我们爷俩就在一片祥和的气氛里讨论吃什么馅儿，延展到各种乱七八糟的话题，有时话不投机，各自生气，暂停一会儿，找话题从头来过。

从齐齐哈尔到我家所在的小城，有 143 公里，我爸会给家人打电话，嘱咐煮饺子，及家，热腾腾的饺子正好出了锅。

有次在家休假，我妈微信跟我说：“你明天晚上别再跟别人吃饭。”

“为啥?”

“你爸跟我说了好几遍，有一个地方羊肉串好吃，一定要带你去。”

“行，这几天都在家里吃。”

我知道我爸是特别不爱出去吃饭的人。他实在是抓不到我的人影了，就想拿羊肉串来引我见一面。

在我爸眼里，我还是一个贪吃不能自已的小孩子。

来德国之前，我假公济私，跟爸唱过一次 KTV ，借着酒精发酵，我唱赵薇那个卖萌的《拨浪鼓》。就着歌词，边唱边哭，直至涕泗横流。一闪一闪很多画面晃不出来，又散不尽，离愁却是充沛而又扎实。

小时候，每年我爸都会在我们并不同意的眼神里笨拙地给我们梳小辫子，牵着爬犁，走冰雪路，带上我们姊妹三人去买年货，买红彤彤的绸子，给我们三个买一样丑的新衣服。跟我们打扑克，赢了钱就在我们的嚎叫声中弃牌跑路……

太多情绪消化不了，我哭得不能自已，不管不顾地蹭在我爸怀里抹鼻涕。

那是我有记忆以来第一次跟我爸那么亲近。

离家前的最后一顿饭，也有饺子。每次我出远门，我爸都不像我妈那么勇敢，可以送到机场不能送为止。他更愿意接我，在第一时间看到我。

临分别，我走到了楼梯口，又跑回去，我爸还站在走廊上亦步亦趋，我上前抱住他说，“爸爸，我爱你。”

焖洋芋 |@孟凡超　甘肃定西

我出生在西北部的一座小县城。

县城中心有一块类似于方尖碑的建筑物，上面刻着几个大字“中国马铃薯之乡”。这句话不假，家乡漫山遍野，除了黄土地就是地下的马铃薯。后来不知为何，在我记忆开始日渐清晰的时候，那建筑物就被拆掉了。

我们的方言称马铃薯为“洋芋”。每到收获的时节，小孩们便去无人看管的地里偷挖几个，再寻个山坡，刨一个洞，垒砌土块，架上干草，开始“焖洋芋”。

焖洋芋讲究手艺，焖得好，外焦里嫩，焖得不好，就是一团黑球。

刨开土堆，三五个伙伴你争我抢，好像在争夺天下至宝，刚挖出来的洋芋太烫了，就在几个人的手上颠来倒去。垫着衣服，直到不再烫手，就掰开洋芋，香喷喷地吃起来。

有时觉得单吃没味，便去山头找几个野果，再找个树杈一躺。

一手拿着清凉的野果子，一手拿着热乎乎的洋芋，阳光透过树叶的缝隙洒下来，一边一口，美妙极了。

大集里的柿饼子 |@木风　山东青岛

小时候家里条件一般，但过年父母总会做一些好吃的，母亲把萝卜和猪肉搅在一起，炸萝卜丸子，父亲上集上买一副排骨（肉很少，便宜）放在大锅里煮，但我印象最深的食物却是柿饼子。

我老家镇上每五天有一场大集，通常在腊月二十五这一天，母亲会领着我去赶集。买完了肉和菜，母亲拉着我去副食品市场，走到一家门口，柿饼就进入了我的视线。

红彤彤的柿饼子外包裹着一层类似于面粉的白粉，我看着它发呆，咽唾沫，寻思这东西应该很甜很好吃，但又想到应该挺贵，便不作声。

母亲显然察觉到了，她指着柿饼低头问我："想不想吃？"我沉默不语，可是咽唾沫的细节又出卖了我，母亲爽快地对老板娘说："这个柿饼怎么卖？"

从老板娘手中接过沉甸甸的柿饼子，我小心翼翼地一路捧着。回到家，我仔细地端详它，看了一会儿，才轻轻咬了一口，甜蜜溢满了口腔。

"太好吃了！"我一边感慨，一边舔着手指上沾的白粉。

以后的每一年，母亲都不忘给我买一包柿饼，好像没有柿饼，我的年就不完整似的。

多年过去，我上了大学，那次回家陪着母亲去买年货，母亲望了一眼副食品市场，抬头说："要不买两斤柿饼子给你吃？"恍惚间，母亲的声音仿佛是从十几年前那个大集上传过来。

如今，我在部队战备值班，不能回家，不知道远方的母亲，今年有没有买两斤柿饼。

我家今年壮了糕 |@离疏　上海青县

"壮糕"又唤"重阳糕"。

"壮"是乡音里的独特称法，唯有做这糕才被称为"壮"糕。

壮糕那天早上，爷爷会背着一袋子粳米和一袋子糯米去镇上碾成粉。到了镇上，爷爷先把米搁在碾米坊，然后领着我去点心店，叫上一份大馄饨让我安分下来，自己再去杂货店买红糖或是白糖、红枣或是什锦丝。

爷爷拎着一个布袋子回来，结了账，就带着我去取碾好的粉。把两个粉袋子的口扎在一块扛在肩上，带我回家。

“壮”糕是一定要烧硬柴，硬柴就是木柴，只有木柴烧的火够旺、时间足够长，才能把糕给蒸熟了。

当整个厨房里都蒸汽腾腾时，第一块糕就要出锅了。大人们会从锅里把像是木桶般的特制蒸屉拿出来，再倒扣到早已摆好的湿毛巾上，香气四散开来，看着那块圆盘盘、热气不断往上冒的糕，我实在是忍不住要尝一块的念头。

可我不敢动手，这第一块糕是要献给灶君的。把糕往菜盘子里一装，放到灶台当中的架子上，旁边再点上一炷香，就算把灶君给孝敬上了。之后，才开始“壮”第二块糕。

第二块糕是全家的晚饭，趁热的时候，用沾水的菜刀切成一条条的，用筷子卷起，往嘴里一送，又软又糯又香甜。

整个春节期间，壮糕也不过十七八块，三块送给大伯家，三块给舅老爷的，再带几块去看看姑奶奶……总之，这糕在大人眼里最大的作用就是在走亲戚时拿来送礼，在乡俗里，这一点都不掉份子。

到头来，自家“壮”的糕能剩下给自己吃的，不过三四块而已。不过，如果送礼的人家也“壮”了糕，那么他们的回礼也会是自家的糕。如果没有“壮”糕的人家，只能另买礼物还礼了。故而，过完年，家里都会有十来块糕的存货。

不用担心糕太多，这些糕就算放到四月份也不会坏，平日里烧饭时往米饭上放上那么三四条切好的糕，整锅米饭都会变香；煮粥时和粥一起煮上几块，就不用再加什么下粥菜了；奢侈点，就把糕切成一条一条的，往油锅里一炸，外焦里嫩香气四溢，是最佳的点心。

而今，村子里的老居民已经不多了。虽然网上也有这糕卖，却总也是提不起买的兴头来。兴许，我也已经到了不爱吃糕的年龄了。

我也要吃外婆的炸鱼 |@陈卓　湖北随州

离除夕还有两个礼拜，在离家乡千里之外的南方，我和女儿抵额相眠。

我春节要加班，不能回家。在夜深人静的时刻，女儿突然发声："妈妈，我想外婆了。"

和女儿闲话家常，我湿了眼眶。

小时候很少吃肉，在老家，鱼是家家户户改善伙食的首选。我家也不例外，不管是红烧还是清蒸，我都吃得津津有味。

后来，到省城读大学，每每回家，总是被妈妈念叨："又瘦了……"返校时，妈妈想方设法往行李箱里塞好吃的，她开始尝试着炸鱼。

新鲜的草鱼切成小块，用大半桶油炸得热乎乎，香喷喷。橘子罐头瓶洗干沥净，小心翼翼地把金黄的鱼块夹进罐子，密封好，套上一层塑料袋，用橡皮筋扎紧，再套一层塑料袋系紧，就可以放心地放进背包里了。

往往等不及鱼出锅，我就已经守在锅边，等着尝第一块。不等装进罐子，鱼已被我吃掉了大半。罐头随着我回到学校，鱼分享给室友，哪怕一顿饭只吃一块，也很快就见了底。望着空罐子，心心念念下一次归家。

毕业之后，故乡渐渐回不去了。

恋爱，相亲，结婚，生子，我流浪在大都市。出入寸土寸金的写字楼，追赶潮流时尚，品尝高档餐厅的招牌菜，都曾让我以为幸福那么近，似乎踮脚可以摸到。

但到头来，摸到的只有天花板，工作的瓶颈，租房的压力，房价的上涨，女儿的未来，公婆的健康，一大家子的琐碎扼住了我们的咽喉。深思熟虑之后，举家搬迁来到南方群山环绕的陌生城市，开始一家三口的小日子。

空闲多了，吃饭却成了我们的家头等难题。老公不善厨艺，我也只有周末才能尝试做两三道家常菜，还要一边搜菜谱，一边放调料。刚开始新鲜，女儿也吃得很香，可是烧的菜三人吃不完，又不爱吃回炉菜。加上要逛菜市场，饭后洗碗收拾又得一番折腾，很快，周边的快餐和外卖就成了我们家一日三餐的选择。

生活就是要用一餐餐的烟火，一顿顿的食物来填满，热热闹闹的，家才像个家。我做母亲，是愧疚的。

和女儿聊起妈妈做的鱼，没想到女儿听了我的描述，转而大哭起来，嚷着："我也要吃外婆的炸鱼，我现在就要吃。"

小年夜那天，妈妈打来电话："你女儿吃了好几块炸鱼，和你小时候一样馋。"

吃了鸡翅膀，远走高飞｜@银墟　广东广州

小时候吃鸡，妈妈总是夹鸡翅膀给我，说可以"远走高飞"。那时小，总觉得这是句好话。

记忆里，爸妈总是在吵架、摔东西，我跟妹妹也常挨打。爸爸还去学校里闹过，为此，我见到老师和同学，总觉得自卑。记得有个很年轻的女老师跟我说："你好好读书，以后考上大学，走得远远的！"

或许是潜意识的影响，考大学，找工作，甚至嫁人的时候，我都跨越了大半个中国。

婆家在广东，常吃"白切鸡"。用开水把整鸡烫熟，略斩，再蘸着姜蒜豉油吃。讲究的是皮滑肉鲜、原汁原味。爸爸第一次到遥远的南方来看我时，未来的婆家就上了这道菜。

婆家买鸡，选的是最贵的"走地鸡"，贵在一个"韧"上。可我父母都是地道的北方人，吃鸡讲究"入味、软烂"，当天，整桌席都没怎么动筷子。

我爸有糖尿病，不能空腹，婆家又准备了饺子皮，妈妈来包饺子，一顿饭折腾得鸡飞狗跳，虽然表面维持着和气，但大家心里都隐隐地有些不快。

回去后，爸爸问我："你吃得惯吗？"我说："开始也不行，现在逐渐察觉出其中之妙了。"再后来，妈妈说爸爸开始埋怨她："当初她高中早恋，你非不同意。

要不现在闺女也落手里了吧!”

我先生是地道的广东仔,不光长了“广东相”,还有一个“广东胃”。

我开始慢慢学着把自己习惯的炖鸡、烧鸡改成白切鸡、豉油鸡,还煲鸡汤、煮鸡粥。每做一个新菜,我总是问他:“好吃吗?”他点点头。我得意忘形,“比你妈妈做的呢?”他答:“差远了。”

生了女儿后,南北饮食差异就更明显了。比如辅食,外婆要煮面糊,奶奶就要煮米糊。因为父母和先生有些不和,再加上一些其他原因,我回了北方。临近年底,又体味了一次北方的寒冷,还有北方的饮食。

我开始挑剔这挑剔那,觉得北方的饭食不讲究了。但终究有个“北方胃”。

在北方待了一段时间,我胖了十多斤,胃病也好了。

除夕一过,我开始想念东南的孩子和家人。要是再见到女儿,我一定不给她吃鸡翅膀。

卤头蹄下水 |@李大葱　山西永济

小时候过年,对门家总会弄一副猪的头蹄下水吃。我老到对门蹭吃的,父母觉得不好意思。

记得上初二那年腊月,父亲给肉联厂修东西,人家不给钱,给了父亲一副头蹄下水。那个猪头真大啊,大概有30斤的样子,放在家里的大桌子上,凶神恶煞一般。猪蹄也特别粗,肠子一圈圈地圈满母亲的洗衣盆。

母亲看着父亲赚回来的东西特别高兴,我和姐姐更兴奋。可是问题来了,这东西,好吃不好做。

猪头上那犄角旮旯的碎毛不好处理,肠子也要经过无数次清洗才能将里面的东西弄干净。父母看着头蹄下水愁了一天,差点要送人了,可是我和姐姐坚决要吃。

父亲没有办法,只好开始动手收拾。

先是给猪头炖毛,父亲找了一个粗铁棍,在炉子上烧红,然后在猪头上戳来戳去，滋啦滋啦地炼猪毛。烧红的铁棍蹭到哪里，哪里就会冒一股青烟，伴随着青烟就是皮毛被燎被烧的焦煳味，猪脸上被烫得青一块白一块，想着快要到口的美味，也增添了更多的干劲。

收拾好了猪头，开始洗肠子。

到村口的水渠边，肠子被一遍遍翻来翻去，我们忍住恶心，忍住异味，忍住冰冷，不断换水，添加食用碱。等各种黑色绿色的东西终于消失了，猪肠也就洗好了。

父亲用斧头把猪头劈成几大块，连着肠子和猪蹄一起扔到大锅里，再放上花椒、大茴等作料，添水，开始煮。

两个多小时后，才终于能吃到嘴里。煮熟的碎肉压成肉冻放凉，也是极好的美味。

后来的几年，父亲也买过几次下水。我们父子二人一起清洗，一起除毛，一起烧火，浓浓的年味氤氲其间了。

待到姐姐出嫁，爷爷奶奶过世，一副完整的头蹄下水我们都吃不了了，干脆也就不做了。一家人在一起忙前忙后，为了那一顿美食的日子，再也回不去了。

一口叶儿粑，一口豆腐脑｜@梁述华　四川乐山

1991年的初夏清晨，岷江河畔的市，人们忙忙碌碌，开始了一天的生活和工作。

蓉蓉带我们去吃早点，四川小吃品种丰富，薄饼、串串儿、豆腐脑、小面、酸辣粉、包子油条。这些早点小吃重庆也有，我们几个重庆崽儿并不稀罕，正在街上徘徊，卖叶儿粑的手推车从在大街小巷中转出来。

手推车上的蒸笼里热气腾腾，“这是什么？看起来漂亮，闻起来也香。”

“叶儿粑、叶儿粑。”

叶儿粑是乐山一带的特产，用糯米面包馅，外裹新鲜绿色粑叶，置旺火蒸制。其色洁似乳，味道香醇可口，不沾盘、不沾筷、不沾牙。

叶儿粑分甜咸两种，甜馅是豆沙加上核桃等果仁，大多在表面加了红糖，这样更好吃；咸的则是肉末加芽菜。叶儿粑携带方便，老少适宜，为四川传统名小吃之一，其中要数崇州的最正宗，最好吃。

我们几个重庆崽儿一人一碗豆腐脑，桌子中间摆了一大盘叶儿粑，品尝起来，咬一口油而不腻的叶儿粑，喝一口麻辣鲜香的豆腐脑，那种滋味才叫爽。

几个年轻人在乐山，边吃叶儿粑，边海阔天空地摆龙门阵，很有一番难以忘怀的滋味。

距今，已过 20 多个春秋，早已退休的我念念不忘的还是那绵软细嫩、香甜润滑、濡糯适中的川西叶儿粑。

那时的我们，真年轻。

爸爸做的汤圆 |@徐菲菲　江苏常州

元宵节的前一晚，爸爸开始用洋瓷盆和糯米面。

本地水田里新产的圆粒江米磨成的粉，又糯又细，黏性十足，加一小瓢水，不停地捏、揣、揉、压，直到成了不粘手不粘盆的一大团。用手指按一按，是有弹性的。

醒面的当儿，上锅炒花生，花生也是本地的小粒花生，看看火候，噼里啪啦有点爆烈了，炒得有点焦，起锅，摊在桌子上，用酒瓶子或擀面杖在八仙桌上碾。

一般做馅儿是在晚上，我小时候家里舍不得开电火，就会点洋油灯，昏黄的灯光里，我和弟弟被香味吸引到厨房。

刚开始，我们在旁边若无其事地转，过一会儿就用手指头拈一把桌上的花生屑，往嘴里嘬。

平时不苟言笑的父亲这时也变得宽容和善起来，不过有时实在看得烦了，就用粘满花生粒的手把我们推开。

猪油是提前熬好的，白白的、厚厚的凝脂里面还有些小肉渣。

秋天收好的金桂用糖腌得正好，挑半罐，再用筷子挑上板油，搅上碾碎的花生粒，放瓷盆里拌好。

把糯米面掐成一个个小团子，包进又香、又甜、又厚的花生馅，搓几把，滚圆的雪白的圆子就做好了，上面再筛点糯米粉，防止粘连。圆子们胖乎乎地排在筛子里，上面盖层湿纱布，保湿防开裂。

元宵节，母亲一大早起来就开始烧火。锅里的水咕嘟咕嘟冒泡了，再把一个个胖大的圆子滚到锅里。柴火煨着，汤圆一会儿沉到水底，一会儿又浮上来，在满锅的蒸汽下，轮廓柔和。

煮汤圆是有诀窍的：第一次浮上来后，要舀一瓢水迎头一浇，胖胖的大汤圆又沉到下面去，再烧沸，再泼点凉水，再浮起来，就可以盛在碗里了。

我家的圆子大，一个蓝边子碗至多盛四个，还挤挤挨挨抱在一起。小心翼翼地用筷子夹开，脂油包裹着的馅又香又烫，急性子的我们一咬下去就“啊呀”叫出声，吐舌头吹口气，再囫囵吞下。

吃到第三个时，人才斯文起来，慢慢地品尝。桂花、花生和猪油的香互相纠缠在一起，浓郁实在，陷在糯得粘牙的米粉里。

小时候，我一口气可以吃八个，肚子撑得圆鼓鼓的，打出嗝来都是甜腻的花生味儿。

去外地上学后才知道汤圆还有鲜肉馅儿的、菜肉馅儿的。再后来，再也没有人做汤圆，只是到超市里挑上一袋花生馅、芝麻馅、南瓜馅甚至水果馅的甜汤圆。流沙的馅咬在嘴里，没有花生粗粝的质感，才更想念爸爸手工做的超大汤圆了。

人的记忆可能会模糊、黯淡，但是味蕾永远不会欺骗和背叛。

因为味蕾深处是故乡。

姥娘的那坛馒头大酱

·**耿永立** / 落拓书生

1

开了春，日头一天比一天明亮。

教室里糊在木窗棂上挡寒的粉连纸早被我们戳破，从外面射进一孔一洞的暖光。田里萎靡了一冬的麦苗被早前融化的雪水滋润着，渐渐支棱起了叶片，春风拂过，在日光下闪出一片墨玉般的光泽。就连干硬的羊粪也变得温润柔软起来，含着干草味的淡臭从羊圈飘到院里。

每年到了这个时节，姥娘就会扫净面缸，借来小石磨，开始准备做馒头大酱。

那时，馒头还不能任由着吃，大多数人家都吃“两和掺儿”（白面和玉米面混合）的卷子。用来做酱的馒头是姥娘一口一块省下来、攒在竹筐里的，怕老鼠偷吃，用布巾盖了，高高地挂在房梁上。

春日里，姥娘爬上高凳，颤颤巍巍直起腰身，伸长双臂摘下竹筐，我在下面接着。已经干裂的馒头被放进锅里蒸透，重新饱满起来。姥娘把每个馒头掰成四瓣儿，投入面缸，蒙一张塑料纸在缸口，用草绳扎紧，把热气蓬在里面。

好东西不会一口就能吃到，总是要等着。过了十多天，姥娘掀开面缸，我闻到一股浓浓的酸臭味，探头去看，只见那些馒头块浑身长满了挺吓人的绿毛，像一匹匹小动物。

姥娘挽起斜襟的蓝布衫子的长袖，把它们捡出来，用扫帚逐个扫净毛，再拿到院子里摆在石板上晾晒。又过了四五日，馒头块儿完全风干了，变得又酥又脆，一脚踏上去就能使它们粉碎。

馒头块被浸入早已熬好的半盆花椒水里，姥娘用铁勺打着旋儿搅拌，待到馒头和水混成了浆糊，就可以开始磨酱了。右手握紧小石磨的木柄，一遭遭地拐磨，左手执勺，盛起浆糊灌进磨眼，大酱便在两个小石盘的缝隙里流淌出来，金灿灿地集在盆里。最终，大酱被装入一只双耳瓷坛，放在了窗台上。

2

多少年后，我在一个夜晚突然想到：如果后来的际遇配合，我小学的那一班学生里一定会产出几位艺术家，因为我们的课堂就是一座艺术殿堂。

教室的窗棂是村里的木匠手工制作，随随便便砍削而成，没用刨子刨光，带着原生的疤瘤、粗糙的木刺。窗外有一株合欢树，校长用他黑瘦细长的手指去量，有三扎半粗，枝上开满合欢花，如无数粉红色的小伞，秋天花朵纷纷飘落，铺满了窗前那一小片土地。

田老师是全校唯一的音乐老师，他教我们唱黄梅调《夫妻双双把家还》，“你耕田来我织布，你挑水来我浇园。”至今我仍唱得来。田老师扬起四方脸，鼻孔使劲向上翻，鼻翼扇动着。

马老师攒了好几个月的工资，买了一台录音机，有时会拿到教室做教具。他把一张磁带卡进带仓，摁下播放键，迟志强便在里面凄凄惨惨地唱起《铁窗泪》。

还有一位张老师，是个年轻姑娘，她喜欢教我们唱罗大佑的《童年》，那是极美妙、极新鲜的曲调。

我和我的同学们在这样的艺术氛围里熏陶了五年，如果不是后来大部分都辍了学，说不定现在还有人能走上艺术道路。

临近“六一”儿童节，镇上组织各村学校联欢，我们选送的节目是我的独唱《冬天里的一把火》，是费翔在央视春节联欢晚会唱火的一首歌。那时候，费翔热情的歌声席卷全国，连男人都被他那双梦幻的蓝眼睛迷倒了。

为了这场演出，娘拆掉了爹的一条不太旧的裤子，给我改做了一条新裤子。演出前的几天，我一闲下来就唱那首歌，听得姥娘都会唱了。

一天下午放了学，我在路上抻着脖子边走边唱，班里的赵大头跟在我身后怪腔怪调地模仿。见我不理睬，他又很大声地唱起一支村人自编的童谣，村中人凡是残的傻的笨的，都被编入谣里，我的姥爷和舅舅都在里面占了一句词。

大头一唱，就有另几个伙伴跟着起哄，我愤而转身，与他对峙。他长得大头大耳、身子粗壮，高年级的同学见了都犯怵，我也只能怒目而视了。

可小伙伴们都希望好戏往激烈里演，带头的旺泽捡来一块土坷垃，按照惯例在我和大头之间的地上找了一条分界线，他拍拍手喊道：“谁过这条线谁是公鸡，不敢过的是草鸡（母鸡）！”

大头立刻跨过那条决定性别的界线冲撞过来。我挥动胳膊抵挡，却被他箍住肩膀，控制了我的双臂，紧接着用腿一别我的下盘，三两下就把我撂倒了。这还不肯罢休，又在我耳根处给了一记重拳。

我拍掉身上的泥土，走进姥娘家的院子，伤处还在火辣辣地疼。战败的痛苦比疼痛更叫人难受，我一看到姥娘就忍不住湿红了眼睛。她不问我缘由，只是不声不响地给我擦去眼泪，转身回屋拿出半块馒头，馒头上涂了一层过年时熬制的猪大油，又到窗前掀开双耳朵瓷坛，抹上一层大酱。

我其实并不觉得饿，但那猪油和大酱的香气直灌进口鼻，立刻使我满口生津，三口两口就吞下了肚子，接着又去唱我的歌了。

夏日，屋里院里四处都伏着、飞着恼人的苍蝇。吃了两口，我自己去坛里取酱，竟看见里面有几个白色的小虫在蠕动，我向姥娘喊道：“姥娘，酱里生蛆啦！”

姥娘拿根筷子走过来，把蛆虫一个个挑出去，说：“井里的蛤蟆，酱里的蛆儿。都少不了的。”

3

爹极少打我，但他周身散发着一种强大的气场，隔着很远就能感到威压，身处其中，不必打骂，我会自守规矩。可一到姥娘家，我总会变得肆无忌惮，一切都由着自己的性子来。

姥娘不在意我听不听她的话，也不追问我考试的分数和名次，只一味娇惯我，把珍藏的好吃食盛到我碗里，递到我手上。有时我拿了吃食在炕上啃，碎屑都洒在被褥上，姥娘就说："儿，躺着吃不消化，会肚子疼。"我不听她的。

我担忧自己眉角上的那颗痣，常常拿着镜子端详，吃饭的时候也不时往镜子里瞄。姥娘就说："儿，吃东西时不能照镜子，会把小馋鬼儿勾出来。"我驳斥她："世界上没有鬼，你是老迷信。"

可我还是喜欢往姥娘家跑。

每到我要回家的时候，姥娘或灌一瓶大酱或兜一碗水饺，让我捎给爹娘。我不肯拿，她就说："外孙是姥娘家的狗，吃不了拿着走。"

乡村的学校，每天的课程分为三晌：早晨、中午、下午，早晨六点半就点起煤油灯开始晨读，迟到者往往会受到残酷的对待：柳条做的教鞭，狠劲往屁股上、手心里抽，一鞭一道血红印子，皮肉很快就肿胀起来。

女生的待遇好些，一般是罚站，也有用书本在头脸上扇几下的时候。有位男老师，拧了迟到女生的耳朵，被女孩的爹闯进课堂指着鼻子骂。从此，女生受到的惩罚就更轻了。

老师们都有手表，卡着点上课。晚上睡觉前，我总会告诉姥娘："明天一定早叫我，可不能迟到。"姥娘家没表，她凭着天色估摸时间，竟然很准时，我很少受那鞭打之苦。

仅有的几次失灵都发生在冬天。

冬天的早晨六点和五点没有多少分别，窗外都是黑乎乎的一片。姥娘唤我，我不耐烦嫌她吵，翻个身又把脑袋缩进热被窝，回回得唤上三五遍我才恨恨地起身。姥娘从炕席和褥子间抽出暖着的厚棉裤，帮我穿好。炉台上烘了一晚的馒头已经焦黄酥香，姥娘用布巾包了放进我的书包。

我摸着黑跑到学校，不消说迟到要遭大罪，太提前了也会在上了锁的教室外受寒冻之苦；放学回家后我就要埋怨姥娘，嫌她估摸不准时间。

多年以后，我才想到：睡着是不能估摸时间的，不知道姥娘每个夜晚何时就把自己唤醒，等待她以为的六点钟。

4

姥爷和舅舅都不会赚钱，甚至不认得钱，田地里的精细活也不上手，姥娘家的日子一步一难。播种时得求人家把耧，浇地时得请别家的后生摆弄机器，压场、打麦得借人牛马，这些都凭着姥娘四处张罗。

姥娘矮瘦，穿着肥大的衫子和扎脚裤，身子单薄得像一片玉米叶子。她迈着小脚匆匆走出院门，去告求人家的帮忙，虽然步子迈得紧，却也还是走不快。

为了维持生活，姥娘卖过瓜子。姨夫从外地捎来葵花籽，姥爷用大铁锅炒熟了卖，赚些零花钱。那个时期，我早晨去学校时口袋里总是鼓鼓的，是姥娘头天晚上装好的瓜子。

时间不长，这小生意就做不下去了。

姥娘的斤称实诚，秤杆子高高地翘着还要再添上一把，仔细用旧报纸包好，递到人家手里。虽然村人都愿意来姥娘这里买瓜子，可那时大家手里都缺活便钱，常有人赊账，小本生意欠账一多，也就撑不住了。

有几个半大孩子，摸准了窍门，专等姥娘不在家时才来买瓜子，因为姥爷虽认得秤，却认不清钱的面额大小，舅舅干脆连钱和花花绿绿的硬纸都分不清。

尽管姥娘出门前反复叮嘱两人不许卖瓜子，可他们都架不住人家的缠磨，每每会“卖”出一些。姥爷在家时还好，至少不会“卖”得太多，也能收回点本钱；

舅舅自己在家时就等于白送了。

有一回，刚过完年，姥娘带我走亲戚回来，见那簸箩里盛着的瓜子凹下去一个大坑——早晨还是满满的。她呆住，脸上变了色。舅舅从门外走进来，手里攥着几张彩色的硬纸片，递到姥娘面前。

那“钱”大概是从年画上剪下来的，剪成了纸币的形状。姥娘没去接，眼睛里满是无助的神色，慢慢地迈步走进里屋，躺到炕上去了。

过了一会儿，屋里传出哭声，一开始是低低的呜咽，后来渐渐变成了拖腔的长哭，声音单调、苦涩，过了很久才停住。

5

姥娘对我纵容娇惯，有多嘴的婆子看不下去了，说：“外孙是喂不熟的狗，你多疼他都没用，长大了还是跟他那姓的人亲。”

姥娘说：“我儿懂事哩，几岁的时候就知道疼我。见我家用地排车去拉煤，我儿说‘姥娘，我长大了用大汽车给你拉煤来’。”

我长大成人了，姥娘还常向人絮叨这句话，可是直到她去世我也没想起去给她送车煤。

去城里读中学以后，我就很少见到姥娘了。假期回去看她，她仍然拿出吃食，让我吃，让我带着。可我已经对她那些吃食不感兴趣，带在包里都嫌麻烦了，急得她“唉唉”地连声叹气。

舅舅不到三十岁就死了。出殡前，姥娘哭道：“我的命咋这么薄呢？连一个憨儿都担不住。”

姥娘七十六岁那年，头发还挺黑，只杂了不多的几缕白发，可是牙齿全掉光了。姥娘说：“老天爷谁也不偏向，让你掉了牙，就不让你白头发了。”

姥娘的身子骨也还硬朗，一直在那所旧宅院里独自生活，自己照顾自己。我以为她还能活好多年，可就在那年冬天，姥娘去世了。

那天晚上下着雪，两位邻居老太太来串门，和她聊天到很晚。姥娘忽然觉得身上发冷，不住地颤抖，想是受了风寒，发起烧来了。我爹是村里的赤脚医生，两个同伴就提议去叫我爹娘，姥娘说："这大晚上的，怕是都睡下了。也就是个头疼感冒，不碍事，说不定睡一觉就好啦。"

第二天清晨，邻居去叫门，却没人应声。喊了人来破门进去，见姥娘只穿着薄衣，蜷缩在冰冷的地上，嘴唇被冻得青紫，已经奄奄一息。或许是她夜里从炕上掉了下来，或许是她下来方便晕倒在地，再也没能爬上炕。

我爹赶来，给她打了退烧针，可是已经没用了。挺到下午，姥娘永远地闭上了眼睛。姥娘下葬时，积雪仍未融化，我跪伏在坟前的雪地里，长声哀号。

好豆腐骗不了人

· **曲木么阿佳** / 愿为文学狗不做科研奴的农学博士

豆腐有“都富”的谐音。所以老家过年的时候，家家必吃。

我不喜豆腐，但爸爸亲手制作的豆腐我喜欢。这豆腐里有秘方，有意味悠长的回忆。

1

1992 年的秋天，庄稼收完，赶马车已经揽不到生意了。我们一家五口的生计维持得很艰难，爸爸忍痛卖掉了跟随他十年之久的一对骡子。

骡子不肯离开，躺在地上打滚。都说动物没有眼泪，可爸爸上前摸着它们的鬃毛说了几句话，骡子站起来抖了抖身上的尘土，就流下来两行泪，两步一回头地望着爸爸。

爸爸忍着泪挥挥手，“快走吧。”它们就结伴走了，哀伤的嘶鸣在胡同里回响。那天爸爸没吃午饭，伏在炕前恸哭起来，他一次次捶着炕席哭喊：“我的骡子啊。”

卖骡子得来 1500 块钱，隔天，爸爸就花了 700 多块从县城买回一个磨浆机，又找了隔壁的木匠给他打了一副做豆腐的箱子还有一个豆腐梆子。

都说人生有三苦，打铁、撑船、磨豆腐。可爸爸偏偏就选了做豆腐这一行，后来，妈妈每天下午的时光也一起，都沉在了簸箕里。低头一下午，再抬起头时，只有眼花、脖酸、胳膊麻。

16斤黄豆簸出些碎豆荚，再把石子跟干瘪不能发泡的豆子捡拾出来，剩余的就是做豆腐的原料。

豆子洗净了就在大铝盆里泡着，原先干黄的豆子在水里像绽开的花，用极缓慢的速度变得形态饱满、颜色滋润。每当放学后，我总喜欢在锅台边抓一把泡好的黄豆，把它滑溜溜的内种皮剥开。

妈妈就拿锅铲敲我的手，“看你那双脏手。”

2

做豆腐的辛苦在于熬夜，凌晨两点，爸妈就起床在厢房里磨豆浆了。

轰隆隆的机器声闯入我们兄妹三人的梦，我经常梦见在昏暗的舞场看人家翩翩起舞，睁眼时，窗窝里的灯泡亮着，只是比平时更加昏暗。因为机器功率太大，等声停了，灯便恢复常态。

黄澄澄的胖豆子伴着水，被妈妈舀进机器里，一阵嘈杂的声响后，出浆口均匀地流出淡白色的生豆浆。爸爸用铁皮水桶盛住它们，快满的时候赶紧换另一个桶，两个铁皮桶周而复始地盛满又倒出……

生豆浆被倒进挂在铁钩上的布袋里，布袋悬在铁锅上方，滤过豆渣，淡白色的汁液流进锅中，生涩的豆腥味儿就弥漫在没有天花板的厢房。

豆浆磨完，得烧火煮，煮豆浆很容易煳锅，所以等锅开后，爸妈还得忙不迭地把一桶桶煮熟的豆浆舀出来，倒进灰黄的粗瓷大缸里点卤。

爸爸把一碗卤水分三次倒进缸里，豆浆很快便开始结成絮状，再成花团，最后变成豆腐脑。豆腐脑飘在水里形态像极了猪脑，口感极嫩。

妈妈把锅洗净，上面架起豆腐箱子，垫上屉布，一舀一舀把豆腐脑舀进去。锅里渐渐像下雨般响起来，啪啦啪啦直响。屉布收紧，合上，合箱大的一块木板嵌在上面。爸爸再转过身，咬紧牙关抱起一块四五十斤重的石头压在木板上，淡黄色的水从屉布里源源不断地挤出来，锅里的滴水声也越发密集。

抬起手腕的表看好时间，爸爸再回炕上睡上片刻。妈妈把磨浆机跟大缸清洗干净，拖地擦灰，将厢房恢复到凌晨两点前的样子，再去准备一家人的早饭。

木板一点点下沉，水流变成了水滴，最后零星几滴，嘀嗒嘀嗒在厢房里独自响，时间便到了。爸爸醒来下床，搬下石头，掀开木板，揭开屉布，从角落切下一小块豆腐，嘴里一抿，看他表情我就知道这道豆腐的好与坏。

后来，爸爸能靠水滴声判断豆腐做成没有，连豆腐的老嫩程度都不用再尝了。

3

吃过早饭，爸爸用锅里压出来的豆腐水洗头烫脚，换上衬衫毛衣再套上麻灰色的西服外套，接过妈妈捆绑好的豆腐，推着自行车就上街了。

“梆梆梆”，豆腐梆子略带木质的沉闷，因为空心又带着清脆，在一条条胡同中响起。

“换豆腐咪，换豆腐咪。”听到梆子声，妇女们放下手里活，舀一瓢干净的黄豆，站在门口等。

当年农村买豆腐要么花钱，五毛钱一斤；要么拿黄豆换，一斤黄豆换一斤半豆腐。因为家家都种豆，所以大家也乐意用以物易物的方式买豆腐。

清晨出门，爸爸的车梁上挂着一个空袋子，一杆秤。回家时袋子是满的，豆腐箱子是空的。

凡是第一次换豆腐的，爸爸都会从屉布的角落切一块热气腾腾的豆腐给人家尝尝，或者递给人家怀里的孩子。

当年村里有两家人做豆腐，我家住村西北，他家住东南。爸爸沿西北角开卖，通常刚过了村中，豆腐就卖光了，折身回家。偶然几次多了几斤豆腐卖到村南去，那家便没了生意。

我家的豆腐有股Q弹的韧劲儿，村南的豆腐下锅就烂成渣。爸爸不做豆腐以后才知道，同样卖豆腐，为什么我家糊口艰难，而别人却可以养家。

村南的豆腐卤水是一滴一滴滴进去的，豆浆点成一缸均匀一致的胶体溶液，压豆腐的时候，屉布边上的豆腐先成型，屉布里的水裹在其中出不来。我家一斤黄豆做三斤豆腐，他家能做四斤有余，这也导致他家的豆腐切开就散，必须拿碗盛，而爸爸做的豆腐用手托着就可以拿回家。

“好豆腐熊（骗）不了人。”爸爸说。

4

爸爸做豆腐那年，邻居们常在大清早抱着盘子赶来，不出门便卖出半箱是常事。

“妮儿，让你爸先给我割两斤豆腐，晌午我来取，豆子我都称好了。”我欢快地接过她们递来的黄豆，干净无杂质。

有一天清晨，豆腐尚未出锅，我拎起豆腐梆子敲了起来。爸爸呵斥我，他还没训完，真的就有脚快的邻居抱着盘子来了，于是训斥就更凶了：“豆腐梆子能随便敲么？你看看，都把人熊（骗）来了。”

自此，豆腐梆子在我心里跟警报器一样，就算后来爸爸不做豆腐了，我也没有坐在自家院子尽兴地敲过一回。

每天做豆腐都会剩下很多豆渣，爸爸就多养了一头猪，几个月后，他发现养猪比做豆腐挣钱，就多建了一个猪圈，每个猪圈里养两头猪。

“做豆腐本来是为了养家，后来只图多点豆渣喂猪。”妈妈说。

1993年秋天的一个上午，爸爸卖完了当天所有的豆腐，下午无事可做，就去海里挖了半篓子蛤蜊。妈妈过了秤，有12斤，“明儿是上庄集，我拿去卖了吧。”

第二天晌午，妈妈开心地回家，蛤蜊卖了 12 块钱，而她跟爸爸卖豆腐一个晌午也不挣到 10 块。由此，爸爸发现了新的谋生路，于是每天凌晨做豆腐，上午卖豆腐，下午赶海，陀螺似的一刻不停。

1994 年一开春，爸爸花了 30 块钱找人焊了一个拉蛤蜊的耙子，开始了他长达 11 年的“赶海人”生涯。我家的豆腐梆子，从此就再也没响起过。

有个大妈在村南的校门口开了个商店，每次我去店里买东西她都问：“你爸今天豆腐做得多不多？能卖到村南么？”后来爸爸不做豆腐了，她见我还问：“你爸以后真不做豆腐了？”

我说只有逢年做一道自家吃，她遗憾地摇头，“哎，你家豆腐真好吃。”

大妈常趁无人之际猫下腰，悄声问我：“你家豆腐里到底放了啥？咋那么有韧劲儿？”我学着电视里特务接头时的样子，四下张望然后把手放在嘴边。她以为我要捅破秘密，赶紧把腰猫得更低，把耳朵凑近我的手边。

“没别的，只有豆子。”我轻声说完撒腿就跑，她在后面骂：“小姑娘一肚子鬼心眼子。”

5

我家的豆腐确实有秘方，秘方就是一把麦子，是我爷爷教的。

爷爷是一个打过三大战役与朝鲜战争的老人，他没得到一枚勋章，却在战壕里学来了天南海北的秘笈。

爸爸刚做豆腐的时候，爷爷每天凌晨就踏着一路月光，迈过村里的小河，从村南走到我家来指点爸爸。他让妈妈每次在泡豆子的时候，抓一把麦子一起泡，一起磨。出锅的豆腐有了小麦的筋道，自然不容易散。

有时候我醒来，听到他在厢房里一阵紧一阵地咳嗽。等我起床，他又踩着晨光回家，带着爸爸给他盛上的温热豆浆。

已经有十多个春节，爸爸不再做豆腐了。因为养育儿女的繁重不允许他在靠近年关挣钱的紧要关头，还拿出一天的悠闲做一道豆腐。

后来，每每提起做豆腐的那一年半，爸妈总要轻叹一口气："辛苦又不挣钱。"我倒是怀念那时候每天早上能喝到一碗城里人才喝得起的白糖豆浆。

只是如今，我已经很少吃豆腐了，因为市面上卖的豆腐，缺了一把麦子，少了些许筋道，还不知多加了些什么。

苍蝇小馆里的三餐故事

· **索文** / 现居长沙，一个胖子

1

每天清晨起床的第一个感觉，就是饿。人到中年，玩心渐减，口腹之欲变得尤为重要。于是，一顿高质量的早餐，成为我起床的动力。

长沙人的早餐，无外乎粉和面。油条、包子也吃，但也是搭配着粉面一起。多数时间，驱车到单位，先去旁边的早餐点买一个烧卖，刚出炉热腾腾的，筋道的面皮裹着嵌了细碎油渣、香菇，拌了酱油的软糯米，一口咬下，满嘴香。

我边走边吃，走得散漫，吃得用心，冬日的寒风吹得一地枯黄，清晨萧索的街道上走着一个心无旁骛、细细咀嚼、表情愉悦的胖子。走到路口，一个大烧卖正好吃完，右转，踅进路旁的粉店，“辣椒炒蛋加牛肉面，免味、宽汤。”

作为一个资深胖子，第一应当习惯的就是旁人的目光，将鄙夷当艳羡，不吃饱绝不放筷子。

这是我惯常的点法，从前点过煎蛋，吃过后，发现这家的厨子不会煎蛋，可是早餐怎么可以不吃蛋，从此就叫辣椒炒蛋，再加一份牛肉。说起来，牛肉才是正牌子的码子，可事实上，并不是看重那几片牛肉，而是看重那口汤，连肉带汁地舀上一勺，浇到面上，低调、暗沉的牛肉配上浓青鲜黄的辣椒炒蛋，一碗面的精气神就提起来了。

店里的牛肉是放着八角、桂皮、草果、干椒熬煮的，厨师闲时总说："一锅牛肉汤，晚上小火煨着，早上起锅，肉烂汤稠，一口鲜香。"

所以，早餐这两个步骤缺一不可，一个烧卖作前餐，打开味蕾；一碗双码宽汤的面填饱肚子。免味（不放味精），是免得味精味冲淡牛肉汤的鲜，宽汤（多放一勺汤），是因为双码不过桥（过桥：码子另外拿小碟盛，作菜吃），终究有些咸。

偶尔胃口不好时，我会请店员"轻挑"（面少下点），她略显诧异地看看我，打量，然后自作主张地以为我讲客气，面端上来，仍是从前的分量。

若是哪天想吃粉，码子就得换，我一般点"小鲜肉"粉，是这个店的特色，葱姜配肉片，大火急炒氽水出锅，姜放得多，去腥提鲜，同样免味，倒不必宽汤了。

从粉店出来，再凛冽的寒风也吹不散我的满足感和饱胀感。这时候，路口对面的书报亭差不多开了，买一份报，慢慢走去办公室，冲一杯红茶，细细啜饮。早餐就如幼时晨起又回笼的一觉中的碎梦，美好恬淡，当茶香冲淡味蕾，一天的工作便开始了。

2

中午时分，厌烦了单位食堂的一成不变，我会邀几位朋友出去吃。温爹是我常邀的一位。还有一位巍别，时常被女友牵绊，应约少一些。

温爹只比我年长几岁，叫他"温爹"只是戏称。温爹少白头，四十出头已是一头白发，脾气和他的名字一样温驯，说起话来也是温吞水，再急，也不能乱了节奏，总是要娓娓道来。于是，他的反应比常人也要慢一些，我讲一个笑话，他总接不住笑点，事后很久才恍然大悟。

有一次，我们一起去吃兰州拉面，一人一碗加肉加蛋，温爹胃口不好，吃一半放了筷子。我劝他："多吃点，别浪费啊，这面新鲜，现拉的。"

温爹连连点头，"是啊，我看着他拉的，你多吃点啊。"他很认真地说。

我也放了筷子。

我们多是去苍蝇馆子，所谓的小店，自然有小店的出彩之处。当然，省钱也是一个原因。我们向来都遵循着谁邀谁买单的原则，接到电话时总要反问，“你请客吗？我一分钱都不会带的啦。”

一次，巍别邀约吃饭，我正好外出办事，他和温爹二人去了。约莫过了半小时，巍别打电话来，期期艾艾地问：“回来没？来救个急吧。”

“怎么了？”

“我们俩都没带钱。”巍别说。

“等等啊，就回来，等我两个小时。”我大笑。

我们在单位旁边寻了家蒸菜馆做常驻。

店是我的浏阳老乡开的，两口子，三十多岁的年纪。店不大，几十平米，有二楼，请着一个帮厨，两个跑堂兼外送，天气好的时候，客人来了，先在店外安排，人行道上树荫下，沿着盲道错落地排开一溜小桌，客人们选好菜，端过来，送上钵子饭就可以开吃，偶尔加个炒菜或者汤，报上菜名，老板娘冲着里屋喊一声，一会儿，跑堂的就能端出来。

这家店的浏阳蒸菜终是做了改良，蒸锅里不单有蒸菜，还有许多炒菜，大锅炒出来，分小碗盛好，放在锅里热着。青椒炒油渣最入味，青椒、蒜片、豆豉锅底炒熟，加入油渣大火翻炒几下便出锅，又香又脆。不过这道菜也不是每日都有，按老板娘的话说：“又不是每天都煎猪油。我们炒小菜用猪油，炒荤菜用鱼油咧。”

没有油渣吃的时候，青椒炒小河鱼也不错，小鱼小虾先下油锅炸，起锅后沥干，其余与炒油渣的步骤一般，也是香脆爽口。

哪天这两样都没有，吃的兴致就下了一半，多半点几个蒸菜，再点一两个炒菜，三人围坐吃开。巍别最瘦，最能吃，什么菜都能吃下四碗钵子饭；温爹最弱，常常吃得一碗就放了碗，筷子仍擎在手里，挑菜吃；我随行就市，看菜色，菜好多添饭，菜若一般，吃得七八分饱，也就够了。

小店里来人形形色色，附近有所中学，学生们来吃饭，多是凑份子，吃过饭，为头的收钱买单，若是请女生，男朋友多出一份钱，倘若女同学无人认领，就由男同学们分摊，有几分绅士派头。也有近旁小区的保安来吃，一个人来，嫌钵子饭不过瘾，拿海碗盛，一荤一素两个蒸菜，扒得下两海碗饭。

还有小区的住户，一个中年男人，秃了顶，左边的头发往右抹，将将盖住头，也不知做什么工作的，大约每天都能睡到自然醒，穿着睡衣出了门，来到小店，据一张小桌，点几个菜，拿一瓶小酒，慢慢吃，他一坐下，那张桌子便不用翻台，总要吃一个钟头以上，一面吃着菜，嘬着酒，一面看着手机，时不时摇一摇手机，一回打他身边过，瞟了一眼，手机上是一个彩票APP，摇一摇选号，选中的，截图存下，吃完饭到实体店去买。

还有一位女居士，理的寸头，穿袍子，身形略壮，常常来吃。她点青椒炒蛋，剁椒芽白，进得店来，自己到厨下刷锅子，务必不沾荤腥，吃饭也是海量，不吃钵子饭，拿个海碗自己去盛，盛一堆碗米饭回来，就着菜，三两下就扒光了，又起身去盛过。

老板娘的声音又利又尖，精瘦，头发扎起，戴着袖套，身上背着个小包收钱。老板高大，戴着眼镜，守着蒸箱，若是厨师忙不过来，也能下厨炒几个菜，他还兼着接电话的工作，蒸箱旁的小桌上，放着纸笔和一台老人手机，手机铃声又糙又响，整个小店都听得见。老板接起电话，声音同样又糙又响，讲起来整个小店也听得见，而且还爱复单。

“五盒饭一个蒸茄子，那怎么下饭呢？不要这么省吧老板。”

“三个人点了十几个菜了，够了吧。”他笑呵呵地说，“赢钱归赢钱，莫浪费吧老板。”

“点单就点单，聊什么天，这么忙？”老板娘听见了总要骂他，“你怕是厨房里起火了还要先点根烟吧。”

老板就讪讪地笑，几句说完，放了电话，又忙起来。

过了小年，我仍在上班，某天想吃蒸菜了，约着温爹、巍别二人同去，走到店前，小店却已经打了烊，卷闸门紧闭。

年关将至，他们回乡过年去了吧。

3

去年的这个时候，我顶爱去红花坡（长沙的一处地名）的巷子里混，那里是一片新旧交杂的居民区，有许多苍蝇馆子。老婆加班的日子，我就钻进巷子，一家接一家店地吃过来。

吃来吃去，选定了一家常驻，巷子口的一家东北饺子馆，饺子馆不大，堪堪摆下四张桌子，却硬是匀出一张桌子当工作台，老板加员工四人，穿着白色工作服，现包饺子与馄饨，做酱菜、拌凉菜、下饺子的工作归老板，内里一个小工作间，玻璃窗隔着，里外通透，制作过程外面都看得见。

那里的饺子吃着放心，凉菜清爽，客人也多，常常需要搭桌子，客人再多些，就只有等。

有一回经过红花坡，照例停车，想去吃碗饺子，远远地看到一人站在饺子店侧旁，寒风里抽着烟，低着头，又不时抬眼轻乜，打量着过往路人，像是在等人。

大约天冷，那天，饺子馆的生意特别好，桌前围满了人，还有端着碗坐在店内空处吃的。

巷子口不远处有个彩票点，“去买注彩票，再回来，总能吃上了吧。”我想。回身往巷子口走，听到“欸”的一声，转头看去，正是那寒风中抽烟的汉子，他望着我这边，小眼睛眯着几乎看不见，我眼带疑惑，他咳了一声，慌乱地转过头去。

买完彩票再踅回饺子馆，客人更多了，老板都变通了，原本包饺子的工作台腾了出来，让给客人坐，店里坐得满满当当。

只得返身，正打算去前面吃碗筒子骨米粉，斜下里传来一个声音，“满哥吃饭不?”转身一看，仍是那个汉子，声音沙哑，说着话，眼睛却望着我的后头，矮瘦的身形，显得底气不足。

“你问我?”我说。

“是啊,”他的声音大了些,眼神终于聚焦到我的脸上,挤出一丝冻僵的笑,“我店里有饭吃,湖藕筒子骨(大骨)汤中午就炖在锅上,快餐小炒都有,油也放得心,超市买的花生油。”

他的店子不当街,临街的弄堂进去十来米,一栋单元楼的一楼,客厅改饭堂,整饬得简单干净,摆着三张小桌,我走进去,只看见两位客人。客人们吃的快餐,一碟荤、一碟素再加一碗汤,汤碗不大,湖藕筒子骨盛得堆起,炒菜菜色也还精致。

“快餐现炒,十块钱吃饱。汤要五块一碗,货真料足,我赚个成本钱。”进到自己的地盘,汉子话倒是多了些。

“先来碗汤。”我坐下了。

汉子进了厨房,很快端出一碗堆起了尖的湖藕筒子骨汤,湖藕炖烂了,粉粉糯糯,骨汤里洒了葱花,烫出一股鲜香。

“要不要加点胡椒祛寒气咯?”汉子殷勤问道。

我点了点头,他转身进了厨房,拿出一个胡椒磨子,在我的汤碗上转了两圈,转下几星胡椒粉。

一口汤下肚,暖意就上了身。

我点了一个特色炒牛肉,一份油麦菜。汉子应了,起身去厨房,又回转身,兜里掏烟开了根给我,期期艾艾地跟我确认,“老板是做小炒吧?这个做快餐我会亏本的。”他有些不好意思。

“是小炒啊。”

“好的好的。”

炒菜端出来,分量明显不同了,牛肉是大蒜辣椒炒的,红椒青蒜,放了料酒,急炒出锅,临出锅还撒了些芝麻,香得诡异,吃上一块,嫩嫩软软的,挺入味。配上一碟青翠的油麦菜,光是看看,就食欲大开。

汉子给我盛上饭,“你慢吃,你是新客,我煎个蛋送你。”汉子转身又进了厨房。一会儿，将煎蛋端来，却不急着走，点上一根烟，在我桌前坐下，“煎蛋我有诀窍，蛋白和蛋黄熟的温度不一样，我沥出蛋黄和蛋白，蛋黄先下锅，搅碎了煎，熟了再放蛋白，点几粒葱花，硬是香些。”他得意地说，“我堂客最喜欢吃了。”

“那不就是葱煎蛋吗?”我笑他。

“那不一样呢，”他愣了愣，许是欲要辩解又觉词穷，半天才指着煎蛋说，“你吃吃看，我还放了芝麻呢，硬是香些。”

那一顿吃得很舒服，一结账，四十二元。他要给我抹零头，我没让。

“已经送了菜了，生意归生意。”我说。

“你客气，下次又来。”汉子笑着。

我说：“好。”

4

汉子不知姓名，从此我叫他芝麻哥。

去得多了才知道，芝麻哥家的店主要做早餐，小店曲径通幽，做的都是街坊邻舍的生意。人混熟了，才发现芝麻哥是个话篓子，顶爱聊天。

“我家的早餐汤口好，鸡架子熬的，配肉丝码子，要吃炒码现炒，又比外面便宜，来吃的人多，一早上卖得一百多碗去。”芝麻哥骄傲地说，又热情地邀我，“哪天早上来吃吃啊?”

“你证照全无，税费都不用交得，卖便宜点也是应该。”我笑着怼他。

他不接话，半晌才幽幽说：“以前只晓得玩，转眼三十多岁了，才晓得赚钱不易。”

从冬天到夏天，在芝麻哥店里吃过许多次饭，只见过一回他太太，女人显他年轻，有几分风韵，穿着一件蓝色衬衫，头发扎起，很精干的样子，是个的士司机。

“我堂客比我发狠，不是要带崽，副班她都不会请，一个人跑。”芝麻哥说起老婆满是赞叹,“以前我不懂事,屋里她一个人赚钱,后来有了小孩,责任上了肩,才晓得发狠。都说男的比女的懂事晚些,果然咧。”

“我以前打打零工还被嫌弃咧,嫌弃我就不做,混也是过,真正到要做了,才发现除了搞吃,什么都不会。”芝麻哥羞赧地笑,掩饰一般深吸了口烟,吐出浓浓烟气,“所以我中餐、晚餐都做,也是向她看齐,一个家两人扛,多赚一点是一点。”

“你堂客标标致致,又赚得,怎么会看上你的咯?”有熟客笑他,“闭起眼睛找的你吧?”

“莫开玩笑,我年轻时候帅咧,你看,”他指着自己的脸,小眼睛瞪得溜圆,“俗话说,眯眯眼招人爱,眯眯眼会谈爱。”

“我们是早恋,高中就谈起,她追的我咧,”芝麻哥眯着眼睛忆当年,“那时候她是体育生,我是文化生,文化生有点看不起体育生,她要跟我谈朋友,我一开始不肯,后来她喊她哥哥来打我,我才答应的。”

“一转眼跟了我这么多年,吃了好多苦。”芝麻哥轻轻地叹气。

“你走了狗屎运,一世笑不醒。”我笑他,假假地嗔道,“再去打碗汤来,聊起来就不做事了!”

“好咧,老板!”芝麻哥笑着应道,起身进了厨房。

芝麻哥的店,我断断续续地光顾了大半年,后来太太调了岗,作息规律了,每天做晚餐,我也就少在外边吃了。年末的一天,太太单位关账加班,我再次到红花坡打尖。

路边的饺子馆仍开着,生意却较从前清淡了,有空位置,我没有进去,扭头拐进小巷,去寻芝麻哥的店,许久没出来吃,倒是有点想他的芝麻煎蛋了。

进了单元楼,店门却关着,敲了敲,一个老太太来应的门,“你找哪个?”老人一脸的戒备。

“这里不是做快餐了吗?”我堆起笑脸,问道。

“早不做了,”老人摇了摇头,恨恨地说,“赁了我的房子做餐馆,扰民不?事先又不讲，邻居好大的意见。”

“别人都是给我面子，才让他做，加点租金都不肯，那还做什么，”老人骂骂咧咧，“我信菩萨呢，改了我的油烟管道，只扣了他两百块钱押金，你去打听打听……”

我走出单元楼了，才听见身后“砰”地关了门。

我又回到了路沿上，快过年了，街上有些空，我点了根烟，去年芝麻哥就是站在这里揽客，低眉躁眼地叼着烟，一次又一次地鼓起勇气，招呼着路人。

他或许换了个地方继续做他的苍蝇馆子吧，只是不知道如今，他揽客的胆子是不是大了些？忽然想起，芝麻哥引以为傲的早餐，我还没有吃过呢。

我的童年、田螺，和奶奶

· **洛先生** / 江苏盐城人。现居上海。喜欢最简朴的文字

1

在我的记忆中，父亲就打过我两次。一次是我五岁的时候，怎么都学不会写“2”；另一次，是因为我大胆烧了一锅鸡蛋汤。

我学着奶奶的样子，起锅，倒油，然而灶膛里的火竟然在我千辛万苦点燃后，又灭了。当然，我是不可能放弃的。“嘭”的一声，灶膛里的草，在我无数次扇动破蒲扇后，又着了。我非常兴奋，直接上锅，等把水倒进锅里，却突然发现，整个灶膛后面，连着鸡窝都着了……

我跪在三棱柱铁器的一条棱上，面前是堂屋的条柜，上面的香炉、烛台摆放得整齐、肃穆。我低着头，脖子上挂着我的小黄书包，包里放了一块板砖。

“抬起头来。”父亲温和地说。母亲心疼地说：“厨房总是要再建的，她也是好心，到底还知道去田里叫我们，也不呆啊。”

“你闭嘴！谁求情，就跟她一起跪着。”

那时候家里还没有钟，我也不知道跪了多久。就听到奶奶在屋后头，扯着嗓子哭：“我的小乖乖啊！奶奶没有法啊！你嗲嗲（爷爷）走得早啊，把他养大了，现在呆狠啊！只有他说的了……”

这时候，父亲走近我，问我要不要尿尿。我把包一扔，想站起来却站不稳了。他给我揉揉，又叫我去劝奶奶。

等我走出屋子，奶奶就跟磁带卡带了一样，不哭反倒笑了。那一年，我六岁。

2

童年于我，是纯野生的。

卷着大棉裤腿儿，搭拉着脚上的千层底，我和小伙伴们逃了学，在略显潮湿的草地上寻茅针。

拔茅针是一件有趣的事。清明前的茅针嫩，过了清明，茅针就开了花，嚼都嚼不动了。公墓里的茅针最多，一大片空地，尽是草，鲜有羊和牛，在那转上一圈，能在绿地里踩出一道白来。

我们蹲在地上，手不停地跟着眼睛走，头细腰粗的茅针好吃，拔出来，用指甲划开一道口子，揪出里面的嫩白，一根、两根、五六根进了嘴，就可以嚼了。甜津津的，带着泥土的清香，仿佛吃进了一整个春天。

逃学拔茅针是常有的事，以我为首的“逃学党”，经常在上学路上的那条小沟子里蛰伏一下午。

“老四家的毛丫头！你又逃学，拔了这么多茅针，给我吃，我就不告诉你爸爸。给不给？”无儿无女的矮个子二大大（伯父）扛着锄头路过时，总要停下来问我。

“不给！你是馋猫子，跟细儿子（小孩子）讨吃的。哼！”我都不看他。

“那我就只能去告诉你爸爸了，等今天开社员大会的时候，我就跟你爸爸说，叫他别管我们了，自个丫头都管不好。”二大大继续唬我。

“我不怕你，我就告诉他，你又逼我们叫你爸爸了！”

二大大听了这话，便不再说什么，悻悻地走了。

二大大最终还是“告状”了，只是他换了一个对象——我奶奶。

说是告状，还不如说是诉苦。那些年，他想要个孩子都快想疯了，时常见他拿一两块快化掉的糖，哄着村里不知事的孩子，让人叫他“爸爸”。

第一个拒绝他的人是我，为此，我爸爸相当自豪，恨不得全村的人都知道，他有个女儿在别人的“威逼利诱”下，无动于衷，只叫他一个人“爸爸”。

那天，奶奶当着二大大的面，打了我的屁股。等他一走，转身就去给我煎鸡蛋了。

母鸡是奶奶养的，鸡窝连着灶膛后面的草垛子。老母鸡伏在软绵绵的干草上，一会儿就“咯咯哒”地走出来，留下一个凹洞和一颗有温度的蛋。

奶奶趁热拿蛋，起锅、倒油。她的油是菜籽油，盛在一个大桶里，又倒进大碗，放在锅台上。用的时候舀点，弄到了手上，她就搓搓，顺手擦在头上。

“乖，你闻个香？”

我踮起脚来，闻闻她黑白分明的油发，看着锅里黄黄的鸡蛋，咽着口水说：“顶香了！”

奶奶从抽屉里拿出一个碗，说：“这煎鸡蛋呀，要好吃，还得放一点脂油才行。”说完她撒点盐，就把煎蛋盛出来端给我。

这样看来，逃学拔茅针还是有好处的。

3

茅针嚼着嚼着，就快到清明了。奶奶总说：“田螺过了清明就长子，长了子再吃就有些不忍了。”于是赶在清明之前，奶奶和妈妈穿着雨靴，及时地把田螺从小河里摸上来。

田螺摸上来不能吃，得养。拿一个大盘，放上水，倒点菜籽油，养两天。两天后捞起来，用老虎钳剪去尾巴，最好剪去一圈半，多了或者少了，都不利于吮吸。剪好，再洗，洗到水净为止，接着晾干。

妈妈喜欢做炒田螺。灶膛起火，猛柴烧，冷锅下油，冒泡下葱，葱黄下螺。

爆炒,倒酒,那香味“噌”地占据了厨房,溢满整个屋子。

“好了,头席子(小圆片一样的)都掉出来了,可以加盐、味精和辣椒了。一起放进去吧,加点水,别烧干了。”奶奶坐在灶膛后面指挥。

等呀等,锅里的汤汁终于沸腾了。端上桌,我直接上手,先对着田螺屁股吸一口,咸鲜、微辣;再吸头,螺肉就像茅针一样,在舌头上短暂地停留,然后乖乖地进了肚。

美味的炒田螺,奶奶不吃,只偶尔尝两口汤。她叮嘱我们,“把壳子留给我。”等田螺壳子晒干了,奶奶就用锤子锤碎,喂鸡,鸡再生蛋给我们吃。如此循环。

田螺,奶奶有自己的做法。

煮好的田螺捞起,晾凉,拿出针,挑螺肉。爸爸爱吃田螺肉炒韭菜,奶奶屋子周围,一圈墙脚,长满了嫩韭,茅屋顶流下的雨水浇灌了它们。

奶奶做菜很少放糖,但炒这道菜,定是要放一点的,提鲜。田螺肉在油锅里和葱姜丝一起发出香味时,再加一点油,才下韭菜。这样炒出来的韭菜绿得发亮,饭都禁不住要多吃一碗。

奶奶的牙不好,能吃的是田螺肉韭菜羹。先将螺肉爆炒,再加煮田螺的原汤,用一点凉开水泡开淀粉,待锅里沸腾了,就倒进去,不停地搂。等再沸了,撒韭菜末儿。

家里用的淀粉其实是蚕豆粉,是奶奶用蚕豆去隔壁村的豆粉堂换回来的。多少豆子换多少粉,刚拿回来的时候,粉还是湿的。奶奶就拿个筛子,上面摊开几张纸,把粉摊在上面。时不时飞来小麻雀,一掠而过,她就老远地跑过来,叫一声:“哟嚯!”麻雀飞了,她笑笑,“好东西就是香啊,连天上飞的都下来捞点。”

一般晒个两三天,粉就干了。奶奶把它们仔细收起来,放进橱柜里。

4

过冬、春节、清明要烧纸，也要炒粉。

敬奉先人，怎么就弄个粉呢？奶奶说：“原来哪有肉啊，没有白肉，就用粉代替。你看这凉粉，一块一块的，可不就像白肉么？”

抓几把粉末放在碗里，用水搂开，等锅里的水沸了，就把碗里的粉水倒进锅，用长筷子顺着一个方向搅拌。水沸了再舀出来，放进盆里晾凉，等凉透了，就变成了大块、白色、接近透明的粉。

盆子是圆的，粉块也是圆的，切一半炒着吃，大家都爱。因为炒粉的时候，奶奶会放她自制的豆瓣酱。

六月天，精选黄豆，泡一晚上。第二天清早，炊烟婀娜地在“喔喔喔……”的鸡叫声里上升。

煮豆子，煮到没有牙齿的奶奶也可以吃的时候，就是煮透了。奶奶拿来面粉，倒进锅里拌起来，直到锅里形成一块块的豆饼。豆饼被放在一个大的竹簸箕里，上面捂厚厚的一层瓜叶子。六月，捂两三天，就全霉了。这时候，奶奶会叫我去闻一闻，够不够霉。

酱缸早已擦得干干净净的，白开水倒进去，加盐，晾凉了，放一个鸡蛋进去，蛋浮起来，水就够咸了。她把豆饼倒进去，拌开，放在六月的太阳底下晒，晒几天酱就红了。眼瞅着酱汤越晒越浓稠，奶奶会在酱缸上罩一层网布，防苍蝇。

记忆开始的时候，我还搬不动那酱缸，圆圆的缸很沉。每次我走近酱缸，奶奶就会说：“你离它远一点吧，别再跟四岁那年一样，一屁股坐进了酱缸里。”

“四小倒好，他丫头坐进了我的酱缸，他还站在那鼓掌……”说到这儿，她就沉默了。接着开始呜咽，最后就变成嚎哭，“四小，多好的我的儿呀！他怎么就抛下了我！”

四小是我爸，他在奶奶七十岁那年的初夏，一觉之后再也没有醒来。连一句告别的话也没有。

5

奶奶的眼睛大概就是从那时候开始不行的。

我们屋前有一条泥泞的路，自东向西，穿过农庄线。她无数次地站在屋前，看东头来了一个骑着自行车，穿着白衬衫的年轻人，就迎上去问："是不是我四小回来了?"最后再落寞地低头，呜咽着进屋哀嚎。

她哭的时候，我就帮她洗衣服。她看看我，慢慢地就不哭了。等我洗完衣服，她让我跟她一起搬酱缸，尤其是遇到下雨天，即使用厚厚的油纸蒙上，酱缸放在外面，奶奶还是不放心。

她不放心的，还有我。我读小学的时候，只要下雨，她就会弄一块破油纸蒙在头上，站在路口等我。

我帮奶奶做事，她总会给我一些好吃的。那些好吃的藏在她的枕头边，靠着墙的地方。有时候是糖，有时是一个苹果。等我可以一个人搬动整缸酱的时候，奶奶的头发也白了。她也不给我什么吃的了，只是逢人便夸我懂事。

夏夜，酱缸总要搬进屋，因为经常有人半夜来偷她的酱，还会偷酱瓜。奶奶常把嫩脆的香瓜，洗好晾干，浸入酱里。过了一星期，再捞起来吃，那叫一个爽脆，特别下饭。

有一年，黄壮壮的酱瓜和豆瓣酱一起被偷了，第二天早晨起来，奶奶破口大骂。有人路过说："大妈嘴别毒了，四小都被你咒死了。"她听了，就把说这话的人带着一起骂。

"我知道酱是被谁偷了。"她对我说。

"那你下年别做了。等我以后上班了有了钱，我给你买各种各样的酱豆子吃。"我说。

她勉强地笑，"也不晓得我还等不等得到这一天呢。"

她确实没有等到这一天。我出去念高中的时候，她每年都要生一场小病。那时候，逢我放月假回来，她就偷偷摸摸地拉我进她的屋里，从枕头边掏出一个坏了一半的苹果或者桃子给我。

我舍不得吃，把坏的切了，把好的挖给她吃。她就一遍一遍地念叨：“等我将来老了，归天了，你不管在哪，都要回来啊。”

“哎呀，这还早呢，你瞎说啥。”我总是背过脸去打断她的话。

“就是不知道你什么时候能嫁个人，我要是能看到了，死了也好跟你爸爸交代。”

2010 年冬天，我念大四，谈了一个对象，是从小到大的同学。腊月二十六，我带了肉，把男生领回家给她看。

她看了一眼说：“看着勤快的。”肉熬了汤，她给我端来一碗，“我终于可以跟你爸爸交代了。”

除夕那夜，她下床解手，突然中风倒地。

等新年的曙光叫醒我们时，她已经眉上下霜，冻成了冰。

后记

那些年，我特别爱吃她做的酱，可就是她生命最后的那几个夏天，我发现她的视力大大退步了。她做的菜里经常有白头发，她吃饭的桌子上经常有蚂蚁爬，以及她放在外面的酱，竟然生了蛆，在黏糊的酱里爬来爬去。

我很讶异地告诉她，“酱生蛆了。”

她却很平静地说：“不要紧，这几个晚上不盖盖子，让它们自己爬出去就好了。”

“太恶心了，我以后都不要吃这个酱了。”我说。

她笑着回答：“这有什么要紧，以前哪一年不是这样啊。”

不晓得她是不是在跟我开玩笑，反正我再也吃不下酱瓜和酱豆了。不吃就不吃，等再想吃的时候就不会有了。

真的不会再有了。

人不在了，最爱的食物也味同嚼蜡

·**月月** / 底层打工者，希望用文字抒写生活的喜怒哀乐

1

1968年2月，我出生在粤北山区的一个小山村，家里兄弟姐妹共七人。

那时候是集体所有制，家里九口人只有父母是劳动力，而母亲因为生育过多又没休养好，身体很差，常常生病，所以我们家年年超支。每到公家分粮油的时候，我们就常常被人谩骂，说是帮我家养人。

那时候还不许随意种养，美其名曰是“割资本主义的尾巴”。我家养了一只老母猪和一只母鹅，母鹅很乖，每天早上打开笼子就自己去河里找吃的，傍晚也知道自己回家，还时不时下个大鹅蛋，是我们全家的美味佳肴。可是有一天，母鹅被偷了，父亲连夜打着电筒去找，看到一路的血迹延续到村里一个人家，回到家中只能连连叹气。

那时候只允许种规定的自留地，根本不够一大家子吃，母亲就偷偷地在很偏远的地方种了一垄辣椒。她总是偷空挑粪挑水辛勤浇灌，眼看长出小辣椒了，却被队干部拔掉了。

那时候，常规水稻产量低，我家劳力少人口多，米根本不够吃，每顿饭都要掺着红薯丝一起煮。

粤北山区的春天很冷，从正月到五月就是一段漫长的青黄不接的日子。母亲总在冬天种些大芥菜做成梅菜干，晒些萝卜干，再做些豆瓣酱让我们度过整个春天。

豆瓣酱我比较喜欢，但梅菜干、萝卜干和红薯丝饭曾经在很长一段时间令我一想起就厌恶。而今天，这些都成了纯天然的绿色食品。

2

1989 年春，经人介绍我认识了丈夫，他家比我家更偏远。那里人少山多，砍柴割草特别容易，他第一次来见我时，就拉了一手扶拖拉机的柴来，这让饱受砍柴劳苦的母亲分外欢喜。

1990 年正月，我们结婚了，丈夫家不富裕，但足够温饱，老公善烹饪，我常常能吃上美食。

我最喜欢吃野生香菇炖土鸡、豆豉蒜头焖子鸭、扣肉和客家酿豆腐。

老公的焖子鸭做得特别好。1992 年的 9 月 18 日是当地的墟日（乡村赶集的日子），家里用焖子鸭当加菜，那晚我吃得特别香，一口气吃了四碗饭还舍不得放碗。

饭后我悄悄对丈夫说："太好吃了，其实我还想再吃，但怕你爸妈笑话我才不敢吃了。"

他憨憨地笑："真傻，想吃就吃呗！"

就在那天半夜时分，我临盆了，第二天一早女儿出生。说来也奇怪，女儿从小不喜欢吃鱼，不喜欢吃猪肉，却特别惦记她爸焖的鸭子。

自从女儿出生后，我就落下了腰疼的毛病，到处访医问药也治不好，后来姐姐访到一个老中医，他说我是产后病，嘱咐一百天内不可以干重活。

所以，我带着女儿包揽了洗衣做饭等家务，唯独不敢挑水。可偏偏我家住在山顶上，每天早上都要从山脚挑够一家人和牲畜一天的用水，少说也要四五挑。婆婆为人十分好强，在村里是数一数二的能干利索，最看不得我这样懦弱无能，更认为我是诈病的，于是天天唠叨谩骂，我从不顶嘴。

虽然心里很反感她，但她病了我总是尽心照顾。

有一次，她晚上突然肚子疼，我和堂婶连夜用板车把她拉到六七里外的镇卫生院，一夜没睡，她当时很感动，但几天后又恢复从前的样子，如此反复，无论我对她多好都暖不了她的心，家里的婆媳关系一度非常紧张。

我丈夫老实懦弱，虽然知道母亲不对，却又敢怒不敢言，所以女儿断奶后，我就萌生了出外打工的念头。

2003 年 1 月 7 号那天早上下着大雨，我拥别丈夫孩子，踏上了开往佛山的大巴，开始了我的打工之旅。

当时，老公并不支持我出去，他一再劝阻："别去了，好吗？我真不想你离开我。"但我却去意已决："你都看到我在家的日子有多难熬了，再说，在家也的确挣不到钱，过几年孩子们读书要用钱咋办？"

丈夫无言以对，那天他躲进洗手间，出来时眼睛都红肿了。当时我们是在县城亲戚家里，也许是因为眼睛红肿，他不敢送我去车站，就在亲戚家门口与我告别了。

3

我进了一家电风扇厂，被安排进铸铝车间，负责做鸿运扇的转子，按件计工。工作倒不算辛苦，但很伤手，常常一天下来十个指头都被磨破了。

虽然每月不加班工资只有八百元左右，加班多时也就一千二三。但介绍我进厂的表妹把我的情况报告给家里后，家人都觉得意外，十年来受尽婆婆歧视打压的我，也因此重拾了自信。每个月领了工资，我只留 200 元散用，其余的钱都寄回家里。从那时起，两个孩子读书和家里的生产投资，基本上都是用我的工资。

由于工作场所挨近铸铝的锅炉，整个车间的黑尘都非常严重，即使戴口罩，每天洗澡时鼻腔里的黑尘怎么挖都有。饭堂的石凳子石桌子常常布满大鞋印，因为太脏了根本不能坐，多数人都是打了饭回到宿舍吃，有少数人就蹲在饭堂的凳子上吃。

厂里会补助一部分伙食费。每天的早餐几乎都是白粥、粽子、酥皮包、蛋糕；午餐、晚餐多半是青菜加一只半咸鸭蛋或者青菜加几块肥瘦猪肉。

后来，好多人都吃厌了，早餐经常剩下许多没人吃，有时候下午会送到我们车间免费分给大家。有一次，一个男子打饭时看见又是咸蛋，当场就发了飚，把咸蛋狠狠地砸在打饭的窗口，“操你妈的，天天都是咸蛋咸蛋！”

一个星期滚一次紫菜蛋花汤或者玉米瘦肉汤，去迟了就没有了。青菜大概是没洗的，菜叶上布满了黄色的虫卵，有时候饭吃了一半，还会突然翻出一颗老鼠屎，或是一条筷子头般粗的猪崽虫。

几个月后，老公也进来当装卸工，他吃不下这里的饭，很快就瘦成皮包骨头。有时我下班早，就到外面的小摊买一份菜给他，晚上也给他买一份宵夜，尽管这样，他还是一个月不到就病倒了，只好又回去家里。

我在那里足足熬了两年多，每当放假的前夜，我总是兴奋得整夜不能入眠。一上了长途客车，我就打电话告诉老公，他就在家里杀鸡宰鸭，然后早早地骑摩托到镇上来接我。

回一趟家不容易，那时从佛山回家乡的车很少，我甚至不知道准确的发车时刻。我总是从雅瑶租摩的到客车必经之路，然后茫然地干等，经常只等到邻县的车，然后再转车回到本县城，又从县城转车到镇上。

回家转车这一路，至少要花上七八个小时。

4

在家的日子，老公总变着花样给我做好吃的，他是个木讷的人，从来不会说甜言蜜语，只是恨不得把所有好吃的东西都装进我的胃里。

单单是焖子鸭就能做出很多花样：有时配冬瓜，有时配葫芦，有时配芋头，有时配笋干……无论配什么，他都要加豆豉、蒜头、红辣椒、南乳、生抽等调料，吃起来又香又辣，回味无穷。

家里放养的土鸡最适宜做白切鸡、盐焗鸡，炖出的汤汁也十分鲜美。老公把鸡腿夹到我碗里，对孩子们说："这次鸡腿给你妈吃了，她在外边很苦哩。"

有一次回家，女儿笑眯眯地从冰箱里拿出一个皱巴巴的沙梨给我，"我爸专门留给你的，是自家的树结的。"原来，果园里那棵多年都不结果的老梨树那年突然结了六只拳头大的梨，刚好家里每人一只。老公特意捡了最大的那个留给我，却没有用保鲜袋包好，时间长了，就风干成了这个样子。

我噙着泪吃完那个梨，真的很甜。

两年后，工厂改革，食堂承包了出去，伙食倒是改善了，伙食费却高了。另外有白切鸡、扣肉等好菜卖，但以我们的工资基本上吃不起的，只有在很馋的时候才会买点吃。

后来，我托人在番禺找到了育儿嫂的工作。2005 年清明后我来到番禺，带一个七个月大的男孩，宝宝还有一个上小学的哥哥，一家四口人再加上我，奶奶时不时也过来吃饭。宝宝的爸妈是做生意的，平时的后勤也全托付给我，我除了照顾宝宝，还要洗衣做饭搞卫生。宝宝生病打点滴，也是我一个人带着去看医生。

在我的训练下，宝宝活泼可爱、能说会道，九个月就会自己大小便，一岁半学会自己吃饭。宝妈和奶奶年年给我买衣服提工资，每次出去吃饭、饮茶都带上我，还教我做粤菜、煲老火靓汤。我在这家做了三年多，脸色变得红润水嫩，人也胖了起来。

只是自从当了育儿嫂，每年只有农忙和过年时有几天假，夫妻聚少离多，我们都很难过。

老公在家大搞种养，期望闯出一条致富路，不再让我外出打工。但一直事与愿违，每每收获后一算，没什么盈利。

母亲讲了那天我不知道的事。那时，我们的生活非常窘迫，厂里的工资常常还不够娘俩的开销。眼见着到了年关，母亲还是凑不齐置办年货的钱，只好在除夕那天早上跟厂里的同事借。

母亲央求许久，一位电工终于从家里拿出一块肉来，说：“只能帮到这些了。”

母亲拿了肉回来，拌了红薯和米粉蒸了一碗蒸肉，算是那天晚上的年夜饭。

2008 年 9 月 9 日，劳累过度的老公在睡梦中猝死，送去医院时已回天无力。

当时我已完成了月嫂培训，正在番禺大岗带一个刚满月的女婴，干了才半个月，全家人都很喜欢我，对我非常好，总是把各种好吃的菜摆在我面前，让我多吃点，水果也让我随便取食。

那天早上七点钟，我打了两次电话回家都没人接听，以为丈夫已经去干活了，不久小姑打电话来，让我速速回去，说："大嫂，我哥出了点事，你赶紧回来一下。"我虽然预感不妙，但仍安慰自己："也许是骑摩托摔伤了，正在医院抢救吧。"

一路上，我不停地祈祷："求观音菩萨保佑我丈夫渡过难关，我愿减寿二十年换他多活十年。菩萨保佑，菩萨保佑，菩萨保佑……"

5

按村中风俗，英年早逝，"出去了"就不许再进村。

老公的遗体摆在村野外的一间废旧小屋的地上，等我赶回去，天已经黑了，昏暗的灯光加上婆娑泪眼，我根本看不清他的样子。我听到有好些男人和女人说话，灯光昏暗，但我红肿的双眼却看不清他们。

我扑在他身上摸他的头发和脸，大声地哭喊："怎么变成这样子的啊？你怎么不等我回来了？怎么不等我?"家人却很快把我拖开背走了，他们不许我再见他，我就这样和老公永别了。

我两天两夜没吃没喝，也睡不着，整个人都落了形。那段日子我足足瘦了二十斤。

这些年老公在家虽然挣不到多少钱，却是我的避风港，有他在，家就像一个码头，总是等着漂泊的我归航，无论在外边多苦多累，都能在这里得到休整。

老公去世后，一切都变了，婆家人疑心我必定会改嫁，对我极尽排斥。

在我还在回家的路上的时候，他的姐妹们已经翻箱倒柜搜走了老公的存款，我与老公一起开荒种下的树也卖了，钱她们拿去不给我支配。还发信息给我的女儿，让她把她自己打工的工资也寄给她保管。

两个孩子本来就不大懂事，在姑婆们的教导下，对我渐渐疏离，把我孤立起来。

我越来越惧怕回家。

2014 年 3 月的一天，一年没回家的我，拖着疲惫的身躯回到家。第二天，公公说："还有两只放养的老鸭，杀一只炖了，味道鲜甜哩，外边吃不到呢。"

婆婆马上说："鸭子留着生蛋了。"

公公又说："楼上还有只腊猪脚，拿半只煲青菜心也不错。"

婆婆说："要留着待客呢。"

我说："妈，今年我就不寄钱给你们过年了。"婆婆听了，赶紧把猪脚煲了，鸭子也炖了。但我却没了食欲，我第一次感觉到，自己最爱的炖鸭子竟然味同嚼蜡。

普通的食材，需要爱调味才鲜美。老公不在了，熟悉的味道也一同被深埋，异乡的深夜里，我涕泗横流。

兄弟三味

·**索文** / 现居长沙，一个胖子

左伢的卤鸡腿

左伢是食堂大师傅的孩子，比我大几月，三十多年前，他随母亲来浏阳小住，和我玩了一个暑假。

他长得什么样，我已经记大不清了，依稀记得他瘦瘦的，鼻子上总挂着两条清鼻涕。

左师傅家，在食堂后门旁的一间平房里，门前一个小煤炉，灶门关着。那是左师傅夜里烧水用的，左伢母子来了，偶尔也用来炒菜。

机关几进几出，好多栋房子，左伢只在这个院子里玩，他父亲交待的，要左伢莫给他惹祸。我看见他时，他坐在家门口的水泥沟边玩，身后一片橘子树，他躲在树阴里。

我凑过去，“你干什么呀？”

他转过头，望着我笑，“烧鼻涕虫咧。”

他的手里抓着一把盐，另一只手拈一小撮，手指轻轻摩挲，细小的盐粒纷纷而下，撒在鼻涕虫身上，鼻涕虫如遭电击，颤抖、翻滚，一会儿，就化作一摊水。我低头看了一会，觉得无趣。

“打板儿不?”我小心地问。

“来。”他一翻身站了起来。

我家住在院子西头，第二天，左伢吃过早饭就来找我了，我正趴在桌前写头一天的日记，左伢在桌边盯着，左看右看，桌上饭罩下罩着母亲上班前煮好的面条，干拌的，并不想吃。左伢揭开罩子看，“面稠了。”他说。

“炒一下好吃些。”他又说。

左伢开门走了出去，一会儿，又回来了，“用这个炒。”他手掌摊开，掌心里卧着个鸡蛋，左伢母亲带了只母鸡过来，绳拴着，养在家门口了。

他自来熟地进了厨房，拔掉灶门，放上锅，锅热了，才想起问我油在哪。

我俩在厨房一通翻找，找到了陶罐盛的猪油及一干作料。

左伢舀了一勺猪油，又倒回去一些，浅浅地在锅里浇了一圈，油热了，将鸡蛋敲进去，炒勺稍稍拌炒，将面条倒入，搅散了，不停翻炒，香气逐渐在厨房弥散，我的口水溢了出来。

左伢个子和我一般高，踮着脚，炒得满头大汗。

临起锅时，放一撮碎干椒，翻炒两下，盛碗。

左伢找了个小碗，给自己盛了小半碗，“我早上吃过了，吃一点就好了。”他说。

面很香，我吃得干干净净。

和我在一起，左伢可以出院子。往前一个院子，是孩子们玩耍的大本营，水泥坪里经常堆着一些木头，尖尖的沙堆被雨打湿又被日头晒干，院子的东角上有一个防空洞，北面种着一排柚子树，中间间隔种着两棵香樟，红墙的两层小楼躲在树荫底下，是机关人员办公的一处地方。

孩子们就在院中玩耍，爬上木堆，在沙堆里挖洞，分成两派玩打仗游戏，下雨的日子，大部队转到走廊里，在檐下嬉闹，吵得办公的人出来赶。左伢很快融入了集体，没几日就当起了孩子王，他力气很大，单手就能把高出一个头的孩子撂倒；又很会爬树，三两下就能爬到柚子树的顶上；各种游戏，他都上手极快，板儿总是他赢得多，玩"江山江切"（一种类似于三子棋的游戏，用小刀在泥地上划出格子，甩刀插格子，插中刀立住，算占一格，占的格子多的人获胜）几无敌手。我们很快有了一个小团队，左伢对团队的核心成员还有一项福利——偷菜吃。

左师傅有食堂后门的钥匙，放在家里五屉柜里，左伢知道地方，中午两三点的时候，食堂空无一人，正是潜入的好时机。左伢偷了钥匙，打开后门，三五个孩子一拥而入，在蒸屉里头找菜吃，蒸屉早已断了火，小陶钵一钵钵地装着中午卖剩下的菜，大家一人掏一碗出来吃，肉菜很少，最好的时候，我偷到过一钵火焙鱼，不敢独享，几人分吃了。多是南瓜、酸菜或者甜菜梗，在那个鸡蛋都不能常常吃上的年月，有油有盐的菜对于我们来说，都是好东西。有时候，一个菜咸了，吃完了，得到厨房的水龙头下灌几口凉水。

菜不敢偷太多，容易露馅，剩得少每人吃一钵，剩得多每人就吃两钵，吃完洗碗，放好，厨房里干干净净，好像没有人进来过一样。

现今想来，在当时，我们是把偷菜当事业在做啊。

我们偷菜的事终被发现了，那天晚上，左师傅在家里打左伢，左伢杀猪似的叫，嚎得整个院子都听得见。

父亲和几个邻居赶过去了，我跟在父亲后头。

待我挤进人群里，左师傅已经被人拦腰抱住了，左伢缩在墙角抽泣，眼神有我从不曾见过的茫然和怯弱，脸上赫然印着个鞋印子。左师傅下了狠手了。

"多大的事，你会把他打死咧。"旁人啧啧地叹。

"细时偷针，大了偷金。"左师傅恨恨说，"一回我就要教他懂，屋里胀不饱，你要偷？"

"我也吃了。"我涨着脸说，声如针尖。

屋内一片寂静。

“我来赔单位上吧。”父亲打破了沉默，面无表情。

“我也要出一半的。”左师傅说。

两人一番推让。那天回到家，父亲并没有打我，母亲要打，被他拦住了。他跟我说了好久道理，我只听明白了一句，“你这样做，丢我们张家的脸面。”父亲说这话时，神色黯然，好像他赖以为傲的东西，果然被我丢了。

左伢的脸肿了半个月，肿消了，他也要回家了。在那段时间里，他和我格外亲些，父亲和左伢父亲并不禁我们一起玩耍，我们常常出了院子，走一段下坡，去河岸上。左伢做了一个沉网，放上些米饭，放一块石头，沉入水里，捕些小鱼小虾，回来喂鸡。若是鱼个头大些，我们烧红了锅子，干煸了，嘻嘻哈哈地撕着吃，鱼肉香甜，几口就吃完了。

暑假快结束的一天晚上，正是晚饭时间，我家的门被敲开了。左伢端着个碗站在门外，“我家杀了鸡，送一碗给格胖吃。”左伢说。

母亲让他进来，他端着碗，小心翼翼地放在饭桌上，碗里有一只鸡腿，一个大鸡翅，卤好了，暗沉的肉色，还带着小半碗汤汁，浓香扑面。左伢母亲把那只母鸡杀了。

“好吃咧，你吃咯。”左伢吞着口水，推了一把我，笑着。

“好咧，你吃不?”我问。“家里还有，我回去了。”左伢转身就走，出了门，消失在夜色里。

那年月，卤鸡是难得的吃食。鸡肉入了味，父母尽着我吃，我抓着鸡腿啃得半天，小心翼翼中带着不舍，骨缝里的一丝丝肉都剔干净了，中间添了几轮饭，卤汁倒出，拌在饭上，大口地扒。

还碗回去时，左伢迎的我，左伢和母亲已经吃完了，左师傅就着卤鸡喝酒，桌前一堆鸡骨。

“好吃吧。”左伢笑眯眯地。

我点点头。

“来枨冲(浏阳的一个乡)啊,我让我妈做给你吃啊。”左伢认真地说。

“好啊。”我拼命地点头。

第二天,左伢随母亲回去了。不久,左师傅也离职了。

这一家人,我此后再没有见过。

花皮的小炒肉

花皮第一次邀我们去他家做客,做了五六个菜,其中一道小炒肉味道极香,至今难忘。

那是二十多年前,除了陈胖,我们都是半大小子,因一起习武而结识、要好。彼时花皮初中未毕业,我上高中,小齐和小朱稍大些,陈胖年纪最长,对亲也早,和我们一起玩时,已经有了一双儿女。花皮入门早,是大师兄。

练武费体力,容易饿。兄弟们聚在一起,总盘算着吃什么、在哪吃。

二十年前,大家都拮据,请客多是到家里吃,买来好菜自己做,手艺好坏且不论,每次都能撑个肚儿圆。

花皮有大师兄的架子,也有大师兄的仗义,请的客也最多,逢周末常常喊,“去我家耍不,搞餐饭吃。”

众人纷纷说好,于是,五个身无分文的“流光难”兴高采烈地骑上单车出了训练场,一路上热烈地讨论着今天做什么吃,陪花皮绕道去他父亲工作的菜市场。花皮的父亲与人合伙,在农贸市场角落里赁了一爿门面,专做煎猪油的生意,他的父亲黑黑壮壮,中等个子,国字脸,留着一边抹的西式头,每次见他,总是一副脚底生风的忙碌样子,不是联系着出货,就是穿着防溅的油布工装,持着长锹把，用力搅着底部生火的大铁桶，桶里密密的条状猪板油在滋滋地出油，一股浓香。

花皮管他父亲要钱买菜，“请客噢，你招待好。”父亲极爽快地掏出钱来，冲着我们笑，又匆匆地交待花皮，“去跟你妈说，莫总守着摊，便宜点卖完回去，昨天晒的茄子皮还在坪里，要落雨了。”花皮的母亲在菜场的另一头卖菜。

有时候，父亲实在忙，会说：“你去拿，要他们找我要钱。”

花皮的家在关口，本是浏阳东郊的一个乡，后来撤县改市，并入市区，成了一个办事处，那里菜农聚集，家家种菜卖。

花皮家就在乡街旁，一栋二层小楼做住家，厅里摆着大彩电和冰箱。屋后还建着一栋平房，有厨房、浴室、杂物房和卫生间，平房与厨房间盖了简易顶，坪中铺了水泥，打了井，放一张圆桌，做了饭堂。

“你屋里有钱咧。”小朱初到花皮家，就竖起大拇指夸赞。

“那是，我爸是街上最早买摩托车的。”花皮得意洋洋。

花皮像他母亲，瘦脸庞、高鼻梁、小眼睛，鼻梁略勾，透着几分精明相。他家是乡街上最早做生意的人家，家中大人除了父母，还有个祖母，早年摔断过腿，正骨没正好，行动不便。父母生意忙，早上出去，天黑才回。花皮很早就过上了放养的生活，管自己之外，还要带妹妹，四五岁开始自己做饭，十岁上就做得一桌菜出来。

也因自小当家，十多岁的年纪，总透着一股与年龄不相称的沉稳。

从菜市场到花皮家，骑车得骑七八里地，本因练了功，肚子早就空了，进得门来，众人纷纷喊饿，但都老老实实地到侧屋，跟花皮的祖母打声招呼，才往厨后赶，祖母门前大铁链子拴着只黑背狼狗，初时见我们立起身子就扑，小朱差点被它咬到。后来熟了，也就趴在地上懒得动了。

为了早早吃上饭，大家都得帮忙，遇到自己会做的食材，就当仁不让做主厨。小朱会做鱼，若有黄鳝，还会做太极图，小齐会做辣椒炒火腿肠，其余菜归花皮做。

我和陈胖只会吃。三人忙碌时，我们打打下手，帮着洗菜、择菜。都做完了，坐在饭堂里喝茶聊天，待到厨房里的菜香飘出，茶水不扛饿，二人纷纷叫唤："搞好了没有，快点，肚子饿了。"

"莫催！"花皮在里头骂，"做得少的先喊饿，脸皮有墙厚！"

一会儿，瘦高个的小齐从厨房里闪出，一脸狡笑，嘴里嚼着，手里还拈着一片猪肝，看着嫩，油汪汪的。"炒好几个菜了，"他嘴包得鼓鼓囊囊，嚼得脸上爆筋，含糊不清地说，"我试一下咸淡。"

我和陈胖起身往厨房冲。

待到饭菜上桌，每个本来堆得高高的菜碗，都塌了一小半。

开席了，不用花皮喊，总会有人进侧房把祖母搀出来。

花皮的小炒肉最后上，逃掉了偷菜的众魔爪，没备好配菜的情况下，这个菜有些繁复，五花肉切薄片，芹菜手摘去筋、掐成小段，蒜剥好、切片（不能拍烂，漏了香味），小红椒切碎，掰一指老姜、切成碎末。

老姜、蒜、红椒热油下锅炒香，再倒入五花肉翻炒，炒到肉变色，放入芹菜、豆豉再炒，之后调味，加水吊汤。盖上锅盖，略焖一会起锅装碗。

嫩黄的汤头里，嫩白的肉片和翠色青芹堆起了尖，点缀着细碎的红椒和黄姜，花皮再撒一勺辣椒粉，给山尖加层红盖。

夹一筷子送进嘴里，肉片嫩又香，芹菜脆且甜，丝丝辛辣刺激着味蕾，拿勺子舀上一勺，连汤带肉拌在饭里，扒一口，又扒一口，越吃越辣，吸着气，冒着汗，罢不了口，一碗饭很快就见了底，要起身盛过。

彼时，我们盛饭像比赛，你方坐下我又起，一桌人除了祖母，都手脚不停，像群狼抢食，扒着碗里，瞥着桌上，看着自己喜欢的菜被人夹了一口又一口，会没来由地心慌，筷子忙不迭地伸过去，有时候还嫌筷子夹菜太秀气，伸手抓过汤勺舀。

一锅饭吃完，像打了一场比赛。

待搬出椅子，坐在外头坪里歇饭气时，饱胀感才缓缓袭来。

陈胖嗜睡，吃饱了，靠背椅上朝后一仰就睡着了，鼾声像晴天里隆隆的雷声。余下四人搬出方桌打升级，惯常地偷牌、换牌，嬉笑打闹。坪里空旷，时常有鸟飞来，在坪前枳子树上略作停留又飞走。这里临河不远，有河风吹来，缓缓地、暖暖地。那时候，天空很蓝，日子很短，还没玩够，天就黑了下来。

鲁蛋蛋的炒面

鲁蛋蛋的炒面不是他自己做的，夜宵摊点上端的。

鲁蛋蛋姓鲁，是我的初中同学，蛋蛋是同学们给他起的外号，一直叫到现在。初中毕业后，他去读了职业学校学电脑，我们久未谋面。后来某天在路上遇见，聊了聊，相约吃了顿饭。忽然就变得特别要好，经常约在一起玩。

彼时，我已经到长沙上班了，租住在单位旁，尚不会说长沙话，对陌生的环境不自觉地抗拒。闲时看书、看电视，没有一个朋友。我常常夜间吃过饭，独自走上街，漫无目的地走，路灯下每一条路都寂寥，路上的每一个人都陌生。大约半年多的时间，以滴水井为起点，我的步子丈量了差不多大半个河东，走累了，就坐公交车回去。

那是我最瘦的时候。

那段时间，我每个周末都回浏阳，周五下班去东站坐车，天黑就到了。不急着回家，先去鲁蛋蛋店里报到。

鲁蛋蛋开着个打印社，生意挺好，每回去，他一准在忙，做横幅、丝印，或者印广告单，鲁蛋蛋好学肯钻，设计、制版样样来得，兼之做事精致，为人诚恳，店开得不久，名声就传开了。

看到我来，鲁蛋蛋总说："等下啊，没空管你啊，自己倒水喝。"

我熟门熟路，自顾去喝水，喝完了再嚷嚷："我没吃晚饭啊，饿了。"我义正言词，"冇落屋先来看你，够兄弟吧？"

鲁蛋蛋无可奈何地叹气，打发帮工去买炒面："我先做吧，你快去快回。"他交待着。

"蛋炒还是肉炒啊，哥哥。"帮工问。

"肉丝蛋炒面，麻烦你。"我说，看着他的背影，问鲁蛋蛋，"新来的？之前那个妹子呢？"

八点半，正是难找吃的时候，晚餐的点过了，大多数夜宵摊子还没有开起来。买碗炒面千难万难。

有一家夜宵店，开在才常路临河的口子上，晚上开店开得早，离鲁蛋蛋店子也不远，走着来回，不过十几分钟，骑自行车，能更快一些。

帮工把面买回来，塑料饭盒装着，打开来，仍热气腾腾。

那碗炒面分量足，撑得饭盒鼓鼓囊囊。用的碱面，水煮至六成熟起锅过冷水沥干，鸡蛋搭配着瘦肉丝大火急炒，放一勺剁辣椒、少许盐调味，起锅时撒些葱花，咸淡适中，吃到嘴里，尚有几分筋道，搭配着肉的香和蛋的鲜，还有少许面条受热不匀，炒枯了，带着焦香，吃起来又糯又脆。

一盒炒面扒下肚，扔了饭盒，抹抹嘴，不急着走，打开鲁蛋蛋的电脑，"装了什么新游戏没有？"

在鲁蛋蛋的电脑上，我玩过两款游戏，智冠出的《金庸群侠传》和日版《红楼梦》，都通关了。

游戏玩得晚了，索性就不回家，事先给家里打了个电话，也不管鲁蛋蛋愿不愿意留我宿。

鲁蛋蛋的电脑换得快，始终走在潮流尖端，我在他家电脑上看了人生第一部 DVD 电影——《食神》，在他那台装了独立显卡的电脑上，两人坐在拉了卷闸门的店里，对着 15 寸显示屏，初时惊叹于画质的艳丽清晰，不住称赞，后来被剧情吸引，笑得前仰后翻。

鲁蛋蛋是个帅哥，唇红齿白，肤白大眼，天生自来卷。他为人温润，兄弟交待的事，总是想方设法完成。我家新买一台电脑，父母不会用，父亲要看股票，常常打电话问我，问得烦了，我就推给鲁蛋蛋，“我交待他了，你问他。”我对父亲说。

鲁蛋蛋服务极好，电话解释不清就上门，兼了免费的软件辅导和硬件维护。偶尔打电话怼我，“背时交了你这个朋友。”

“你是我兄弟呐。”我理直气壮。

后来，另一位同学，钢皮加入了我们，有机会聚的时候，三人一起去老友谊前的夜宵点吃宵夜，卤味、炒菜加炒粉，总能吃个肚儿圆。

有一回，三人都吃坏了肚子，同时进医院打吊针。

病好了，又相约去吃过。

更多时候，我们点一碗炒面，去鲁蛋蛋店里看片，炒面馆子有外送了，吃着方便。而蛋蛋店里的电脑永远是最快的，画质清晰，立体声环绕，除了屏幕小点，再没有其他可以挑剔的地方。

更何况，还可以吃炒面呢。

后来，我们仨都交了女朋友，再后来，钢皮换了一个，我也换了一个，鲁蛋蛋的女朋友还是那个。那个女孩与他从小玩到大，成长中渐生情愫，忽一日，女孩挑明了。从此，每次鲁蛋蛋出来，都带着她，女孩短发，圆圆的脸，目光灵动，略带些俏皮，唱歌很好听。

后来，我在长沙渐渐交了一些朋友，也就不每周回浏阳了，但每回回去，还是必去鲁蛋蛋店里报到。

某一次，我照例八点半到的浏阳，事先打电话通知了鲁蛋蛋，到时，钢皮早已等在蛋蛋店里，玩着游戏。那天我带着从长沙买的碟片，想叫炒面边吃边看片，蛋蛋非要出去吃，“我请客。”他说。

一路上，鲁蛋蛋神情都是郁郁的，我问钢皮怎么了。“好像是分了，”钢皮说，“妹子父母不同意。”

那天晚上，蛋蛋喝了好多啤酒，彼时我还不会喝酒，钢皮陪的，钢皮继承了他父亲的好酒量，号称千杯不醉。

酒喝得并不久，我饭还没有吃饱，蛋蛋就醉了，我们拉他回家，蛋蛋不肯，使劲挣脱，手指指到我的鼻梁上，囫囵地骂着，舌头大了，说不出一句完整的话。一向温润的蛋蛋终于露出了狂怒的一面。他拉着我俩在滨河路上乱走，从西走到东，又走回来。他始终不说话，烦躁的神色写在脸上。

最后，大家都累了。我们终于回到了他的打印社门口，蛋蛋左找右找找不到钥匙，走到卷闸门前，使劲地捶门，哪里有人呐。我们不知安慰，眼睁睁地看着他捶累了，走到路沿上，一屁股坐下，垂下头，长久地没有声息。近前一看，他趴在膝上睡着了，像一只受伤的猫。

蛋蛋有许久没有找女友，其间在父母的安排下相了很多亲，蛋蛋每次都去，见个面，走个过场，从不联系对方。女孩心仪他，给他打电话，他也是冷冷的，过分的礼貌里藏着一块冰。

许久以后，我和蛋蛋穿过步行街去赶个饭局。看到他的前女友和一个男孩在溜旱冰，两人一前一后，追逐着，从我们身边滑过。

“你看见……”我拍了一把鲁蛋蛋。“我没看见。”他打断了我的话，目不斜视地往前走去。

从此，我再不提那个女生，以至于后来，我竟忘了那女孩的名字。又过了许久，蛋蛋结婚了。他结婚还算早的，至少比我早，钢皮结婚早过他。大喜之前，我提前去了他家，给他上礼，“终于有人收你了。”我笑他。

“谁来收你呢?”他怼回来，“要等几年噢?”

蛋蛋一语成谶，好几年后，我才结婚。我和太太回浏阳办的婚礼。事前我打电话给蛋蛋。

“哪个女的瞎了眼。”蛋蛋在电话那头怼我。

婚期还有一个多月时，鲁蛋蛋找到我的父亲，他给我订制了一批请柬，自己设计的，打印好了，“只要写宾客名字，”蛋蛋说，“也不晓得还能帮什么忙，叔叔有事找我。”

父亲打电话给我，大赞蛋蛋义气。

我忙给他打电话，“帮忙归帮忙，礼金不能少啊。”我说。

“封好了，老大，”蛋蛋嗔道，“三年内离婚还我。”

“快呸掉!”

“呸!”

十几年过去了，蛋蛋家的打印社换了几个地方，蛋蛋的女儿长大了，那家开在离打印社十几分钟距离的炒面馆，我们也很久没有光顾了，听说已经换了地方。

偶尔回家，我们还是会聚，吃饭，喝酒，蛋蛋酒喝得节制，不打牌，但是我打牌，他会陪着，在一旁看手机。

“你这样像我的女朋友诶。”我常笑他。

“呸!”他怼我，跑来翻我的包，“iPod 里有新下的片子吗?”

“有一部横山夏希。”

他拿起 iPod，熟稔地按开密码，坐到一边去了。

后记

写完这篇文章，我发给蛋蛋看，我发信息问他："炒面馆子是不是'杯莫亭(浏阳一家有名的夜宵店)'？"

他说："是啊。"

我又说："真是奇怪，我真不记得你的前女友的名字啊。"

他回："正常，我也不记得你的前女友们。"

半晌，他发来一条信息，"几时回，吃炒面去吧。"

我回："好啊。"

借来的粉蒸肉

· **七焱** / 我从遥远的地方来看你,想说许多的故事给你听

1

我永远记得六岁那年的除夕。

1988 年岁末，我独自在母亲的宿舍等她归来。室外天寒地冻，宿舍内因悄声燃烧的蜂窝煤而显得温暖许多。

我饿了，开始不停往那口冒着蒸汽的铝锅望去，混合着蒸汽一同弥漫的，是满屋粉蒸肉的香味。

我到底还是抵不住肉香的诱惑，揭开锅盖，夹了一片粉蒸肉放进嘴里，心里想着“再吃一片就好”，嘴上却不停，连吃了半碗。

我吃得正酣，母亲带着一身冷气回来了。她推门而入时，我嘴里正含着一块肥肉，母亲扫视了一圈屋内，直盯着我，走了过来。当即就是一顿连扇带打，我张着嘴哇哇大哭，半块肉连同涎水一同掉了出来。

揍过我之后，母亲就端起那碗粉蒸肉甩门而走，留下我一人在她贫陋的职工宿舍里不停抽噎。

过了一段时间，母亲又端着那碗粉蒸肉回来了。她愠怒已消，面容恢复到一贯的丧气，顺手把碗放进锅里重新热了热，然后端出来，让我跟她一块吃。

吃完那碗粉蒸肉，按母亲的说法，“就算是过了除夕。”

2

母亲用如此粗暴的方式体罚我，在那时已成习惯，而且往往毫无缘由。

成年以后，我才重新满怀酸楚地触碰这些记忆，连同多年对母亲生活的解析，以及来自周围的零散信息，才隐约得出一些答案。

早在我尚不记事的幼年，母亲便因多疑整日与我父亲争吵，她偏执地认定，父亲在他厂里有个相好，父亲偏偏是一个沉郁寡言男人。在妻子数次追闹到单位之后，直接消失得杳无踪影。

母亲更加觉得自己的生活失败透顶了。她原先是国营塑料厂的编制缝纫工，婚姻变故没多久后，被调换成烧火工，只有噪音和孤独与她为伴。每况愈下的处境加之原有的性格，在她身上形成了恶性循环。

她常常无端趾高气扬地对车间临时工颐指气使，或者和正式工制造摩擦，回到宿舍面对我时，经常是一触即发的殴打。

在对我施暴的同时，母亲还会从口中喷发出强烈的愤懑："磊，磊！你就是我的拖累。"父亲给我取的"磊"字，愈发招致母亲的怨怒。

母亲的娘家在邻省甘肃，当初来县里是为了接退休姥爷的班。

姥爷原先在县公路局，是个极好的单位，可当她过来后，人家见她孤身一个弱女子，那职位不久就被人暗箱操作顶替了。最终母亲只能接受调配，被分到塑料厂，接下来和父亲结了婚，没过两年便是婚变。

我理解母亲当时的处境。

而使我最终对母亲充满怜悯的，是每次揍完我后，她抱着我放声哭泣的声音。多年来，这样的哀啼常常在我梦中隐约传来，让我一次次惊醒。

即便是那样普天同庆的除夕之夜，在母亲和我的世界里，也愈加像是一出悲剧。

3

二十世纪九十年代，市场经济在我们这个山区小县城，也开始活泛起来，母亲和我的生活也不再那么捉襟见肘了。

母亲所在的车间被私人老板承包，工人工资由计时变为计件，当时母亲的工种已经调回缝纫工，整天在缝纫机前缝蛇皮袋，一个五分钱，一天能做三四百个。为了多挣钱，母亲每天都在工厂里干得热火朝天。

私人老板另有一个竹制品厂，母亲和一些同事又挤时间揽缝制麻将凉席的活儿。先将打成片块的小竹板钻孔，再穿进塑胶管链接整齐，母亲双手遍布的伤痕和茧疤就是那时留下的。

当然，每个月领到的工资足以令母亲喜笑颜开好一阵。几乎每次，母亲拿上工资的第一件事，就是去菜市场买点肉，用草绳拴挂在自行车的车头，招摇过市地骑回家。

母亲总会麻利地将蜂窝煤炉和灶具搬到屋门口，菜籽油烧得旺热，肉片入锅的“嗞啦”声，锅铲炒动的节奏，升腾而起的油烟随之传来……我紧张而愉悦地站在一旁，看母亲弯着腰皱着眉头，全然沉浸在这场表演中。

待炒菜的滋味弥漫了整个走廊，隔壁屋子传来一句短促的“好香呀”，我忽然间、也是第一次想到“幸福”这个词，并小心翼翼地试图去理解其中的含义。

甜脆的蒜薹炒肉，呛辣的青椒炒肉，汁浓液香的大烩菜，软糯烫口的粉蒸肉……在那段时光的流转中轮番出锅，从屋外端到了屋里。

生活的忙碌也逐渐让母亲的心境趋于平和。

那时我已上了初中，看得出来，母亲风雨无阻往返塑料厂、竹制品厂和家里的疲惫身影背后，全是满足和信心。

为了多挣钱，母亲也走了不少弯路。她并没有做生意的经验，却忽然办了三年的停薪留职。缘由是偶然结识了一个把茶叶生意做得风生水起的女人，那个女人告诉她，现在做服装生意很红火，如果从西安批发服装过来，稳稳能赚大钱。

就凭这几句，母亲下了海。人生地不熟地来到西安康复路，乱七八糟进了一大口袋衣服鞋子驮回来，跟着卖茶叶的女人到处去乡下赶集售卖。可是辛苦的付出并没有回报，生意没有出现想象中的火爆，第一次就赔了本。

母亲不服输，仍然盲目进货。直到最后，只能依靠每天在县城街边支着一张小钢丝床零售，母亲才打算放弃，重新回到厂里上班。

一直以来，母亲的脾气仍未有什么大的改观，她文化水平不高，遇到不顺心的事情，能想到的唯一出口便是乱发一顿暴脾气。

进入青春期后，我开始和她顶嘴了，气头上的母亲变得更加凶恶，但上初中后，她就再没动手打过我。

如果问我，这么些年我最希望停留的时光，那无疑是这个阶段。母亲让我看到了她勤劳、坚强的一面，在我性格走向成熟的时期，在我以后的人生道路上，“务实不虚”是这个时候的母亲教给我的。

4

虽然母亲的脾气依然暴躁，但她依旧给予我尽可能多的爱，用属于她自己的方式。

一个碎嘴的中年妇女，有段时间成天往我家跑，目的是想说服母亲嫁给一个河北的煤矿工。那段时间，那个妇女常常紧紧跟随在母亲身后，像个影子一样寸步不离。这令母亲，尤其是我，感到极度厌烦。

最终，母亲松了口，答应见他一面。见面地点是这个妇女家里，妇女领着母亲，母亲领着我。

妇女不停对母亲讲对方的好处，母亲则细细追问男方家庭子女情况，我一言不发，心中泛着莫名的伤感，不情愿地跟在最后。

男人木讷、老实，半天才说上一句话，似乎眼见事情要成，那妇女乐开了花似的不停说："多好的男人呀，实在，靠得住，以后肯定亏不了你们母子。"

但后来，母亲却翻了脸。

先是午饭时，介绍人让男人出去买点酒菜，她也想趁机问问母亲的意见。母亲什么都没说，被问得紧了，就不耐烦地喊一句，"急什么急，再观察观察。"

男人买了半斤肉和一些下酒菜，那妇女就拿着去厨房忙活了，不大一会，饭菜做好，我们几个人围在桌前。有饭菜堵嘴，男人更加没有话说，一个劲往嘴里刨食。

那桌饭上恰好有一道粉蒸肉，母亲先给我碗里夹了两片，可是我并没有食欲，只是用筷子在碗里乱戳。对面的男人则不停给自己碗里夹肉，不大一会儿，一碗粉蒸肉眼见着就要被他扫光。

母亲的脸色越来越难看，不等吃完，"啪"的一声将筷子拍在桌上，拉起我的手就往外走。那妇女慌了神追出来，可显然拦不住气头上的母亲。

母亲最终扔下了一句话："在我面前，谁也别想抢我儿子的肉！"

5

此后每年的年夜饭，我家桌上照例都有粉蒸肉，但不知什么缘由，我却很少再动筷子了。

2001 年，我考上省城的大学，母亲也分到了职工安置房。那年寒假回家过年，母亲特意操持了满满一大桌酒菜。

我笑问她："两个人怎么吃得完？"

母亲高声喊："剩再多我也愿意，今年你考上大学，咱家又住进新房，必须好好庆祝。"

桌上仍然有粉蒸肉，我忽然就想起了 1988 年的那个除夕，便开玩笑和母亲说："妈，你记不记得我小时候有次过年，我偷吃了半碗粉蒸肉，你把我打了一顿?”

母亲的视线在杯盘间来回巡视,笑容却如同河水的落汐一般逐渐褪去,“咋不记得……你得体谅你妈当时的处境……”

接着,母亲讲了那天我不知道的事。那时,我们的生活非常窘迫,厂里的工资常常还不够娘俩的开销。眼见着到了年关,母亲还是凑不齐置办年货的钱,只好在除夕那天早上跟厂里的同事借。

母亲央求许久,一位电工终于从家里拿出一块肉来,说:“只能帮到这些了。”

母亲拿了肉回来,拌了红薯和米粉蒸了一碗蒸肉,算是那天晚上的年夜饭。忙完这些,她再出门办事,迎面碰上了电工的媳妇。她辱骂我母亲,非要她把那块肉还回来。母亲和她大吵了一顿,回来就端走我吃过的那碗肉要还给她。

后来,还是工友们劝住了争吵的双方,我和母亲才得以吃到那半碗粉蒸肉,度过那个除夕,迎接新年。

母亲讲完,眼泪就啪嗒啪嗒往下掉,好一会儿,母亲才问我:“你还记得呀?”

我赶忙说:“不是,只不过刚刚想起来,随口问一句。”

母亲又问:“那你咋后来一直不爱吃粉蒸肉了?”

我沉默半天才说:“太肥了,吃不动。”

6

又过了十多年,母亲早已退休,我也参加工作好几年,因为经年疲于奔命,很久都没能好好团聚。直到 2014 年,我在省城付了首付买了房,才把母亲接到新房子里过了个年。

母亲真的老了,她从前暴躁的脾气和高昂的声音早已消失得无影无踪。跟我讲话时语速缓慢,声音也谨慎轻柔起来,连看我的眼神,也常常带着一种迟钝的幸福。

那顿年夜饭由我亲自操持，我想给母亲做些新鲜的，于是除夕一早，我就去超市买了一堆海鲜，忙活了一下午做了一桌菜。母亲笑眯眯地望着精致的杯盘，看着那些大闸蟹、白灼虾、多宝鱼、花蛤和扇贝……就让我教她吃这些东西。

吃了几口，她淡淡地说："过年还是要吃肉啊。"

此时的我，已经很少吃肉了。但思绪忽然就回到1988年除夕，我知道，那碗粉蒸肉飘溢的糯香味，将永远萦绕在我们母子之间。

回来吧，回来吃荠菜饺子

·**罗十五** / 一条梦想尚存的咸鱼

1

老家地处丘陵，草木繁茂，野菜的种类颇多。荠菜也是一种，在我们当地也叫“地菜”，大概是因为它脖子短，贴地长的缘故吧。

荠菜长在田间地头，肥厚，层层的叶子舒展着，大，却不老。

家常的做法就是剁碎了根叶和着猪肉糜，拌成饺子馅或是春卷馅。后来，我去别的地方，发现荠菜有凉拌的吃法。在我们那里，似乎是没有的。

虽是野菜，但端上饭桌的荠菜并不显轻贱，甚至是一件颇为隆重的事。恰逢荠菜鲜嫩的时节，家里来了客，留人吃饭不说别的，“就搞点简单的，荠菜饺子！怎么样?”主人的音调必是上扬的，喜悦的，令客人难以回绝。好像一旦回绝了，就会扫了人家整个春天的兴致。

男人兴冲冲地跨了摩托去村部买块好肉，女人端茶递烟，陪客唠家常，等摩托声近了，女人便麻利地提篮拿镐，准备出门去寻荠菜了。

一碗热腾腾、香喷喷的荠菜饺子历经了“找、挖、择、洗、剁、调、包、煮”，才能被端上堂屋的饭桌，和家常小炒们摆放在一起。

第一碗照例要端给客人，第二碗给家里的老人。零星的油花，青翠的小葱浮在清汤上，敞口瓷碗里，圆润饱满的饺子叠摞着，粉色的馅儿在白面皮下若隐若现，碗底还静静地卧着两只小母鸡新下的蛋。这是乡间，另一份更为含蓄的心意。

冬去春来，到了清明左右，草丛里就会窜出一根根细碎的白花。路人瞥一眼，总会惋叹："啊呀，这么多荠菜，全老啦。"而城郊的菜农在荠菜身上已经赚过了，他们赶着时令，把挖好的荠菜洗干净，提到城里去卖。每次量不多，价格不低，却总能卖完。"一棵棵地找，又不是自家种的，便宜不得。"他们很少会接受主妇的议价。

等荠菜老得开了花，牛也不吃了，农历三月初三这天，菜农仍能赚一笔。他们把修长的荠菜花捆成秀气的一把，配着青茅一起卖。"荠菜花煮蛋，吃了驱邪；青茅插在门上，像剑。"

至此，我们那里的荠菜，才算是完成了它这一年的使命。

2

我父亲喜欢吃野菜，准确地说，他是喜欢寻找野菜的这个过程。每每回到老家，他就放下了手头的事，挑上一个小筐，优哉游哉地，顷刻不见了人影。

再回来，筐里总有些收获。有时是一把香椿，有时是几朵枞菇，有时是几颗板栗，更多的时候，还是荠菜。运气再不济，他也要采一捧自家茶园的叶子回来，无关老嫩，总之，绝不空手。

母亲不大懂他，常在他身后大声喊："别去了，别去啦！季节过了，什么都没有啦！"可父亲还是挑着他的筐独自往前走，头也不回，"我去找试哈儿。"

一个人穿梭在田间，停留在树下，哪怕什么都找不到，看看山坡上啃草的牛，想来也是清净的。当然，他若是能找到些什么，全家人都会跟着开心。因为，我们终于有一顿饭，可以暂离城郊蔬菜大棚那日复一日的寡淡了。

父亲是不善言辞的，他只会跟着前前后后忙活着，择菜、洗菜，具体到每一个小的细节。母亲看到了，有些不悦，边干活边愤愤不平："在家的时候怎么就没看到你这么勤快?”父亲不回嘴,也没有额外的表情,只是那一餐,他还要多吃一碗。

我一直以为,他们的结合是不幸的——她常怨恨他的清冷沉默,心永远焐不热;他鄙视她的热情冲动,失控时像个疯子。他们俩一个来自赤道,一个属于极地,却阴差阳错地在一起,纠缠了半生。

所以,沉默,是我们家的日常氛围。

改观发生在父亲三十六岁那年的除夕,那年的年夜饭是荠菜饺子,至今我仍记得。

当时,父亲还在一个偏远的乡镇法庭工作,除夕当天,正好轮到他值班,要很晚才能回来。恰巧母亲也是诸事缠身,抽不了空,以至于别人家的鞭炮都响了起来,我家的对联还没贴上。

贴对联,祭祖先,这是我们当地的风俗,事情都没有办妥,我很害怕他们回来会因此吵架,就琢磨着自己做。

还没等我动手,他们却提前回来了。只是,父亲的右手臂打了石膏,一根纱布托着手,缠绕着吊在他的脖子上,袄子和裤子上沾了土,整个人显得疲惫又狼狈,他进门的时候沉沉地看了我一眼,没有任何表情。

我呆立在那里,看着母亲把他扶回卧室,帮他脱衣服,服侍他躺下,再退出来,轻轻关门。整个过程他们都保持着沉默,配合得十分默契,没有人主动跟我说一句话。

“爸爸怎么了?”我终于回过神。

“摔了。”

“怎么摔的啊?”

“他出来的时候把钥匙锁在单位里面了,想翻墙进去拿,一不小心就摔下去了。”母亲的嗓门越来越大,似乎想到了什么,又突然压低,“我喊他不要翻不要翻,他就是不听!”

3

夜幕降临，街坊四邻祭祖完毕，燃放鞭炮，响声开始此起彼伏。我家的气氛却很凝重，尽管父亲的手和腰都受了伤，可年夜饭还是要吃的。

母亲麻利地进行着各项祭祀仪式，她先跪下，向祖先禀告了一年来发生的大事，又反复祈求着来年全家的平安。完成后，她就着手准备做饺子了。

厨房里的肉还是整块的，要剁；面粉还装在袋子里，要和、要擀、要包。我看着母亲从冰箱里拿出带着冰碴儿的荠菜，放在盆子里，站在那里，愣了好一会儿。

切成小块的肉摊在砧板上，有高高的一堆。母亲手里的两把刀来回交替地落下、提起，接连不断。看起来，要把这一堆肉弄成细腻的馅儿，也太费劲了，可过去父亲做的时候，似乎并没有这么难。

母亲老早就脱去了棉袄，身上只剩下一件毛衣，南方的冬天，冷是冷的，可这样干活会更加轻便灵巧。母亲很瘦，只有八十多斤，家里的两把老刀很沉，快速剁上实心的砧板，“梆梆梆梆”地响起来，我不知道父亲能否睡得着。

十几个回合下来，母亲累了，就停下歇会儿。我接过刀，两手握一把，提起膀子，也“梆梆梆”地剁起来。荠菜的根是黄白色的，有一种浓烈的香气。即使混在猪肉里，也掩饰不住一股肆意的野味。

母亲调好馅儿，拌匀，又拿出一个盆子准备和面。水倒进去，面粉集结成团，一开始，她只是用手臂发力，后来，她踮起脚，借助上半身的惯性往下压，到了最后，她索性把盆子搁在椅子上，弯下腰去揉。整个过程她都一声不吭，我也沉默着。

等母亲终于把那盆可怜的面团端上了桌，手里的动作渐渐慢了下来，她盯着我，突然说道：“我不该催他的。”

一时间，我不知道该怎么接母亲的话。

“今年是他的本命年，我提心吊胆了一整年，结果，末了末了还是出了事。”她哽咽了，我猛地抬头，发现这个平日里对我们凶巴巴的女人竟然撇着嘴，哭了起来。我站在一旁，不知所措。

她哭了一会儿，就用手背擦擦眼泪，又继续摆弄起那个面团。再后来，揪剂子，擀面皮，包饺子都进行得很顺利，我俩配合得很好，把除夕夜的饺子和来年早晨吃的“元宝”，摆了满满一桌。

饺子快要出锅的时候，母亲打发我去喊父亲起来吃饭，她嘱咐道：“待会儿吃饭的时候开心点。”

4

推开门，卧室里是黑的，父亲已经睡着了，呼吸声很沉很沉。外面的灯光照进来，洒在紫花被面上。

“爸爸，吃年夜饭了。”我轻轻地喊，怕吓到他。

父亲动了动，哼了一声，就想往起爬，但他的腰伤似乎不允许他这么做。我打开灯，想扶他起来，未果；又尝试着抱起他的头，想让他的上半身挪一挪，可还是不行。

场面一度极为尴尬，我陷入了一种“为什么我是个女孩儿，这点力气都没有的”的自责，而父亲沉默地陷入了什么思考，我不知道。

母亲闻声赶来，她把父亲扶坐起来，极温柔地给他套上衣服。父亲没有说话，似乎还沉浸在梦里，带着一种恍惚的迟钝。他穿上拖鞋，顺从地跟在母亲身后，慢慢坐上桌子的主位。母亲转身就进了厨房，端出第一碗荠菜饺子放在他面前，碗里还浸了个汤勺。

父亲的一只手吊在胸前，微微弯下身子，凑近碗，另一只手拿起汤勺，慢慢地舀碗里的饺子。他渐渐清醒过来，问起了过年期间的一些琐事的安排和准备，母亲有一句没一句地答着。

白色的水汽从炖菜锅中腾起，锅里“咕嘟咕嘟”地翻滚着，我张嘴咬下去，荠菜饺子的清香，快速充斥了整个口腔。

我尽量保持着外在的平静，似乎这个除夕夜和过去的，并没有什么不同。可母亲却忘了她嘱咐我的话，不知从哪个话头开始，她埋怨起了父亲的冲动，不听她的劝阻，倒地不动的时候吓到她了……

当人体有生理疼痛的时候，脾气大概也会异于平常。父亲当即开始反驳母亲，他们一来一往地争执，眼看着这顿年夜饭就要吃不下去了。

我看着父亲，说：“爸，刚才妈妈包饺子的时候说你摔了，哭起来了。”

父亲一时语塞，开始低头吃他碗里的饺子。母亲似乎是觉得在这个吵架的当口，说起这事很没面子，立刻强辩道：“谁哭了？我那是沙子迷了眼睛。”

“家里哪来的沙子？”我脱口而出。

母亲的脸顿时就红了，她上不去，也下不来，没憋住，就笑了起来。父亲还是不说话，他专心地吃着饺子，只是，头埋得更低了。

5

上了大学，没有我在身边，父母的关系愈发好了起来。他们时常一起出游，一起“对付”我，只是嘴上还是彼此嫌弃。

每次回家，母亲在一路上先要给我历数这段时间父亲犯下的种种“罪过”和他不可理喻的言行。等到了家，父亲就在厨房里压低了声音，甚至用唇语向我告状。

“什么？你说什么？大点声——”我故意逗他。

“啊？你怎么能这么说我妈呢，她那么温柔贤淑——”

父亲当下就很紧张，转身向门外望去，回过头又说道：“你这个小孩儿，太坏了!”

“有意见,当面向组织提出来,组织会酌情处理的,不要在背后告黑状。”我说。

“不行。”父亲果断地拒绝,又低下头,继续炒我喜欢吃的那道菜。

曾经有那么一段时间,我变得不怎么喜欢回家了。即使是一个人窝在学校寝室,也不愿意回去。于是,他们想尽了办法。

“你回来,我带你出去玩。”

“你回来,我带你逛街买衣服。”

“回来吧,山上的花儿都开了。”

“嘿,我和你妈挖了很多新鲜的荠菜,回来吃饺子,改善一下伙食……”

可我已经对吃什么,不那么在意了。我会找理由,会回绝,会拖延,直到那些时令的果蔬过了季。

工作之后,回家的机会不多,回老家的次数就更少了。可老家是一定要回的,因为我爷爷还在那里等我。

爷爷在每周的周六上午都会雷打不动地给我打个电话,每次接通,他的笑声会先传过来。先是问我北京的天气状况,然后讲一讲他看的天气预报,再说一说家里的天气。八十岁的他会让二十多岁的我保重身体,他既担心我在北京迷路,又怕我钱不够花,甚至千方百计地想弄到我的银行卡卡号。

我总对他说:“我很好,一切都好,你也要好好的呀。”

6

今年清明节前夕,我一并休了年假,临时起意,回了趟老家。姑姑开车到村口接我,在店里挑选了一块好肉,她说:“晚上,咱们就吃饺子吧!”

爬山,穿林,车停进院子,狗都没有叫。姑姑下了车,三步并作两步蹿到老屋的一个窗子底下大喊："爸，你家的宝贝儿回来啦。"

"啊，十五回来啦?"这两年，爷爷的耳朵不好使了，嗓门就变得特别大。

"你怎么知道是十五，不是我家的昆呢?"姑姑拿我的表弟打趣。只见爷爷从屋子里走出来，两块颧肌高高地挂起，他迈着小碎步向我跑过来，身后跟着他的三个老牌友。

村里的老人们把我围了起来，这个捏捏我的手，那个拍拍我的肩，他们都拿爷爷刚才的话说笑。爷爷并不觉得说出"宝贝儿"有什么难为情的，只是抓着我的手，久久不放，"今天就散场了，不打了，我家的十五回来了。"

牌友们陆续走后，爷爷才露出一丝狡黠的笑，"你回来得正好，我赢钱了。"

"赢了多少?"我赶忙问。

"二十。"

仔细询问了我的近况，靠在椅子上的爷爷，又恢复了一家之主的常态。他满脸严肃地指挥姑姑去买肉，安排道："晚上，我们吃饺子。"

得知猪肉已经妥当地放在厨房的吊篮里了，爷爷又郑重地问我："你想吃什么馅儿的? 荠菜、小葱，还是芹菜?" 没等我开口，他又说："嗯，北京没有野生的荠菜吧，我们就吃荠菜饺子。"

"可是这个时候，荠菜不是已经过季了吗?"我说。

"没事，去找试哈儿。"

爷爷起身挑起小筐，拉着我的手，往菜园边走去。菜园的篱笆已经颓败了，稀稀拉拉地相互依托着才没有倒。包菜仔在里面卷成一团又一团，还有一些菜我不认识，但也都不大精神。

我低头看，却怎么也找不到荠菜，野草倒是有很多。

"诶，这里有一棵。"爷爷拿着小锄头，就地画了一个圈，我低头一看，发现那棵荠菜已经开了花。

"爷，开花了。"

祖孙俩只好继续往前走。

“我知道有个地方，荠菜特别肥。”爷爷的声音突然高起来，他一脚就踏进树林旁的阴沟里，我赶紧跟上去，生怕他被什么东西给绊倒了。

那里的荠菜的确很肥，只不过，花也开得比别处高。我们又接连辗转找了三四个地方，发现情况都一样——细碎白白的荠菜花，在南方的暖风中，左右摇摆着。春至清明了。

竹筐靠在爷爷的脚边，空空如也。老人家略微有些丧气，站在田埂上轻声说道：“确实过季了，都老了。你早点回来就好了。”

背着一棵香椿树去留学

· **曹玮** / 行者，人类学研究者。以有尽之人生，写无尽之人群留学生的友谊，往往从吃开始。

“哎，中国超市最近有一种越南的牛肉干很好吃，像国内的。”“是吗？那一起去啊。”

或者更简单直接。

“你吃辣吗？”“我超爱吃辣，可是这里找不到好的辣酱啊！”

两人便瞬间成为知己。我和磊哥的友谊，也是这样莫名其妙开始的。

同是天涯一吃客，相逢何必曾相识。年轻的我们就这样在异国他乡，为吃一口来自故国的味道，做傻事，犯错误，寻找着，开垦着，坚守着，创造着。

我们曾经带着各自故乡山河和各自历史的味道，因为吃走到一起来，几乎在异国重组了一个日趋精细的中国社会。而我们又好像毫不知情，莫名其妙地，像食物汇聚后香气消散于空气一样，带着彼此相遇的味道，悄悄分离。

剪头发的磊哥和虾酱肉

即便天涯羁旅，许多人却还固守着国内传统。每每年关将近，留学生中便有了两股“异动”：一是备办年货的买卖；二是理发的交易。

在法国，最简单的理发都要二十欧元起，对囊中羞涩的留学生来说，实在过于昂贵。于是腊月开始，留学生中那些学戏剧电影、有舞美造型经验的人便愈发抢手。一次理发五欧、十欧，既为同学提供方便，又能改善生活。

磊哥就是一个“技多不压身”的留学生。他拍过电影，又读着博士，理发更是分文不取，只求美食一顿。

磊哥的理发手艺，起初也仅限于男生。自备剪刀推子，上门服务，理个小平头，便能饱食一顿。包子、大盘鸡、红烧羊肉，加上美酒几杯便结成友谊。两个月后，又是同一批固定客户，给他大盘鸡，包子，红烧羊肉。

久而久之，磊哥的声名便传到了周围小城镇的留学生群里。于是，磊哥开始背着工具，跋山涉水，跨市跨省地进行着自己的理发事业。每次回来，都容光焕发，脸也似乎又胖了一圈。

“喂，磊哥，我这边两个人头，腊月二十三有空吗？”那天，我也拿起了电话。

“二十三晚上可以。”磊哥用沉实缓慢的声音回答着，最后不忘加一句，“菜要好。”

这一天，我早已提前准备了家乡特色菜“虾酱肉”。制作虾酱肉，首先得用选上好的、略肥的五花肉，将它切成大方块，煮至七成熟，这时，肉块会略微卷起，稍稍膨胀，泛出一层白光。然后，在肉皮上抹上蜂蜜或老抽，在肉上切些横竖花纹，放入锅中油炸——再次出锅，肉内多余的脂肪已经渗入热油中，而肉皮却金灿灿的，泛着又小又酥的泡泡。

肥肉黄白透亮，瘦肉粉白诱人。切片，拌上咸香的虾籽酱和炒面混合成的汁液，整齐地码好放进瓷碗中，再加上葱姜蒜和干辣椒。然后用盐水和面，擀出一片圆形面片，封住碗口，最后上锅蒸。虾酱肉的制作，对留学在外，工具缺乏的我来说，算是一项和理发一样费时费力的大工程。

磊哥进门的时候，虾酱肉的瓷碗刚刚放入热水中开蒸。

报纸中间撕开一个孔，套在我肩膀上，磊哥便开始了工作。

“剪短一点就好。”我对他说。

磊哥下剪缓慢，好像边剪边思索着什么高深的东西。我旁边的师妹忍不住问：“磊哥，你到底给女生剪过头发没有啊？”

“在国内拍电影时女生的头发都是我剪，在这里你们是第一批。”

师妹瞪大眼睛，紧紧盯住磊哥的剪子，生怕他哪里出错。

炉灶上的虾酱肉这时已经开始散发出诱人的肉与虾籽混合的香气。

“好香啊！”他忍不住叹道。

“磊哥，好好剪，待会儿有好吃的！”师妹既是威逼又是利诱。没多久，磊哥就把我的齐胸长发剪得齐肩了。

剪着剪着，虾酱肉的味道随着白色的蒸汽已然在我十二平米的小屋里弥散开来。味道进入每个人的鼻孔，挑动着大脑神经负责吃的那部分，或许这又奇迹般的连接着人类的创造力，只见平时慢条斯理的磊哥突然激动起来，“有了！”他叫道，“你这个脸型，其实最适合创意发型。左边头发齐耳，右边及肩。你看怎么样？”

一片肉香中，磊哥已然艺术家附体。

而肉香入脑的我，大脑中负责判断力的部分也迟钝了，竟跟着附和道：“好！剪！”

一片蒸汽中，磊哥的剪刀飞快动起来，不一会儿就完成了我和师妹的理发大业。镜中的我，果然从齐胸长发变成了左右不齐的短发，而师妹则抵制了肉香的洗脑，仅仅剪短了一寸便罢。

当虾酱肉最终出锅，倒扣在瓷盘上，揭开瓷碗时，一座圆润饱满、散发着香气的焦黄色肉山，覆盖在如同草原落雪后，山峦起伏的面饼上，混着虾酱的肉汁在肉山边缘汩汩流出，磊哥不由得惊叫起来。他激动地抓起我的相机，好像拍电影一样变换角度。“这样拍更诱人。你看，肉上面一闪一闪的！”

我瞥了一眼，照片中的虾酱肉，果然像从美颜相机中走出，氤氲在一片神秘诱人的雾气里。

那天的虾酱肉，我几乎一口都没吃。因为磊哥一直埋着头在虾酱肉前，一筷子连着一筷子，好像一只饥饿的老虎。

此后以后，磊哥开始对自制肉食有了兴趣。我最后一次和他通话，他正坐在前往南法的火车上，手里端着自己刚煮好的一块肉。

他早上起来不久，就开始练习卤肉技艺，一边练习，一边预订一周后去南法旅游的火车票。可订完却发现，自己竟然完全弄错了日期，他订的火车，一个小时后就会出发，且不能退票。于是磊哥毅然端起卤肉，匆匆忙忙赶到火车站——这块肉，是他当日乘火车的唯一行李。

十几天后，他离开了法国，前往美国游学。没过几日，我便收到一张照片，上面一枚热气腾腾的东坡肘子，之下署文：“此肉可与姐的扣肉相媲美！”

肘子卖相好，同样一闪一闪亮晶晶，大概磊哥把自己的“理发换美食”的事业拓展到了美国。

从此，我再也没有见过磊哥，也没有听过关于磊哥吃肉做肉的一切故事。只是几日后突然在路上遇见一个发型和我相似的中国女孩——左边长发齐耳，右边及肩，彼此都有些惊讶。

“你好！”我朝她叫一声，她也好奇地看着我。

“你这头发……你认识磊哥吧？”

“嗯嗯，是他剪的！”那边拼命地点起了头，竟有些莫名的激动，好像在他乡遇见了故知。

有笋吃的春天，很幸福

星期六早上，老许像往常一样去家乐福，看那里有没有新鲜猪头出售。

老许，物理学博士。刚来法国，身上带着的唯一电器就是电饭煲。法国插座是两个小圆孔，他电饭煲的三相插头自然不能用。可老许一点儿也不急，拆开电饭煲，稍作改装，不一会儿，电饭煲摇身一变换上了法国插头。没过多久，香喷喷的大米饭也煮好了，老许一面吃饭，一面笑道："这简单，初中物理！将来回国，再把它变回去。"

令老许的大名真正传开的，还是猪头肉。

猪头肉，在这个吃货满盈，擅长食用猪脚和牛脸的国度并不陌生。超市的肉柜角落时常会有，极其便宜，用保鲜膜包在塑料泡沫的大箱子里，劈成两半，猪头眼睛紧闭，鲜血淋漓。

对于我们这些小打小闹着做饭的留学生来说，猪头肉绝对算得上硬菜。首先，解剖就是一个大问题。至今我也不知道刚来法国的老许是如何在自己一米见方的灶台上，用菜刀将硕大的猪头劈成块，再放进自己的小锅里烹煮的，那一定是和凶杀现场一样的血腥刺激。

"老许，一个大猪头，血淋淋的，你不怕吗？"同行的女留学生问他。

体形文弱，戴副眼镜的老许眯眼笑道："这有什么怕的，我们老家，杀年猪你见过么？好热闹的！猪头肉好吃啊！"

一来二去，总在一起吃饭，我们也渐渐熟了。老许好客，见人来到家里，总会从柜子里拿出在酒展上免费获得的高脚杯，再从纸盒里掏出自家种植的碧螺春沏上。

老许家种的茶，和带着商标的高脚杯竟然莫名相配。

然后，老许便开始掏心掏肺地讲他家乡的故事，那是浙江临安山野里的神奇传说：大片的竹林，一山连着另一山。竹林里的冬笋憨实，春笋新茂，一不小心会碰到和竹叶一样青碧的毒蛇，或是密林里来回游荡的野猪。那里有咸肉、草鸡、山核桃。咸菜的叶子碧绿，炒肉可算作人间美味。

我们就这样从野猪说到笋干，从蘑菇说到火腿，一道菜说到另一道菜。身在异国他乡，精神上似乎也得到了些许安慰。说到兴奋处，老许总是拍着桌子，口沫横飞："姐，将来你一定要到我老家去！我老家的东西好吃啊！"

后来，我常常憧憬回国之后，能去深山老林的老许家待上个把年月。

春天的一个傍晚，老许神神秘秘地叫我去他家吃饭。还未进门，就从楼道里闻到一股异香从他家方向飘来。

冲进门，只见老许宿舍的炉灶上小锅浓汤沸然，锅里的几团瘦肉旁，竟围着和他手指一样粗细，筷子一样长短的黄色植物。

"春笋！"我几乎是惊叫出来，"哪来的春笋？"

在这里，中国超市的笋都是密封制品——冬笋装在铁罐里，软了，糯了，呆呆的一团，春笋则真空包装，一打开，一股处理笋特有的臭味扑面而来。然而老许这里，竟然有新鲜的春笋。

老许也不回答。

吃完晚饭，天色还亮，老许同我出门散步。学校的围墙边是一米宽的土壤，里面种着月季和紫藤，沿围墙走下去，一直延续到学校后门。老许蹲下来，掏出手机照亮了竹林，我一眼就瞅见林子深处的枯叶中，赫然冒着一只只紫色的、尖尖的春笋。

"老许，这里有笋！"我再一次惊叫起来。

只见他不慌不忙地钻进林子，挖出了一棵春笋，有上臂那么长，青紫色的笋衣紧紧包裹着，根部露出鲜嫩的、渗出汁水的黄白色断茎。

那天散步回去，我们手里的春笋已有五六根，老许坐在桌前，从笋头处熟练地一拧一转，顷刻间，笋衣便一层层剥落，露出黄白玉一般的笋心。我也学着他的样子在笋头上一拧，笋衣尖利的边缘却差一点划伤了手指。老许见我手笨，就不厌其烦地教我剥笋的窍门："我在家里都干这些啊——挖笋，剥笋。这简单。"老许又是笑眯眯的。

这个春天，我因为有了竹笋吃，而感到相当幸福。

春雨一下，老许就站在学校宿舍阳台上，望着远处嘀咕着："明天笋又会长出来……但吃笋也就这么几天喽，过些日子笋就老了，变成竹竿喽。"说这话的时候，老许目光百丈穿楼，穿过一座座现代建筑，一眼就望到了学校那头的竹林——那是自家田里的事情。

这个春天的末尾，老许带着我，采了最后一次笋。有些地方竹笋密布，易于进入，他却告诉我，这里绝对不能动，因为动的话会影响来年竹子的长势。有些地方很难进入，他像一个老农民一样，钻进去，好不容易采到一根，起身擦一把头上的汗水："这个地方竹林太密，必须挖笋，而且今后园丁必须砍掉一些竹子，否则来年竹子都要枯萎。"

老家有竹林的他紧守着来自家乡的挖笋规矩，也教给了我这个吃货最宝贵的来自故国的乡土经验 ："不时不食，顺势而食，尊重自然，节制采摘，绝不竭泽而渔。"

我一时有些恍惚，不知这片两米多宽土壤上长出的竹林，究竟来自哪片国土。在法国，竹子是观赏植物，是东方禅意的象征。而在老许的宇宙里，这片竹林里寄居着他无限的乡愁。

夏天来了，一个傍晚，老许又神秘地约我去他家附近的公园。走着走着，看见一丛又一丛茂密低矮的植物，他像见到了故乡的亲人一样扑过去，双手摩挲着叶片："看，竹子！"

"有竹笋吗？"我条件反射地问他。那竹子太密，竹竿比筷子都细，如果有笋的话，想来也无法食用。

老许大叫："这是包粽子的竹子啊！"

那年端午节，我在法国第一次吃到新鲜竹叶包的粽子，老许把一片竹叶熟练一折，装上糯米和酱肉，为了照顾我的北方口味，有些塞入了红豆。粽子依旧在他的小汤锅里煮了一锅，玲珑秀气，二十八个，一口一个。

粽子的美味几乎支撑了我的整个夏天。我第一次在法国清晰地感受到，中国山川植物在季节变化中的节奏。

夏末，老许又叫我去他家。一进门，就见他的桌子上，团着一只硕大的灰黄色的刺球。

"老许，你要吃刺猬？"

老许狡黠地眨眨眼睛，突然从手里变出一些黄白相间的金银花来："刺猬是路过学校花园时抓到的，你没见过吧？给你看看，吓吓你，一会儿我就去原地放生。金银花好，晾干了可以泡茶！"

他把金银花塞给我，抱起了团成球状的刺猬，好像抱着一团白云。这个场景至今仍深深地定格在我的记忆里，这一刻老许的宿舍已然消失，我们身后漫山遍野的竹林散发着清香，竹林里竹叶飞过，野猪哼哼飞跑，这是老许的家乡。

老许离开法国的时候，给我留下一口锅，三个盘子。他曾经用那口锅煮过猪头肉、竹笋炖肉和粽子。那些盘子是此前的中国留学生几经转赠，落到老许手上的。瓷器的边缘围着一片片浅黄和粉红的精巧碎花，是来自法国瓷都十九世纪末的制品。从一个吃货转移到另一个吃货，我郑重地从老许那里接过了盘子和锅，好像继承了他的衣钵。

从此，那片法国公园学校内隐秘竹林笋的故事，便完全地交给了我。

在此后的春夏交替中，我也会默默学着老许百丈穿楼的目光，在窗口想念学校花园里正在嗖嗖成长的春笋、竹叶，想念那只没有被吃掉的小刺猬，或许它至今仍在盛放的紫藤树下，悄悄地觅食，默默地游荡。

一把火烧了希望

军哥和庆哥刚来法国求学时，临时住在同一间宿舍。

他们都是山东人，军哥学物理，庆哥学生物。军哥纤瘦，庆哥壮实，军哥拘谨，庆哥从容，生活中二人几乎形影不离：庆哥去超市，军哥就跟着。军哥去公园，庆哥也随着。初来法国，二人黏在一起的固定形象，譬如牛头和马面，白无常和黑无常，成双入对，不可分割。

每到商店关门、街上悄无行人的周日下午，庆哥和军哥就在屋里琢磨，究竟该吃点什么好，后来他们各自有了单身宿舍，也不过是分别不约而同地关在屋子里，自己和自己琢磨究竟该吃点什么。

如果在周日下午，军哥突然在群内不言不语，我们就能猜到，他或许又在做好吃的了。只要摸准了点儿，在傍晚时分突然敲他宿舍的门，开门的军哥一定会露出一副秘密被发现的慌张神情——他当然早已知道，以我为首的吃货团体，如此言笑晏晏地无端降临，好比黄鼠狼给鸡拜年。

看到我们，军哥一面极力保持自己的镇定，一面用瘦弱的身躯紧紧塞住门缝，以免我们看到他厨房内的东西。

可是，十几平方的宿舍，还有什么不能一目了然？家门正对的就是开放式厨房，食物的香气可没长眼睛。果然，进门就看到他桌子上，已堆了座小山，那可是一层摞着一层，略微发黄的，手掌般大小的馒头啊！

在外留学的人，深知馒头这东西的技术含量。

它是国内街头最常见的食物，但在国外，绝对是稀罕物。馒头制作得花费大量的人工，和面揉面发面都需要技术，再加上蒸制的设备不全——想起新鲜的大馒头，留学生只能咽咽口水，或者用速冻的小馒头解馋，或者索性吃面包，把它想象成馒头。

猛然看见一堆大馒头，所有人顿时两眼放光，手也顾不上洗，一把抓起一个："军哥，给个馒头吧！"

军哥激动起来，侧着身体，紧紧护住了馒头小山："手下留情！一共七个馒头，从周一到周日一天一个，你吃一个，就少一个，少了一个，就少一天！"

看打劫不成，同学佯嗔着，白他一眼，笑道："军哥，你也太小气了吧。"

人在国外，可吃的中国食物是极其有限的，正因为资源稀缺，分享中国美食就成了一个人异常珍贵的品质和许多友谊的起点。

可是我们爱军哥，更爱逗护食的他玩儿，就连庆哥听到这样的事，也笑呵呵的，最后总不忘补一句刀："你看他老这样，所以我早就不跟他过了！"军哥听到，就抬高脖子，瞪大眼睛，朝着庆哥的方向笑着喊："是我先不跟你过了！"

日子就在我们对军哥周日美食的侦察和反侦察中渐渐溜走了。暑假，军哥与庆哥又先后回了趟国。这一趟回来，他们都因饱食终日而容光焕发，又不约而同地带回了些"好东西"。

军哥带来的，是家里种地的亲戚亲手包好的种子：香菜，小葱，菠菜。还有做厨师的亲戚亲自配好的调料：卤肉，辣子鸡……

香菜小葱在我们这个城市并不便宜，也很难找到新鲜水灵的，因此军哥决定自力更生——在花盆里种菜。

而庆哥也想到了一处，但他更高级——他带来了一棵香椿树。

说是树，其实只是一株小苗，颤颤巍巍的，根部裹着一点儿庆哥家乡的泥土。他把树苗用塑料布里外包裹得里严严实实，装到箱子里托运，树苗坐了数十个小时的飞机，转了半个地球，居然还活着——为了那销魂一口，军哥和庆哥几乎都冒着被海关查禁的危险，做了一回"亡命之徒"。

来到法国后的香椿树，种在庆哥找来的陶土盆里，换上这里的泥土，倒也气息微弱地生长起来。我总是盯着香椿那暗红色的几片叶子，眼前浮现着来年的景象：春天到了，香椿发出许多嫩芽，摘下来切碎，就有了香椿拌豆腐，香椿炒鸡蛋，再过一年，它新的枝叶又生出来，长到花盆也装不下，就移植到邻近的山里，在风吹日晒的自然大化中，自由滋润地生长繁殖下去——从此，中国人在法国再也不愁吃不到香椿，而香椿这道时令菜肴，最终也会进入法餐，香椿沙拉，香椿烤肉，香椿甜点……

庆哥总在这时极其严肃地喝止我的幻想："香椿树是不能随便种在外面的，自己吃就好了。法国没有这种植物，香椿繁殖快，寿命长，很容易引起生态入侵。"

于是我又将希望寄托在军哥未来的香菜、小葱和菠菜上。这些种子已经在他的花盆里慢慢发芽了。

可是，或许是营养不良，它们的体型过于纤弱，绣花针一样细的苗儿，一阵风吹来都能压倒一片，军哥看着自己的菜，一天又一天地等待着，等香菜长长，就能拌上牛肉，小葱长大，就能拌上豆腐。那些嫩嫩的菠菜，也能做个汤。可是，这小小花盆的小小植物，究竟要等到什么时候才能吃呢？

军哥宿舍旁不远处是一个自然公园。一条河流从旁边经过，那里土地肥沃，草木葱郁。园丁在公园中央的空地上开辟了一个又一个长方形的园子，种着玫瑰，郁金香，薰衣草，每到花季，群蜂往来，芳香扑鼻。公园角落处，寂寞地长着些绣球花，槐树，矮竹，日本樱，围墙边的野猕猴桃即使结了果子，也无人问津。

军哥晚上吃完饭，常常去公园散步，没多久就看中了这块隐蔽的角落，于是他做了一个决定——为了他的种子，他要在这里垦荒种田。

几次踩点、反复观察后，军哥还真找到一块较为平整的草地，藏在灌木丛中间，又被树木遮挡住。于是每天晚上他从实验室出来，吃完饭就拿上工具直奔空地。掀草皮，翻土，下种，浇水，一个人忙得不亦乐乎。

当然，军哥垦殖的故事，也是他后来才转述给我们的。行事隐秘的他，大概要等到香菜、小葱和菠菜做成菜肴，踏踏实实地放进盘子的时候，才肯跟我们骄傲地炫耀他在这些夜晚的行程。可是，种子发芽了，长大了，却在一夜之间，诡异地一半被埋，本来齐整的田地也泥土四溅——有东西闯入他的田地。

军哥那香菜拌牛肉、小葱拌豆腐和菠菜鸡蛋汤的美梦又远了。于是，他又像一个顽固的老农民一样，轻轻刨去覆盖在小苗上的泥土，再慢慢整理自己这块希望的田野。剩下的一半小苗在军哥细心地照顾下，又欢快地长起来了。

梦想中的菜肴近在眼前。

可是，一个暖风微抚的傍晚，当军哥再次站在田地前时，却发现自己的梦又碎了——他的田地再次被毁，小苗也折腰断茎，好像被什么动物用脚狠狠踏去，就连土壤这次也翻起来，散乱地堆着。

是公园里挖洞的老鼠吗？军哥终于着急起来。

每天和小白鼠打交道的庆哥帮忙分析道："这不像是老鼠的行径啊！所有的小苗又没被吃，地上也没洞，老鼠没有毁田的动机啊。"

"兔子？"我突然想起自己曾在公园里见过一只飞跑的野兔。或许军哥的田地无意中侵占了一只流氓兔的领地，影响了它的出行，导致兔子阶段性情绪不稳，最后打击报复？

军哥不置可否，但他仍像一个坚定的老农民一样，每天去自己的田野里，想着清理土壤，再次下种。

可当他再次于一个傍晚莅临田野，准备耕作的时候，却发现那里站着一个警察。

警察似乎已经等他很久了。他严肃地问了军哥更多严肃的问题。军哥在紧张中，最后只听懂一个意思："这里是公共用地，你私自种植已经违法，特此提出警告。自行毁掉田地，下不为例。如有再犯……”

至此，那些新鲜香菜、小葱、菠菜的美食之梦也彻底破灭。

这边希望的田野覆灭，那边庆哥的香椿树也没什么生气。香椿已经出国好几个月，可还是只有两簇叶杆，也不落，也不长，半面生，半面死。

这种状况后来一直持续了好几年。

我曾经问庆哥，他有没有在这年的春天吃到香椿拌豆腐。庆哥特别悲凉地看着我，“你看，一棵孤独的香椿和我住在一起。我去实验室，他就一个人，我回来，也没人说话，我看着他，他也看着我——叶子还不够我一盘菜。我越看心里就越难受。”

庆哥说这话的时候，军哥已经毕业回国。

庆哥最终还是没有在法国吃到不远万里带来的香椿，他也不愿让它再在异国他乡饱受作为一棵树孤单的痛苦。庆哥回国那天，一把火烧了那棵养了好几年的香椿树。

人在食在，人走食亡，这也是我所见过的留学生吃货中最悲壮的故事。

只属于童年的味觉记忆

·**人间读者** / 活在尘世，看见人间

将来长大了开飞机 |@黄伟华 福建福州

我出生在闽北山区的一个小县城，“盒子糕”是我们那儿的特色点心，家乡人称之为“灯盏糕”。盒子糕是这座小山城里所有人的共同味蕾，其中芋头丝的盒子糕最受欢迎。

上世纪九十年代，孩子们可以自由支配的零花钱屈指可数，最初的时候，一个盒子糕大概一角钱，后来慢慢涨到两角，再后来是五角。这已经算是一笔不小的支出。

我之所以对盒子糕念念不忘，是因为一个“刨盒子糕”的老太太。

小时候，我成长在水电局的机关大院。大院很多小孩的父母都是双职工或是外地人，无暇照看孩子，只能寻找一个合适的本地保姆，我也不例外。

当地方言管奶奶叫“大大”，我的大大就是附近的一个老太太，大大是典型的山城妇女，一句普通话也不会说，在我之前，她已经照顾过很多孩子。

大大并不是一个专职“刨盒子糕”的妇女，只是有时得闲，就会在门口支起一个摊子。大概在我三年级的时候，每天一放学，我就会直奔她的摊位，吃免费的盒子糕。到我五年级时，大大就再没有刨过盒子糕。

小时候，我是一个传统意义上的好孩子，她一直引以为傲，每每向邻人炫耀，我是她带过的孩子中最聪明的一个，“将来长大了开飞机”。

很多年后，我偶尔看到一部电影——《我的帕瓦罗蒂》。电影中有一个桥段，一个小混混头一次搭飞机，老师告诉他，文明人登机的第一步，是必须先脱鞋。他不信，可当他穿过红毯铺就的登机通道后，笑靥如花的空姐一鞠躬，他就不由自主地把鞋脱了下来。

有一次和朋友聊起这部电影，兴之所至，我文绉绉冒出一句：“所谓农耕文明对工业文明的仰望，再没有比这个更经典的例子了。”朋友颔首，回应道：“像我们这一拨人，小时候写作文，最大的梦想，大概就是长大以后开飞机吧。”

那一瞬间，我感觉到鼻头一酸，有种无可名状的东西梗在喉头。

俺儿喜欢吃 |@冷漠的学徒

我的母亲是个要强的女人。

我小时候，母亲刚从皮革厂下岗，父亲所在的粮食车队也解散了，为了补贴家用，每到秋末，母亲就寻找出租的店铺开一家皮衣店，提供修补和定制服务。

当时的原料皮子要从河北辛集购买，每隔一个月，母亲都要搭火车去一趟，然后在第三天早上 6 点回到家中。我那时小，离不开母亲，母亲便许诺给我带好吃的。所以，两天三夜的分别，在我心中种下了一份对美食的期待。

母亲第一次捎回来的是一个驴肉火烧和一小份炒面，那碗炒面里深绿色的蒜薹搭配等长的黄色面段，还有少许肉片。面是凉的，母亲想热一下再给我吃，但我已经等不及了。

后来，母亲再去进货，就只给我捎炒面条回来，同时她也开始尝试自己做。首先，面条熘熟备用，再将应季蔬菜和肉丝炒至八成熟后，加入面条翻炒，出锅。

母亲第一次炒面条时，我吃了两碗，看着肚子撑起来的我，母亲笑了。而父亲自始至终都不喜欢这种吃法，在他眼里，没有汤的面条不好。

每当父亲提出异议，母亲总会说：“俺儿喜欢吃。”

自从母亲研制成功后，炒面条便成为一种奖励。中学时，只有当我取得好成绩时才能吃。当我上了大学，回家的当晚，母亲总会为我准备一碗炒面条。再后来，我在异地工作，在出租屋内也尝试着做，只是每次都是以面条成团，失败告终。

母亲听说我总是失败，便手把手教我，但我炒出的面条却总和母亲做的有差距两个人做的面条之间差着二十年的光阴。

糖不够了，再去买两斤吧 |@高寒　山东青岛

小时候，糖是很珍贵的，是只有在特殊日子里才能吃到的东西。我爸曾不止一次威严地扫视我们："糖只有等到大年初一才能拿出来。"

但爸妈总有顾及不到的时候，当他们笑容满面地送走一拨拨来拜年的客人的时候，我们就趁机飞身而起，一哄而上，等他们回来一看，盘子里的糖已大幅减少。爸端着盘子，晃着只够盖住盘底的糖，眉头皱成一个疙瘩："刚才还满满的，怎么一霎就没了。不准吃了啊，这是留着来人的！"

我们仨都不吭声，老爸只好气哼哼地打开大木头箱子，小心翼翼拿出储存的糖，一边掂量一边跟老妈说："看看，吃不到初五了，还得再去买两斤。"

有一年寒假，我和哥哥老早就开始盘算，怎么才能把锁在箱子里准备过年的糖弄到手。老爸天天把钥匙带在身上，我们根本没机会。

有一天，馋虫发作，我和哥哥等大人上班之后，开始围着那个大箱子研究起来。我们发现在箱子的背面，可以拧下连接箱盖和箱体的合页上的螺丝。当时，我想到一旦东窗事发，可能会被老爸暴打，于是我就看着哥哥拆合页，自己在边上围观。

大年初一，当老爸郑重其事地打开箱子时，惊奇地发现糖不见了："我买了五斤啊，怎么就剩下不到一斤！"

他用力举起箱盖，箱盖竟然掉了下来。老爸瞧瞧手中的箱盖，瞧瞧我们，他的表情变化着，最后气得笑了起来："你看看，箱子盖都被起下来了。"

"糖不够了，再去买两斤吧。"最后，老爸心平气和地跟妈说。

快吃，不然等其他人看到就不好了 |@蓝　广西南宁

爷爷一直住在旧村的红泥土屋里，而他的四个儿子都陆续搬到了新村的新屋里。

一个清凉的早晨，爷爷穿着一件墨绿的短袖出现在我家门口。他牵着一头牛，唤着我的乳名，偷偷把我叫到一边："爷爷今天去赶集，到时候买一个油煎饼回来给你吃，你不要告诉其他人哦。晚上也不要跑到太远的地方玩，不然我找不到你。"

我高兴地答应了。

傍晚，红霞晕染了整个天空。竹林底下，爷爷从衣兜里小心翼翼掏出一个油煎饼，那个油煎饼被白色的塑料袋包裹得很好。"快吃，不然等其他人看到就不好了。"爷爷催促我。

我三下五除二，就把油煎饼吞进了肚子里。

如今，爷爷去世快十年了。我至今仍清晰地记得他临终前的情景，我喂他喝的那口橘子水，希望能让他下辈子都是甜的。

我外婆的烤鸭摊开了有十余年了，后来改成了菜摊。外婆说："老了，卖不动烤鸭了。"

儿时每次去逛街，我都会坐在外婆的烤鸭摊里，看她卖烤鸭。那时候外婆年轻，手脚利索，每次别人来买烤鸭，她总是两三下就过秤切好装袋了。她会随手切下一块鸭腿给我，然后坐在我旁边，静静地看我啃，一面问我"考试怎么样了，得了第几名"之类的话。

外婆做的烤鸭很香，鸭皮酥脆，肉质嫩滑，旁边摊的人总是打趣："吃完都不用洗手了，直接吮吮指头得了，这样就能天天吃到你外婆的烤鸭了。"

后来我长大了，外婆的烤鸭摊变成了菜摊，每次回去，她就会随手捡几个西红柿给我吃。

昆虫要留给孩子吃 |@王海风　河南

每每想起父亲，我总会想起那一袋黄黄的、香香的、酥软的鸡蛋糕。

有一次，父亲到临市办公事，村里报销来回车费，还有两块钱餐补。父亲回到家时，天已黑透，刚一进门，风尘满面的父亲就笑着，变戏法儿似的拿出一袋鸡蛋糕。很多天后，我们才知道，这袋鸡蛋糕是父亲用两块钱餐补买的，他饿了一天。

还有一种我不能忘记的食物，是一种昆虫。它通身绿色，头尖，身材细长，隐藏在玉米田里或路边的杂草间，遇到惊吓后会蹦跳着逃走。家乡方言称为“扁担”，也叫“扁担钩”。

夏秋之际的一个中午，我放学回家，饿得前胸贴肚皮。开门一看，屋是空的，能吃的馒头怕被老鼠咬，放在篮子里高高挂起，看得见，够不着，我只有沮丧地坐在门口等家人回来。

等待总是漫长的，当父母一手搭在锄头上，另一只手里提着一串长长的“扁担”出现在院门口时，我的双眼一亮，急忙跑上前去接过。

我麻溜儿地进门，打开煤火塞，让煤球烧旺，快速把“扁担”放在煤火边，双眼紧盯着，看着它慢慢由软到僵，由绿到黄，一面焦黄了，换另一面。香气越来越浓，引得我口水泛滥。

一时忘了舔嘴唇，口水掉在地上，偷眼一看，父亲正擦着脸，母亲在和面，并没有注意到我，于是放下心来，盯着“扁担”。终于，有一个可以吃了，我拿起黄黄的“扁担”，在空气中挥动两下，迫不及待地放在嘴里，顾不得烫，大嚼起来，鼻子和嘴巴沉浸在香气中。一口气吃掉五个后，仿佛身体也变得充满了力量。

我有些惭愧地看了看正在修锄头的父亲和擀面条的母亲，知道他们不肯轻易吃，只得说“这个烤焦了，我不想吃”或是“这个发苦，你尝尝”，他们才肯吃上一两个。

我怀念这些食物，这些时光，还有那份沉甸甸的爱。

我想吃猪头肉，最肥的那块 |@张文超　山东聊城

若是有人问我最讨厌吃什么，我会肯定地告诉他，西葫芦和猪肺。

我出生在鲁西北平原的一个小村庄里，“80后”，童年时代虽说已不像父辈那样饿肚子，可物质依旧是匮乏的。好在有土地支撑，食物基本能自给自足。奶奶会把田间地头种上茄子、辣椒、豆角，当然更少不了西葫芦。

西葫芦实在，特别能结果，就那么两棵，却能攀着地头到树上去，挂满枝头。所以别的菜都有断顿的时候，可清炒西葫芦却没有，每顿都要清炒一盘。少油多盐无荤腥，吃得我和小妹眼到一听说“西葫芦”就头疼。

我憎恶西葫芦那么能结果，顺带着也怨恨地头那棵树。

麦收的时节，大人们为了抢收，几乎是以地为家，甚至顾不得回家做饭。我和妹妹就成了他们的“后勤保障员”。

尚在读小学的我每天早早起来往土灶里塞满柴火，拉着风箱，烧开一锅又一锅的热水，放凉后装进白色塑料桶，然后我们姐妹俩吃力地提着送到打麦场。

我们从打麦场回来时，一路低头捡麦穗，直到都抱不动了、憋得小脸通红，还是乐此不疲。因为爷爷老早就许诺：“麦收的时候你俩要是乖乖干活，我就给买肉吃。”

爷爷没有食言，麦收期间的午饭，他真的买了熟肉回来。只是，他总是买最便宜的猪肺，两块钱一大包。

刚开始我们还美滋滋地吃，毕竟比青菜强一些，可三天以后，看着爷爷还是提着猪肺回来，我的眼泪就扑簌簌地掉下来，“我乖乖送水、送饭、捡麦穗，你就拿猪肺来糊弄我？”

爷爷笑着问：“你想吃什么样的熟肉啊？”

“我想吃猪头肉，最肥的那块。”爷孙俩说说逗逗，可最后还是只有猪肺吃。

卖剩下的辣椒 |@幻 湖北京山

小时候家里穷，伙食不好，老是吃酸菜和咸菜。即便是地里的蔬菜瓜果收获了，母亲也是尽可能多的拿去卖掉，换一些钱补贴家用。落入自家人肚子里的，总是很少。

母亲炒菜只放一丁点油，却把盐放得很重，以便让我们多吃几顿。来亲戚或者客人的时候，她就会调整一下，可是她的厨艺似乎已经定型了，不怎么好吃。

只有一次，像是出现了奇迹，半篮子卖剩下的青辣椒，竟然被母亲炒得特别好吃。

那些辣椒被煸得焦香四溢，泛着一层油亮的光泽，盐味也刚刚好，吃起来又香又辣，鲜美可口。我们一家人吃得满头大汗，辣得直哈气，还是很想吃。

父亲和我们一边吃一边赞叹，母亲也笑，说自己也搞不懂是怎么一回事，反正就是糊里糊涂炒出来了。

吃完饭后，年龄比较小的二姐和我，还一直惦念着菜碗里剩下的那一点辣椒，虽然已经很饱了，还是觉得意犹未尽。过了一会儿，终于忍不住跑到饭桌前，掀开菜碗，用手抓起辣椒，你一条我一条地分着吃了，最后连碗底的一点油汤也用手指沾起来吮干净，这才心满意足。

有时候在邻居或者亲戚家的酒席上，也能吃到好吃的东西，但或许是因为这盘炒辣椒与母亲一直以来的厨艺反差太大，所以我一直觉得，这是我吃过最好的美味了。

有种有得，有得就好 |@苍山 福建长汀

九月的时候，地瓜长成了。

姆妈挥动锄头，我负责把地瓜捡到箩筐里。泥里经常有被斩成几截的蚯蚓和蜈蚣，和蚯蚓形成鲜明对比的，是一根根完整的地瓜，姆妈的锄头永远那

么准。

到了洗地瓜的时候，我总是格外卖力，因为我曾经被小石子硌掉了要换的牙。洗好后，我和姆妈两个人用板车推着去碾坊。

每到上坡、下坡格外吃力的时候，姆妈总是要嘲笑阿爸：“你爸啊，我还没嫁给他的那年秋天，来外婆家帮忙割稻子。外婆家的稻田要翻两座小山，我一个人挑了两筐回来，你爸就挑了一筐，而且第二天就没再来了，整个秋天只来过电话。”

碾碎以后的地瓜特别像猪食，清水不断冲洗，纱布过滤，流到木桶里，放上几天就沉淀了。姆妈经常半夜起来换水，因为如果水换得不勤，粉就容易发黄。

三四天后，我满心期待地看着姆妈倒掉木桶里的水后，委屈得快要哭出来，那么多筐的地瓜就换来这么薄薄的一层粉。

姆妈道：“福田广种，广种薄收。有种有得，有得就好。”

后来大学的时候，我和朋友一起在厦门吃海蛎煎。一个鸡蛋，些许海蛎，一勺调好的地瓜粉和很多很多葱，要价 15 元。

朋友们都觉得贵，我却觉得很值，地瓜粉多难得啊。

一只特立独行的鸡 |@凌伟　新疆

直到现在，我还是喜欢吃鸡蛋。每逢让我点菜，我总会点盘西红柿炒鸡蛋，红红黄黄的，配上碗米饭或者拉条子，那酸爽才叫真够味。

小时候，农村的鸡大多散养。鸡和人一样，总有一些特立独行的。那些不走寻常路的鸡下蛋也异于常鸡，它们常常会选择在废弃的猪圈、高高的麦草垛等人迹罕至的地方，完成这项重要使命。

我在捉迷藏中，偶然发现了这个秘密。然后，我谁也没告诉，独自享受着这个秘密带来的巨大喜悦。

我把捡来的鸡蛋用黄泥巴包起来，揉成球状，放在熊熊燃烧的柴火堆中间；或者在地上挖一个浅坑，把包着黄泥的鸡蛋平铺，在上面盖上一层薄土，薄土上用牛粪、烂塑料升起一堆篝火。

要不了多久，鸡蛋就熟了，灭了火，敲碎黄土，泥土和鸡蛋的混合清香扑鼻而来。

当然，捡鸡蛋这招也不是百试百灵，农村的家庭主妇大多精打细算，日子一长，我的秘密就不再是秘密了。

被“引魂饼”救回来的童年 |@丹栀逍遥散　甘肃

自打从娘胎里出来，我就体弱多病。小孩子不舒服，唯一的表达方式就是哭，所以我特别能哭，没日没夜地哭。

祖父母嫌我烦，把家分了。一间土房，三双碗筷，爹娘和我组成了一个家。很多人都觉得我养不活，可爹娘抱着我，四处求医问药，我竟也慢慢长大了。

小时候有一阵子，我整天晕晕乎乎的，嗜睡，无精打采。求医无果，有人说：“这小孩子可能是被什么东西吓着了，父母在初一十五给叫叫魂，估计就能好。”

首先是求得“百家面”，说是百家，不过也就十来家罢了。用一个瓷盅装满面倒扣在灶台上，每天填满盅里陷下去的部分，直到面不再下陷，再兑了油烙成薄饼，俗称“引魂饼”。

面里兑了动物油，皮上又刷上清油，放到热锅里“噗滋滋”地响。少时，饼的外皮就变得脆黄，盖上锅盖焖一会，一揭锅盖，油香扑鼻而来。

我眼巴巴地瞅着烙饼，恨不得立马咬上一口，可娘说必须要等到晚上，给我叫魂用过之后才能吃。

夏天的夜晚很黑，乡里的夜很静，整个的天地间，只有娘抓着我的手。她一声一声轻轻地呼唤我的小名，从家门前小路的转角处开始，一路呼唤，一路掐烙饼撒在地上。

后来怎样我已经记不清了，可我却记住了那块白面烙饼的香。如今家里日子好了，我央求着母亲给我做过几次，面比以前更细更白了，油也比以前更多了，可是那种深入灵魂的满足，却再也没有了。

一碗嗍螺，念了半世

· **索文** / 现居长沙，一个胖子

2013年的这个时候，或者更晚一些，我去派出所做了一次笔录。起因是在某宝上购买了药品，那家店并没有售药资质，我被要求协助调查。

药是给奶奶买的，奶奶嚷嚷腿痛有六七年了，总是腿不受力，又痛，爸爸想尽了办法，带着她遍访名医，得到的都是一句话："年纪大了，骨头老化，膝盖磨损了，不可逆。"

买来钙片给她吃，老老实实吃了一段，擅自加量，被发现了，爸爸没收了她的药，定时定量给她发，"坏咧，药都不给我吃。"她生气了。

爸爸哭笑不得。

偶尔奶奶和我聊天，总是哀叹她的病痛："你爸带我到处看，也没个结果。"她皱着眉，苦着脸，好委屈的样子："我只要走得，还是做得事的咧。"

我找我的医生朋友们到处打问良方，偶尔结识的，也有枣没枣打一竿："能缓解也好啊。有什么药吗？"

终于有朋友介绍说，香港的骨刺灵可能有些效果，托朋友带回一箱。奶奶吃了一段时间，有些效果，腿没那么痛了，嚷嚷要出去走走，妈妈拗不过，搀她出了门，下了电梯，单元门口站了一会，又上楼了。

"她说她脚不受力，站不稳啊。"妈妈打电话告诉我。

我忙向朋友打问，朋友苦笑着回答："老年骨病那么好治的？那药就是麻醉成分多些，能缓解疼痛。”

从此，这种药，奶奶就长期服用，不但自己吃，还送给娘家人，娘家人送得多了，自己不够用了，又打电话让我买。老是托朋友帮忙，我也不好意思，听人说某宝上有卖，选了一家排名靠前的，买了一箱。于是，不久后，我生平第一次进了派出所协助调查。

给我做笔录的民警很客气，结束询问后还送我出了门。我上了车，掏出手机拨家里电话，爸爸接的，我请他让奶奶听。

“格伢啊，什么事呦。”奶奶略带沙哑的声音在电话那头响起。

“奶奶，药别送人了，自己留着吃啊，”我略感烦闷，“为了给你买药，我都进了派出所了。”

“派出所，你有犯事不？”奶奶听不清。

“没啊，没事啊！”我忽然泄了气，觉得自己的抱怨有些好笑。

“什么时候回来啊，奶奶给你做好吃的啊。”奶奶在电话里头笑，“吃嘲螺好不好？”

“好啊，”我的心情顿时好了起来，“什么时候？”

1

奶奶做的嘲螺，自我小时起，就是难得的美味。这道菜工序繁复，如今她越发做得少了。

奶奶做嘲螺，总在入秋时。幼时去乡下小住，她会做给我吃，那时候奶奶的身体尚健旺，挑得土，做得田，整饬得一家熨帖。相较之下，爷爷常偷懒，按他的说法，他读过书、当过兵、去过朝鲜，复员回乡又做过民兵连长和大队保管，热心公家事是当然，家里的事自然管得少些。

奶奶姓刘，比爷爷大得三岁，十二岁上嫁到张家做童养媳，一做做了一世。

如今奶奶老了，乡间有了名声，大家都说她是个福婆婆，每次亲戚接她回乡小住，总有人奉承，“刘婆婆真有福，”人们啧啧称赞，“祖坟葬得高，一屋搞得好，享了崽福享孙福。”

她眯着眼笑，双手直摆，笑完又撇嘴：“哪里，操劳命，饱饭子孙靠娘养，我现在还搞饭给他们吃呢。”她抬眼望天，一副没我不行的样子。

奶奶做嗍螺，会选大颗的田螺，养在清水里，每日换水，过得一段时日，才做。这道菜，爷爷也很爱吃，可她不专做给爷爷吃，小时候，得是我跟着父母回乡时，爷爷才伴搭着享享口福。

“你们不来，我就吃不到。”那时，爷爷尚未戒酒，嗍螺下酒是他的最爱。手指拈着田螺吸出螺肉，细细咀嚼，间或咪一口谷酒，一脸惬意。可说归说，丝毫不见他有埋怨的脸色。

三十年前，乡间尚未实现“楼上楼下，电灯电话”，我们要回乡，全凭乡党捎信。

“刘婆婆诶，友初（父亲）哥交待了，下个月初四，会带婆娘、崽回来咧。”

话捎到了，奶奶就留了心。每日经过田间地头脚步放缓，偶尔也去塘边、溪边转转，看到大个的田螺就拾回家，放在水缸里养着。

水缸从此日日换水，原本用得两三日的大水缸，奶奶要爷爷每日挑满。爷爷也不争辩，闷头出力。

到得那一日，爸爸带着一家子，提着大包小包，坐上了东去的小火车。

回乡，在我是挺开心的一件事，乡间的一切都显得新奇，破旧的老祠堂，屋后的大枫树，屋前一条清澈的小溪，再往前下老坝（乡间以坝称河）终年汩汩的流水。还有乡间的虫鸣鸟叫，夜晚伸手不见五指的黑暗，一切都有一种似曾相识的神秘，就像心里模糊的一处地方，门窗紧锁，我依稀去过，却丢了钥匙。

秋日，幼小的我随着父母走过下老坝的大桥，走近小溪前，远远地看见一个身影蹲在对岸岸边洗衣，身边尽是深绿的野草，渐凉的秋风从西边吹来，溪水叮叮咚咚，捣衣槌捶在湿衣上发出沉闷的响声。一条泥土小径在岸边斜插到坎上，远处，老屋后的大枫树叶子青转红，如一把大伞，遮出半天朱翠。我认出了那个身影，怯生生地喊了一声“奶奶”，走近些，又喊了一声，她抬头来看，丢了手上的活计，站起了身子伸直了腰打望。

“孙咧！”奶奶大声应着，一脚踏进水里，扑腾扑腾地涉溪而过，爬上坎，大步地跑到近前，一把将我抱起。

“想奶奶不？”她笑得眉眼弯弯，用脸摩挲着我的脸，“就等你回，给你做好吃呢。”

2

做嗍螺是个大工程，奶奶会用上小半天的时间来给田螺剪尾。彼时，捡回的田螺有小半桶了，从水缸里捞出，提到堂屋门口，用细毛刷反复刷干净，再持一把大剪慢慢剪，螺尾扔在坪里，放养的鸡飞奔过来啄食，很快在奶奶身边围了一圈。我蹲在她身边看，看那些无法反抗的大田螺们在剪刀的咔嚓声中被剪去尾巴，她剪几个，侧头看一看我，麦色的脸上漾着慈爱的笑，怕手脏，小心地用手背碰碰我的头，“做田螺给我孙吃啊，喜欢吧。”

我不作声，她笑嘻嘻地回转头去，自说自话：“最好吃哒。”

螺尾要剪好久，吃饱了的鸡咕咕地轻叫，迈着蹒跚的步子走开去。奶奶提起桶，进了屋。

奶奶用大针逐一挑出螺肉，摘去螺盖，扔进海碗里，用清水反复洗。螺壳复扔进水盆里，洗荡几次，沥干备用。

作料是最紧要的，屋前、屋后野蛮生长的紫苏，菜土里的韭菜、薄荷摘扯几把，洗净剁碎混合螺肉，浇上香油、谷酒、酱油、盐拌匀，略腌一腌，再逐一回填到洗净的螺壳里，填好了，海碗盛起，洒上一撮辣椒粉。

灶下已经烧旺了火，灶里的水开了，饭甑（乡间煮饭用的木桶）搁上去，海碗放进饭甑里，盖上盖子，和米饭一起蒸。

不一会，悠悠的香气就飘了出来了。饭熟了，田螺也就做好了。

一碗热气腾腾的田螺端上桌，暗青的螺壳，撑一肚碧绿的作料，嫩白的螺肉就藏在螺壳的深处，一口吸出，满口浓香，那味道里混合着紫苏的甘甜、薄荷的清香、韭菜的浓郁和田螺本身的鲜，连汁带肉在口中细细咀嚼时，是味蕾的狂欢，心里顿时过节一般的欢快。

“这个不用钱的，田里、塘里乱长的东西，你爸小时候最爱吃咧。”奶奶说，“嘣咯，用劲嘣。”

我对着螺口使劲吸，总也吸不出来。

“嘣不出来就转过来，”奶奶我做示范，“屁股上吸一下，再嘣咯。”

我试了试，还是不行。奶奶叹了口气，寻来一根针，洗净了，让我挑螺肉出来吃。

“挑着吃就没意思了。”爷爷说。

“人细气不足，以后就嘣得出啦。”奶奶笑眯眯的。

爷爷在一边嘣得吱吱响，小酒喝着，熨帖得眼眯起，偶有嘣不出的，在桌上蹾一蹾，再不出来，就跟我借针用，“何必压得这么紧呢？我都嘣不出。”他低声碎碎念着。

“你莫吃啊。”奶奶眼一瞪，腔调提高，嗔怒着，“本来就不是做给你吃的。”

爷爷不作声，挑出螺肉塞嘴里，伸手去拿下一颗。

螺肉鲜香，越嚼越出味，我渐渐吃出味来，满头的汗，不肯停。奶奶停了筷，伸手给我抹汗，看着我，“好吃不?”她问。

我嘴里嚼着，无暇回答，“最好吃哒。”她自问自答，笑眯眯地看着我，眉眼弯弯，麦色的脸上透着满足。

正是入秋时，乍寒还暖，屋外坪中青草渐枯，屋旁的柿子树挂满了果，尚未经霜，青渐转黄，远处是金黄的稻田，风吹稻浪，滚滚向天际。

偶尔小表舅也来姥姥家串门儿，母亲就给他留一碗大米饭煳锅巴，蘸了酱油大口大口吃。不过还是母亲去他家多，所以偷偷端出来的蒸豆腐远多过煳锅巴。具体多了多少次，母亲说她到现在都还记得，可见有些事越老越放不下。

时过境迁，半个世纪过去。

3

上世纪九十年代末，我家搬了新家，爸爸反复恳请，爷爷奶奶终于进了城，与我们同住。

初住进楼房，爷爷总抱怨，“当街汽车吵，走又冇处走。”他说，好似诸多不便。

“怕不是吧，你是嫌没人同你下棋吧。”奶奶怼他，“出门就是路，还怕没处走呦?”

爷爷讷讷不言。

进了城，奶奶包揽了大部分家务，城里没有田地让她操持，她便将更多的时间放在厨房，除了日常饭菜，又置办了大大小小许多个坛子，伏鸡、伏鱼、伏鸭、腌菜、剁椒、霉豆腐都自己做，还想在楼顶公用阳台架起架子熏腊肉，被爸爸制止了，饶是如此，家中的菜品一下丰富了许多。

可是最好吃的嗍螺，要奶奶做，还是得等到入秋后，“三月田螺满腹子，吃不得。”奶奶说，“入秋螺肉肥，才好吃呀。”

彼时，农贸市场已有田螺卖了，到了时节，奶奶就着妈妈去买，清水里养几日，做给我吃。

某次奶奶问价钱，妈妈据实说了。

“这么贵?”奶奶啧着舌，“乡里死贱的东西，城里就金贵，我还年轻得十岁，回去捡田螺来卖啊。”

妈妈笑着，不接话。奶奶又自己圆场，“也是咯，紫苏什么的都要买，土里种下随便长的东西，城里生活成本高咧。”

“好咧，有嗍螺吃。”爷爷凑上来。

“你吃不得!”二人齐说。

“田螺寒性重，你的胃受不了的。”妈妈解释说。

爷爷之前做过大手术，切除了半个胃、一边肾，戒了酒，清淡饮食将养着，不能由着性子吃喝了。

城里没有饭甑，烧火用煤气，奶奶学会了用高压锅，做嗍螺时间短了，味道却仍是一样。

嗍螺放进高压锅，十几分钟就出锅上桌了，一家人大快朵颐，爷爷扒着饭，就着少油无辣的清淡菜肴，偶尔望一望我们，无奈地偏过头去。我递一个给他，他倒拒绝了。

“你吃、你吃。”爷爷筷子轻扬，讪笑着。

闲暇时间，奶奶也喜欢出门，到处走。她不与爷爷同路，各走各的。爷爷好急走，目不斜视，奶奶好慢走，东张西望，看到卖转糖的、打人参米的，都要停下来围观。她还喜欢捡破烂，初时什么都捡，破纸头、细铁丝、小钉子、玻璃瓶，出门时带个布袋，回家时满满一袋子，提得额头冒汗，脸泛红光，她却像捡到宝，一样样从袋里掏出给我们看，一面啧嘴：“城里人真浪费，什么都扔。”

妈妈也随她，倒是爸爸说过几次，“邻居笑话我咧，说我不给你钱用，要你捡破烂，你凭良心说，我每个月都给你零月钱的。”

“是咧是咧，你对我好咧。”奶奶不好意思地说。

“那你莫捡了好不?”爸爸说。

“好咧，好咧。”奶奶没口子答应。

可她仍是捡，专捡矿泉水瓶，踩扁了，袋子装起偷偷带回家，做地下工作一般。她请妈妈给她配了一片楼下杂物房的钥匙，捡了瓶子藏在那里，集不少了就拿去卖。“能卖钱呢。”她喜滋滋的。

后来，我也上班了，也能时不时塞些零用钱给她，她喜笑颜开，又假意拒绝，从不伸手接，总要等我塞到她口袋里去。我陪她聊天，她会仰头看我，静静地听着，橘皮一样的脸上满是笑容，偶尔抬手碰碰我的脸，“奶奶不认字，累一世寻钱不到，我也想给你们留点钱呢。”她眯着眼，有些不好意思，“你们给我的，我都存着，以后还是留给你们。”

那时，大姨（妈妈的妹妹）从醴陵调回了浏阳，一家人都回来了。大姨带着表妹来家玩，奶奶做了一道嗍螺。

田螺早上买的，奶奶将它们养在桶里，倒一勺盐，滴几滴清油，催着田螺吐尽泥沙。

一道嗍螺当晚就上了桌，不喜吃辣的小表妹吃得鼻尖冒汗，菜碗空了，碗底的汤汁，胖胖的大姨父还倒出来拌了两碗饭。

临走，大姨缠着奶奶要做法，奶奶细细说了，末了还交待，“螺肉莫炒，肉老了就不好吃啊。”大姨连连点头。

又过得几日，大姨来家，连连称赞，“您老教的硬是好，婧妹子（表妹）喜欢吃。”大姨笑着，“就是没有你做的好，硬是少了味。”

奶奶眯着眼笑，受了她的恭维，侧着头想半天，“薄荷放了没？”

“冇诶，您老没讲。”大姨说。

“怎么可能，我肯定讲了的，”奶奶笃定地说，“你没听。”

这之后的许多年里，大姨和嗍螺耗上了，做了许多次嗍螺，总不如奶奶。我尝过，妈妈尝过，舅舅们尝过，爸爸也尝过，吃是好吃，仍是差着一些，差在哪里，大家都说不清楚。

“她一道菜做了一世，你是少了功力。”妈妈对大姨说。

“哪里噢？肯定少教了什么的，”大姨不服，“上次就少说了薄荷。”

“真的咧，我看着做，也就是这些东西，师傅领进门，修行靠个人，我做的还不如你呢。”妈妈说。

4

爷爷自搬到城里，到去世，再没有吃过一口嗍螺。他有很强的自制力，这种自制令得他即使动过大手术，依然活到了高寿。

爷爷去世后，我们家又搬了个地方。奶奶将爷爷的一张遗相随身带着，到了新家，放在自己房间的衣柜里，时时敞着衣柜，对着爷爷碎碎念。

她开心时，和风细雨地跟爷爷说体己话，心绪不好时，就骂他。

“有得饭吃你就跑，跑到江西砖窑上去，不管我们。”她泪眼婆娑。

“奶奶莫哭哒。”我去劝。

“那时候，他跑出去就没得音信，总也不回咧，荒年过了都没得信回来，我以为他死了，后来上家屋里老表说人在江西。”奶奶喑哑着声音，委屈得脸皱起，告状一般，有一搭没一搭地跟我说着，“家里没劳力，你爸爸八岁就到石灰坳担柴，人没得扁担高，几步一歇，邻居说我呢，讲我对崽不好。我有什么办法呦，我要做田，还要帮人沤竹子，做草纸。”这件事情爸爸跟我讲过，奶奶年轻时创业，与人合伙做草纸卖，后来被割了资本主义尾巴。

“每回村上有人做喜事办酒，我都叫你爸爸去吃席，我不去。”奶奶放低声调，眼神迷离，忆着往事，“半大崽子饭篓子，吃席都吃不饱。有一回，你表叔公家办酒，他人好，看我家困难，把礼钱退回来了。你爸爸路上看到赶场卖油糍粑的，全买了吃了。回家来倒是不说谎，还带了两个给我。我听了急啊，哪里吃得下，钱做得大用的。”

奶奶恨恨说：“气得我拿绳子、踩凳子要缠颈（上吊）呢，你爸爸跪在地上哭，才把我劝下来。后来想，细伢子肚子饥想吃，哪里晓得那么多咯，我的脾气也不好。”她又叹了口气，“那一回他就懂事了，十几岁出去找事做。”

“我就不晓得你爷爷，我一世不懂他，”奶奶眼神空洞迷离，泪水又溢出来，缓缓地，一字一顿地说着，“年头不好你跑，如今日子好过了，你走什么呦。”

5

爷爷去世后，奶奶很长时间没有做过嗍螺，我央她做，她总是摆手，说嗍螺太费工，老了，做不动了。

我仍是好这一口，回浏阳，常有饭局，点菜时总问：“有嗍螺吗？”

多数店子都是有的，可是菜上了桌，吃得两个就罢了筷，终不是奶奶做的那个味。

我常跟奶奶说："你不想做了没关系啊，我请个厨师跟你学好不，以后开店卖，就叫刘婆婆嗍螺，肯定卖得好的。"

奶奶总是摆手，笑眯眯的："就是那样做的啊，又没有什么巧。你们只是习惯了我的口味，市面上这么多，我的不见得好呢。"

可就连爸爸也说，他吃遍了浏阳的嗍螺，包括大名鼎鼎的官渡（浏阳一个乡）嗍螺。"比起你奶奶做的，总还是差了一灶火（差着口味的意思）。"

八十岁以后，奶奶的老年病逐渐增多了，除了腿痛，还常常呼吸不畅。给她买了家用吸氧机，用过之后，她连说好用，从此时常待在自己房间里，戴着鼻管，一吸吸好久。

"也不能吸太久呢。"我们劝她，她应承得好，用起来又忘了时间，总要人提醒。爸爸说她上瘾了，"可不能由着她来。"他忧心忡忡的。

某一次，我回到家，去她的房间看她。推开门，看见奶奶在角落里坐着，老年发胖，身形臃肿，像一只呆坐的熊。吸氧机就放在身旁的小桌上，一根鼻管从机器里接出，挂在脸上，她低着头，花白的头发耷拉着，像是睡着了。爸爸给她买的收音机摆在床边，正播着黄梅戏，悠扬的女声唱腔在室内流转："也曾赴过琼林宴，也曾打马御街前，人人夸我潘安貌，原来纱帽罩婵娟……"

我唤了声奶奶，她没有听见。

我走了过去，轻轻抚上她的肩，她一愣怔，仿佛从久远的沉思中醒转，慢慢地回头，望向我，浑浊的眼中泛起一丝喜色："格伢呀，你回哒啊。"

6

每一次，我带着妻儿回家，奶奶纵使腿脚不便，也要亲自下厨，做饭给我们吃，虽是一些简单的饭菜，却都是从前的味道，能让人多吃下一碗饭去。

可奶奶终是做不动了，平时，做饭多是爸爸的活，奶奶在一旁打打杂，妈妈生过大病的人，想帮点忙，奶奶、爸爸都不准。

爸爸已经退休了，本想过过安逸的老年生活，请个保姆做家务，保姆换了许多个，都不合奶奶的意，奶奶会很嫌弃地说这说那，挑剔得多了，人就给气走了。

“啧啧，一点气都受不得。”奶奶总是感叹。

“都怕了您老咧。”爸爸苦笑着说她，“你是三伏天的蛤蟆，不咬人，嘈人。”

年纪越大，奶奶反而越觉得自己能做事，厨房本是她的地盘，如今爸爸占了，她总想声明主权。爸爸做饭时，她常扶着墙溜过去，蹒跚的身子一步步挪，择菜、洗菜、淘米，爸爸烦了，说她：“不要你帮忙咧，你去看电视，等饭吃咯。”她也不恼，笑嘻嘻地，不走，靠墙站着，指指点点，碎碎念。“莫嫌我咯，我做得事呢，肉起锅咯，莫炒老了。”

可是奶奶依旧不做嗍螺，即使那次在派出所外的电话里，答应了我。待我回去，她又忘了。“你说要做给我吃的。”我言词凿凿。

“冇诶，我没说诶，”她摆着手，“也不是吃嗍螺的时候呦。”

直到去年夏天，一家人聚在一起，去农家乐玩了一天，晚间回家，奶奶突然提议，“我给你们做嗍螺吧。”

“不是入秋才吃吗？”我问她，心里倒是暗喜，奶奶终于又起了做嗍螺的念头。

“是呦。”她讪讪地说，又满脸堆笑地逗曾孙子（我的孩子），“过一阵给你做嗍螺，好不好啊？”

奶奶不会说普通话，拿客家话当普通话说，孩子望着她莫名所以，瞪大眼睛傻傻地笑。

“奶奶你就说浏阳话，他听得懂。”我在一旁插话。

奶奶默了默，用浏阳话又说一遍。

“嗍螺是什么呀？”儿子四岁了，没吃过嗍螺，见都未曾见过。

7

入秋时，携妻儿回家，进门就望见奶奶在厨房忙碌着，爸爸跟着打下手，一大堆洗净的螺壳在身旁的案板上堆着，螺肉拌好了，正一只只装壳。奶奶兑现诺言，终于又做嗍螺了。

田螺放进高压锅，上汽后转小火，一会儿，香气就出来了。

儿子闻见，问太太，"好香啊，是什么呀？"

"嗍螺，你没有吃过的。"太太摸着他的头。

到得中午，一大碗嗍螺上了桌，众人围坐吃开了。"难得啦，吃刘婆婆搞的嗍螺。"爸爸开心地夹上一粒。

儿子不会嗍，太太用牙签给他挑出来，作料拨到一边，光吃螺肉，儿子小嘴抿着，细细嚼着，一会儿，鼻尖冒起细细的汗珠。

妈妈吃不得，笑眯眯地看着我们吃。

我拈起一颗，送到嘴边，用力一嘬，吸到嘴里，慢慢地品味。仍是熟悉的味道，紫苏的甘甜、薄荷的清香、韭菜的浓郁和田螺本身的鲜味相混合，记忆中的香甜，又重回到唇齿间。

"好啊。"我竖着大拇指，不住口地夸赞。

"最好吃哒吧，"奶奶眯着眼自夸，"下次回来又做给你吃啊。"

"只要我还做得动。"奶奶又补了一句，敲了敲腿，神色有些黯然。

"做得动，你是福婆婆咧。"我忙说，"你活得一百岁！"

"不要我们插手呢，田螺早就买回来了，每日换水、挑死螺，都是她自己搞。"妈妈在一旁说，"养了半个月，等你们回。今天一大早就在厨下忙开了。"

"刘婆婆诶，你这碗嗍螺吃到嘴里不容易，要大补才好。"爸爸笑着，嘴里嚼着，又拈起一颗。

"好吃不怕烦，是吧？"奶奶也笑。

桌前尽是啧啧地称赞和满足的咀嚼声，奶奶却停了筷子，看着我们吃，她将耷在额前的白发朝后捋，头略扬，眉眼弯弯，橘皮般的脸上漾着满足的笑，得意洋洋的。

一碗嗍螺，奶奶做了一辈子，我也心心念念了半世。每回吃到，都似一种美好倏忽而至，让人由衷欢喜。记忆里绵延的悠香，如同这个居大不易的家庭持续迸发出的热情，生生不息。

或许，对于我们来说，这一道家常嗍螺的美味，不单只靠作料的丰富和炮制的精心、独到，还有家传的滴滴浸润，时光的层层雕琢，回忆的点点渲染。而这一切背后，是奶奶因爱而生的甘愿，不屈从命运的勇敢，和操持一生的耐心。

温州变了，红娘还是老味道

· **庄百川** / 浙江大学理学硕士

1

在我的印象里，小时候的温州是一个“与世隔绝”的地方。一是因为交通不便，二是方言难懂。

当时的温州没有机场，没有铁路，所谓最先进的国道，也只是在群山中蜿蜒的单车道小路。温州到金华的330国道，全长240公里，长途大巴可以走上整整一天。经常出远门的人都喜欢调侃：“温州到，汽车跳。”

在家乡，大多数当地人只讲温州话，它一度被称为全中国最难懂的方言。我奶奶是北方人，曾经来温州住过几年，那段时间，我的首要任务就是给她做翻译。几年之后，倔强的老太太还是难以适应，执意独自回了北方。

可能是因为这种“与世隔绝”，造就了温州话里一些独特的词汇。比如“红娘”，这个东西在其他地方，要么叫“金铃子”，要么叫“癞葡萄”，甚至叫“苦瓜”，唯独温州人管它叫“红娘”。

小时候，每当我肺热咳嗽，父母就会给我买红娘吃，他们认为这是清热止咳的良药。也许是因为此物性太凉，平时家长不准多吃。

对我来说，红娘不只是药，还是最好吃的水果，我很喜欢红娘那种清甜黏软的口感，吃完之后，唇齿留香，余味不散。有时候，我甚至假装咳嗽，就是为了让父母给我去买红娘。

2

二十世纪八十年代末，温州的民营经济还处于萌芽阶段，为数不多的国营企业掌握着经济命脉。能在国企上班，就意味着捧着金饭碗，人人削尖脑袋往里面挤。我父亲就在温州国营皮革厂工作。

我们家住在皮革厂职工宿舍大院，院子里有大片的桉树林，小男孩都喜欢用弹弓打林子里的麻雀。院子沿河而建，河水清澈，常有人游泳。河对面是一大片农田，到了夏天，蛙声一片，农民摇着“蚱蜢船儿”沿河叫卖各种东西，比如西瓜，比如红娘。

为了吃红娘，我屡次装病，很快，这个伎俩就不管用了。

家门前有一片空地，我便想学着河对岸的那些农民，自力更生种红娘，这个想法得到了母亲的支持。那一年的夏天，我挑出一个品相最好、籽粒最饱满、味道最好的红娘，吃完后，小心翼翼地把红娘种子晾干，收藏好。隔年春天，我有模有样地开地、除草、松土、播种。

那段时间，我每天起床之后，第一件事情就是去给红娘浇水，因为离河道近，水质好，我总是直接从河里取水。

幼苗时期，我最担心的就是院子里凶悍的鸡群，飞得高、跑得快、跳得远，时刻威胁着那些娇嫩的红娘嫩苗。为了保护红娘，我特意在四周扎了一圈高高的篱笆，篱笆上还蒙了一层纱布。

每天放学，我就迫不及待地回家，检查篱笆和“施肥”，其实就是尿尿，整个下午我都舍不得上厕所。

功夫不负有心人，那年夏天，我摘下了第一个红娘，当时的心情，就像第一次领到工资一样。

那时候，邻居们都在国营工厂工作，我父亲属于技术管理人员，和其他工人一起，都住在工厂宿舍大院。工人们下班之后串门聊天，邻里之间都非常熟悉，哪家小孩父母不在，邻居们就会负责临时照看。小时候，我就经常在邻居家吃饭。大院里的小孩子们，虽然没有血缘关系，但都亲如自家兄弟。

第一年收成很好，自家人都吃不完。邻居小孩为了得到我种的红娘，总是说尽好话。对我来说，这些赞美比考试得满分还开心。

3

到了二十世纪九十年代，温州的民营经济开始发展，其中最有名的就是皮革业，私人制革厂和皮鞋厂如雨后春笋一般遍布整个温州城。

我家隔壁住着“阿六”，他家里的地被皮革厂征收盖了厂房，所以从他父亲一代起，就在皮革厂当工人，父亲退休后，由他顶替。

虽然阿六没文化、没资金、没销路，但他比普通人多懂一点点“技术”，最重要的是，他胆子大。被停薪留职后，找了几个朋友，开了一家皮鞋厂。

他从来不穿自己做的鞋子，因为他知道，穿不了几天就会破，但他也从不担心自己鞋子的质量，因为所有的鞋子都会卖到千里之外。他经常吹牛，中国这么大，只要价格低，就不怕没市场。

阿六的生意越做越大，越来越忙，没多久，他就买了一台本田 125 摩托车。渐渐地，我只听见那台摩托车早出晚归的引擎声，很少看到他本人。

很快，越来越多的“能人”离开了国营工厂，职工的流动性越来越大，职工宿舍的院子里也开始出现一些陌生的外地人，比如北方汉子“大耳朵”。

那时候国营企业经营逐渐恶化，政府开始推动各种承包改革，大耳朵就承包了制革厂几个职工大院的环卫工作。

大耳朵是一个种蒜的农民，对于垃圾和污水处理，毫无经验。他的方法简单粗暴，就是把所有的垃圾集中起来，填埋在河道边，然后集中焚烧。没过多久，反复焚烧后的垃圾残留，就掩盖了原来妇女洗衣的石头台阶，河道越来越窄。

大耳朵的所作所为，引起了很多人的不满，但大家都忙着赚钱，无暇顾及这种“小事情”，抱怨了几次后，也就不了了之了。

温州私营企业越来越多，污染也开始出现，不知从什么时候开始，河里就没人游泳了，河水越来越臭。后来，我只用自来水浇灌我的红娘。

对我来说，种红娘似乎成了一种习惯。每年夏天来临之前都会种上一些，但打理远不如以前勤快，好消息是，没人养鸡了，我再不用担心鸡群破坏我的红娘。

熟悉的小伙伴陆续搬走，新来的外地人，语言和生活习惯差异很大，很少交流，向我要红娘的人越来越少。种好的红娘，要么自家人吃，要么挂在藤上，自生自灭。

4

到了初中的时候，温州经济发展的名气越来越大，一夜之间，这里已经成了财富的代名词。

1994 年，农历春节初八刚过，来自全国各地的农民工开始涌向温州。一时间僧多粥少，私人老板只要解决吃住，哪怕不给工钱也可以招到成群的工人。找不到工作的民工只能到处搭简易帐篷，有些甚至连帐篷都不搭，铺盖一摊，倒头就睡。

一天早上，我打开门，家门前的空地上居然睡满了人！我简直不敢相信自己的眼睛。他们大多是二三十岁的农民，衣衫褴褛，身材瘦小，老实木讷。

没过多久，政府开始出面干预，一方面鼓励私企多招工，另一方面，开始遣返没有找到工作的民工。几天之后，院子里的民工渐渐散去，但我家门前的那片“自留地”已是一片狼藉。

随着外地人的增多和各种小作坊的出现，原来互通的职工大院被分割，各种违章建筑开始出现。对我来说，曾经熟悉的职工大院开始变得陌生起来。

那一年的夏天，一天早上，我去收红娘，发现几乎所有绿色的嫩果都不见了，只剩下金黄色的熟果。

后来我才知道，红娘和苦瓜长得几乎一样，在外地，苦瓜是一种蔬菜，而我们本地人很少吃，那些嫩果十有八九是被人偷了。不过这对我来说，也不算损失，有人来偷摘总比烂在藤上好。

5

温州城像一个大饼一样，越铺越大，本来位于郊区的皮革厂，已成了热闹的市中心。国营制革厂换了好几任领导，试了数不清的改革方案，但经营情况还是一天不如一天。

后来管理层发现，出租厂房才是最好的经营策略，稳赚不赔，远比生产皮革赚得多。没多久，生产完全停止，工人被停薪留职，厂区几乎完全被出租。摇身一变，变成了各种餐厅、歌舞厅和酒店。

相比厂区，宿舍大院的结构松散，都是平房，不适合商业出租，最好的出路就是开发商品房。在当时的温州，拆迁是效率最高的政府行为。从提议到拆迁完成，只用了短短数月，拆迁队就把我的“自留地”变成一片瓦砾堆。

从那以后的二十几年里，我再也没有种过任何东西，也再没有吃过红娘。

若干年后，我去朋友的新家做客。他家在 23 层，我站在阳台上，可以看见以前的职工大院。

原来的那条河，已经成了一条乌黑的臭水沟，大院和对岸的大片农田已经被杂乱、拥挤的居民楼替代。

我甚至开始怀疑，记忆中那些美好的童年是否只是一个幻觉。

失落东北：磨豆腐的哑巴舅舅

· **小杜** / 独立文学创作者

1

母亲来美国几个月，我带她去了无数次华人超市，最常买的就是豆腐：水豆腐、嫩豆腐、老豆腐、冻豆腐、油豆腐、糯米豆腐、麻油豆腐……再加上豆腐干豆腐乳之类，我的冰箱整整一层都是各种豆腐。

我劝母亲："豆腐含太多大豆异黄酮，对身体不好，尤其是过了更年期。"

她不听，还是不停地往回买。可回来吃两口就又不吃了，放冰箱里，等想起来了再下锅。有些过了保质期，严重的长起了一撮撮的白毛，不严重的虽表面看不出什么，但还是被我扔了。

看母亲买豆腐的固执劲儿，总让我觉得她不是老了，就是想回国了。

"妈，豆腐有那么好吃？"

"说不上好吃不好吃，就是吃起来不对劲。"

"美国这边的豆腐不对劲？"

"国内豆腐现在也不对劲。再说美国的豆腐不也是从国内进口的么。"

看来是她老了。我不再说什么，任由她去买吧。

2

后来有一次，听母亲说起她的一个小表舅，我才明白，她为什么那么爱吃豆腐。

母亲和小表舅小时候，一个住县城，一个住农场，隔着三四十里地。

姥爷去世得早，六个孩子全靠姥姥一手拉扯大——那可是实实在在的一手拉扯大，日军侵略时姥姥被炸掉了一只胳膊。姥姥家虽在县城，但条件极差。小表舅家在农场磨豆腐，在当时却是了不起的买卖。故两家间走动，以母亲去小表舅家居多。

母亲那时人小，又是女孩家，小表舅家留吃饭，姥姥从来不让她上桌。不上桌就没有新闷的大米饭，连新蒸的豆腐都没有，只有一块烤地瓜和一碗撒了盐的豆腐渣——固然热乎，但毕竟也还是豆腐渣。

当时，小表舅比母亲矮半头，还是个哑巴。

两岁时，家里大人背着小表舅去林子里挖蘑菇，遇见了黄大仙，大人孩子回家都发了一场烧。大人躺了两天，起来继续下地干活，孩子却成了哑巴。哑巴表舅见母亲捧着一碗豆腐渣，就自己去切了半块蒸豆腐，撒上葱花儿酱花儿，偷偷端给他的表外甥女。

那蒸豆腐味道如何？用母亲的话就是，“没等进嘴儿就香化了”。

偶尔小表舅也来姥姥家串门儿，母亲就给他留一碗大米饭煳锅巴，蘸了酱油大口大口吃。不过还是母亲去他家多，所以偷偷端出来的蒸豆腐远多过煳锅巴。具体多了多少次，母亲说她到现在都还记得，可见有些事越老越放不下。

时过境迁，半个世纪过去。

华人超市里摆的豆腐划分得极细，单就老嫩的程度，就分 firm、medium firm、soft、medium soft、silk、medium silk 六种。母亲把它们逐一买回来，挨个蒸上一遍，撒上葱花和豆豉酱，全是为了寻找当年“没等进嘴儿就香化了”的感觉。

可能找回来么？看看我冰箱那些长了毛的盒子就知道了。

3

中学毕业后，母亲被分配到县第一副食品公司，简称“副食”。当时母亲还不到二十岁，在副食当售货员，穿着公家发的白大褂和白口罩，整天在几颗猪脑袋和一大堆心肝肺之间翩翩起舞。

工作倒不怎么忙，但渐渐她就不大和姥姥去农场了。究其原因，除了她正和父亲热恋，再就是副食的猪头肉实在好过小表舅家的蒸豆腐太多了。

小表舅也不再磨豆腐，他跑到县里搞起了个体户。倒不是因为他有什么创业的头脑，而实在是时代不由人：生活改善了，条件发展了，磨豆腐不再是什么神乎其技的手艺，农场和县里冒出好几家卖豆腐的，生意便不似从前那么好做了。

再说他又是个哑巴，一块块的雪白豆腐，都让家里会吆喝的人推出去卖了，挣多挣少他一点数也没有，于是就没完没了地跟表舅姥爷比画，要自立门户。

可是他一个农场长大的哑巴小子，能干啥呢？于是，他以去姥姥家串门为由，跑了好多趟县城。除了往农场带回“副食”的香肠和猪耳朵，他还窥探到县城的一个秘密，那便是刚建起来的菜市场。

菜市场是一个神奇的存在，倒扣着的塑料大棚，摩肩接踵的人，和着吆喝、叫卖、喊秤、剁排骨声，各种讨价还价，杀鸡剁脑袋，两个女人对骂，地当中是两条大鲫瓜子，啪啪啪地甩着尾巴。

而且这里每天都那么热闹，连礼拜天都是，农场越闲，县里的菜市场就越热闹。

这里只有一样让他感到沮丧，便是有整整两排玻璃柜子在卖豆腐脑豆浆干豆腐，一切跟豆腐有关的东西这里都有。可他从小到大只有磨豆腐一样本事，在这繁花似锦的菜市场却派不上用场。他垂头丧气回到农场。

他蹲在晚春的黑泥上，用刀子画啊画啊，把自己支离破碎的县城梦讲给表外甥女。母亲却笑了。不是因为自己新烫了头发，也不是和父亲订了婚，而是今天她要来给小表舅说亲："人家也在'副食'上班儿，年龄偏大没几岁，脸上稍微有点麻子，也是后天才哑的，但这些算啥？人家愿意帮咱办县里户口。"

县里户口，偏大没几岁，麻子，副食，公家……这些事物在农场的人嘴里传来传去，把表舅和一个同样说不出话的女人串在一起。

他结婚了。一个哑巴，在县里自立了门户，整个农场谁能想到呢。

4

表舅如愿以偿，很快在县菜市场摆起了摊子。

最初是卖生豆芽儿，在地窖里摆好一个个塑料编织口袋，一口袋底儿的豆子，润上一点水，用砂子压，用石头压，用面盆压，压上两三天，豆芽就滋滋滋发出来了。一口袋一口袋的，白白胖胖的，煞是好看。趁天没亮，就赶紧骑三轮车把先发好的送到菜市场。立了牌子标价，不讲价，不谎秤，人称"哑巴豆芽"，没多久就在县里传开了。赶上逢年过节，一天能卖两三编织袋。

这事业只一样不好：起早贪黑，风里来雨里去，忒遭罪。好在年轻，体格儿好，哑巴舅妈又疼他，天天中午跑去菜市场送饭，铝制饭盒里是蛋炒饭，撒了牛肉丁儿，小暖壶里是浆子，加了糖掺了牛奶。不像旁边卖蒜苗的两口子，顿顿饭茶蛋就地瓜干往下噎。

十生百，百生千，如此两三年下来，两口子成了万元户。眼见着表舅妈的肚子一天天圆了起来，没多久就生了个大胖小子，呱呱落地，哭得又响又亮。

也是同一年，我出生了。小时候，我经常去我这个同龄不同辈的小舅家玩，除了屋里屋外一股豆芽味儿，其他都挺好。饼干小人儿酥管够吃，红白机随便打，从早上打到晚上，打到两眼发直，打到母亲过来拧我耳朵才能拉回家。

记得有一年春节，两个不说话的大人领着一个说个不停的小人儿，来我姥姥家拜年。电视里重播春晚，有个小品说“造导弹的不如煮茶蛋的”，大人听了一笑了之，我那个同龄的小舅却豁着牙续道：“煮茶蛋的不如生豆芽儿的！”

童音响脆，掷地有声，众亲戚纷纷向哑巴两口子道喜。表舅妈捂着嘴笑，表舅一把抱起儿子亲个没完。

当时“副食”还没黄，但已入不敷出。猪头肉猪耳朵卖不动，又怕坏，就顶奖金发给职工，连发了半年，发得我一看到猪耳朵就犯恶心。父亲也要调工作，所以他和母亲压力都很大。

我却满脑子都是红白机，心想我家要是也屋里屋外一股豆芽味儿就好了。

5

至于母亲的哑巴表舅，房子越盖越大，生意也越做越大，从豆芽儿扩展到各种蔬菜水果，与此对比的是县里的“副食”，彻底黄了，连房子都快扒了，只剩下几颗目瞪口呆的猪头和一堆干巴巴的猪耳朵。

哑巴舅妈干脆和表舅在菜市场斜对面盘下一处门市房，门口还摆了一大音箱，“老兴隆蔬菜水果小世界即日起正式开业，欢迎广大新老客户光临，新进日本原产红富士苹果，八五折优惠，欲购从速……”

至于那位和我同龄的小舅，也许是小时候说话太多了，一进入青春期反倒变得少言寡语了。要么不张口，要么一张口就骂人。他的哑巴妈妈新烫了头发，穿梭于“老兴隆”和各种牌局之间，没心思下厨做饭，小舅就叼着双汇火腿肠，像是衔着一根粉色的雪茄，整天在菜市场里游荡。那时候，火腿肠两块五一根，县里条件一般的孩子轻易不买。我问过小舅，火腿肠到底是肥肉还是瘦肉。他正一口一口往下咬塑料肠衣，咬完再一口一口往外吐，弄的满嘴都是绛红色：“他妈的全是粉面子！”

那时，我很羡慕小舅可以说随便脏话，甚至在哑巴父母面前也能吐出那些字眼儿。不知道是整个菜市场到处都充斥着那些字眼儿，还是他父母觉得一个人能张口说话就算莫大福分了。

满嘴脏话的小舅很快和菜市场的成年混混熟络起来。在县一中侧门口，他变戏法儿似的从土绿色军挎里抽出一把甩刀，单挑了几个吆五喝六的小流氓，成为全校的偶像，哪里还有我近身的份儿。

那时一中的保安姓谭，挺年轻，但天生谢顶，脑袋又有点歪。全一中的师生校长教导主任加起来，小舅也没把谁放在眼里，除了这个谭老歪。只是因为每次小舅闯祸进了警局，都是这谭老歪把他拎出来的。

所以在一中昏暗的厕所里，小舅总是递上一支刚点着的石林烟："老谭，抽吧。"

尽管一出学校就跑去菜市场厮混，但小舅的成绩也没那么坏，至少家里花钱读个高中不成问题。但县里高中敢不敢收他，却是另外一个问题。

初三那年夏天，他终于替高中解决了这个头疼的问题：在电子乐轰鸣的迪厅，他把甩刀插进了一个醉鬼的太阳穴，理由是那家伙居然把他当成了一个女的。

这也难怪，彼时小舅虽发育起来，但面色苍白，双腿比双眼还要细长，即使艳阳高照，他浑身上下也透着一股阴冷的狠劲儿。那醉鬼是个成年混混，在道上贩卖来自南方的摇头丸。而我的小舅，才刚刚进入变声期。

事后，有人说那是一柄三叶甩刀，有人说是弹簧刀，还有人声称那是正儿八经的警匕。不管是什么刀，故事的最后，小舅一脚踹开窗子，从三层高的迪厅跳出去了。

尽管家里能砸得起钱，也愿意砸钱，但还是摆不平这祸事。"老兴隆"生意暂停，哑巴夫妻好像两只绝望的蜘蛛，吐尽了所有的关系网，也只是徒劳。走投无路之际，他们把儿子送到了农场，哑巴表舅的老家。

没多久，谭老歪推开了他家的大门。

根据谭老歪的说法，事儿闹得确实有点大发了，但也不是不能摆平，因为

“摇头丸断了，咱家孩子其实给县里除了一害”。

在哑巴表舅家，谭老歪问：“咱家到底能掏多少钱？”

表舅排出四打一百元的票子。

谭老歪没吭声，闷头抽烟。

表舅急了，咿咿呀呀比画一番，舅妈急了，又从里屋拿出四打百元票子。这回是用塑料纸包着的，上面粘着泥，一股潮气，明显是刚从地窖里拿出来的。

“操，用不了这么多！”谭老歪把四打票子塞进牛皮纸大信封，转身就走。

6

买回一条命的小舅被一辆农用双排座送回县城，在迪厅舞厅过完了他的变声期。谭老歪将哑巴表舅家那笔“人情费”扣了一半，自己在县里打点，从此扶摇直上，没多久就穿上了制服。

“谭大副”，县里人都这么称呼。在警区或拘留所，每次不期而遇，小舅依旧叫他“老谭”，然后递上一支硬中华。

后来，老谭往他家拨了电话，说这样下去你家孩子早晚也会变成县里一害。

哑巴父母在电话里自然是沉默的。“要不让孩子当兵吧，我给找人。”老谭说。

老谭说话算话，这兵当的倒真没花太多钱，而且是海军，南沙群岛，理由是“南沙离咱家够远，孩子轻易没法儿往家跑”。

所以我读高中那年，小舅就去参军了。等我考上大学，他升士官。他退伍回县里，我已拿到签证出国了。

小舅家也起了很多变故。

先是有年冬天“老兴隆”被一把火烧没了。倒不是哑巴两口子不小心，而是菜市场被什么人趁半夜点着了，火借风势，咆哮奔腾在整个南二道街区的夜空，直到第二天下午才罢休。整个南二道街被烧落了架，烧得县里整个冬天都有那么一股焦臭味。

好在大火没烧退哑巴表舅的雄心，他干脆把事业从倒腾蔬菜升级为倒腾木材。买了辆“东风”大卡，把农场的松树林子一株一株放倒，锯成板条，再拉到省城，卖给南方来的“大老板”们。

我母亲曾极力反对这事，说这是犯法的，一旦抓着了就进去了。哑巴表舅却摆手笑她。他有他的信心，便是谭老歪。因着他儿子的那场祸事，他和“谭大副”成了老铁。

母亲又指望舅妈劝劝，可人家正热心于整容和打麻将，一桌三个舅妈那种年龄的女人，都是手里有闲钱的，外加一个年轻小伙，个儿高，皮肤白净，爱说爱笑，一笑还有两酒窝。

据说，舅妈麻将原本打得很好，但自从有了这小伙凑局，舅妈的牌就有点乱了，小伙子一讲笑话她就笑，一笑就给人家点炮。输点钱无所谓，关键是开心。舅妈虽有点发福，但把脸上麻子点下去了，又割了双眼皮儿，拾掇拾掇也挺耐看。

后来，她还往家添了卡拉 OK，打完牌就在饭店订了锅烙或水煮鱼，请大伙去玩儿。那小伙子专唱刘德华的《忘情水》。几个中年女人嘻嘻哈哈喝酒吃肉，只有哑巴舅妈对着在松下大彩电里嘴巴一张一合的刘德华出神。

表舅这边跑了几趟省城，木材事业竟也做起来了。他也学南方的“大老板”，新买了款爱立信手机别在腰间，也是刘德华做的广告，“事业我一定努力，对你我永不放弃。”可他是个哑巴，没法用爱立信谈生意，只能用来听歌。

还真有人在爱立信里给表舅唱歌。

省城到县城八百里国道上，有一个鸡鱼馆的女老板，据说丈夫被车撞死了，她才从老板娘变成了老板。女老板除了给表舅亲自炖鸡炖鱼，还揉肩搓背，给他唱歌。在枕边唱，在爱立信里头唱。开着东风大卡，听着情人唱歌，八百里的国道大概都跟着旖旎起来。

后来，女老板就问表舅，说要不你把倒腾红松的款子都取出来，我这边认识个熟人，着急抬钱，三分半的利。抬完这钱，咱俩就一起过吧。

表舅本来还有点犹豫，可一回家发现有个小伙对着自己老婆唱《忘情水》，他就把钱都取出来，让女老板都给抬进去了。

结果，女老板转眼就在爱立信里消失了，表舅急了，去鸡鱼馆里找人，却只有几个拎着西瓜刀的老爷儿们。

本来表舅还可以找老谭，可惜那年严打，“谭大副”横尸我们县夜总会，浑身都是砂枪轰出来的窟窿眼儿，谁也说不清是谁干的。

当时县里不少有钱人都在闹离婚。母亲说这下完了，表舅和舅妈够呛了，父亲却说肯定离不了。钱要还在，那肯定离了。现在钱没了，又是对儿哑巴，离了找谁过呀？

果真没离。

表舅在家里跪到第二天，儿子从南沙群岛打来电话，说眼看要退伍转业了，要他们赶紧再汇笔钱，好托人找关系。舅妈一把抱住丈夫，两口子抽泣起来，发出一种只有哑巴才能发出的呜咽。

卖掉东风大卡，一大半儿的钱汇去海南岛，一小半儿租了个小得不能再小的门市房，“夫妻二人烧烤涮”又起来了。

7

很可惜，小舅退伍后只能回县里，因为家里的钱到底还是没跟上。

小舅被南海的风吹得又黑又瘦，穿着一身帅气的海军服，站在县里灰秃秃的南二道街上，挺拔而突兀。

南二道街的拐角是“成功驾校”。按照哑巴两口子的设想，一张驾驶证再加一笔退伍转业费，足以将儿子变成一个大卡司机，往来于省城与县城之间，从头再来，再造他们家倒腾木材的辉煌。可是小舅却对自己的人生有着全然不同的理解。就像每一个在外面闯过的年轻人，他对这县城有股莫名的厌恶。

而哑巴表舅的烧烤涮生意原本就惨淡，又被新开业的韩式烧烤城给顶了，每天也就中午有几个小学生过来嚷嚷着烤两毛蛋而已。这更让小舅下定决心，拿到驾照后一走了之。至于将去何方，他没具体想过："反正越远越他妈好，越往南越他妈好。"

在满是轮胎印迹的大院里，他遇到了他未来的妻子。

我是听母亲说的，依照母亲的理解，这女人年纪轻轻就离过婚，家里又没钱，还是个独生女，惯得不像样，随便哪一样都是能杀死一桩婚姻的毒药。至于那女人到底是怎么看上小舅的，母亲更是没法理解。

小舅一结婚就和老婆去南方了，一个开烧鸭店，一个搞美容。

"都不是容易挣钱的营生，"母亲摇头叹道，"在县里干不一样么？跟老爹老娘一起过还相互有个照应，不挺好么？"

"妈，我要在县里一直待着，你觉得好么？"

母亲沉默。

母亲在美国过得挺高兴的。她在国内虽是无神论，但在美国却总让我带她去教会，因为那里有说有笑，有布道有唱诗，有钢琴有管风琴，不分国籍，不分肤色，无论贫富，彼此兄弟姊妹相称，感觉比我们县里好多了。

教会还经常搞聚餐，大节小庆的，每家带一道菜，凑一凑就是十好几桌儿，又没人喝酒抽烟打麻将，母亲很是喜欢。母亲烧的菜里，必有一道带豆腐的，麻辣豆腐，尖椒干豆腐，肉末煎豆腐，不一而足。

虽只是家常菜，在国内难登大雅，但教会里的美国人都吃得竖大拇指："Chinese Tofu is super！（中国豆腐太牛啦！）"

即使是中国人，在美国待得久了，口也就不刁了，也都说母亲手艺好。可我知道她对自己烧的豆腐越来越不满意，离当年在她表舅家吃蒸豆腐那"没等进嘴儿就香化了"的感觉越来越远。

去年感恩节，我陪母亲去商场买衣服，我坐在女试衣间对面的沙发椅上苦等，各种肤色各种高矮胖瘦的女人在眼前出来进去。

母亲从试衣间里出来了，双手空空。

“妈，挑那么一大堆还没合适的？”

“国内的微信，你那表舅姥爷，又出事儿啦。算了，不买了。”

回到家我才弄明白，原来县民政局把哑巴家的低保给“拿下了”。

8

我问母亲，他们家到底是怎样一步步混到“家庭人均收入低于当地最低生活标准”的。

母亲说：“这年头儿想往上挠不容易，往下出溜儿就太简单了，两个哑巴，先是烧烤，后来倒腾啤酒，干啥啥赔，最后只能给县里有钱儿的打工了，恁老大岁数。”

父亲又说：“两口子要能一起打工，也不至于这样，可你那舅爷以前倒腾木头，落下一身臭毛病，抽烟喝酒打麻将样样不落，明明家里穷得交不起话费，还非装个智能手机，他还以为他是万元户呢？现在就你舅姥打工每月挣个几百块儿，冬天住平房还得劈柴火添煤烧炉子，那日子过得——够呛！”

我很难想象哑巴表舅“劈柴火添煤烧炉子”，在我们县零下三十度的寒冬里该怎么过。大抵这世上每位成功者都能总结出一套心得，一套理论，但所有失意者的轨迹却惊人相似：就是向下滑落，用母亲话讲都是“往下出溜儿”。

之前是母亲给他们申请的低保，每个月能去县民政局领五百块。他们家收入是否低于全县最低水准，到底什么水准在我们县算最低，没有任何部门给出查证，也就没有任何明确标准，一切只能凭关系。

只可惜最近民政局换了局长，咔嚓一下就把哑巴两口子给“拿下了”。

“大鱼儿吃小鱼儿，小鱼儿吃虾米，虾米吃你表舅姥爷。”这是母亲对整件事的总结。

一回家，母亲就联系她在县里的熟人，所有能跟民政局搭上茬儿的熟人。

母亲发现能帮忙搞定低保的是她旧时的一位同学，于是两个女人在视频里热烈地聊了起来，聊美国到底怎么样，聊母亲在朋友圈里分享的那些照片，最后才切入主题。

母亲的听力差，聊到低保时她把耳朵都贴在了平板电脑上，却还听不清，只能让我过来听，听完了大声对她喊："阿姨刚才说了，民政局太缺德，她也很生气，一定帮咱讨个说法儿！"

母亲千恩万谢结束了视频，嘱咐我：趁这两天打折，赶紧再买个包或香水，上档次的，回国好好感谢人家。

很快母亲又视频了。同学说她已经给县里"能说上话的"打了电话，"能说上话的"又给民政局拨了电话，谈笑间表舅姥爷被"拿下"的低保重新有了希望。

"你家亲戚那个低保，其实可以先按五保户处理。"

"五保户是啥意思？"母亲脸上的笑容一下子没了。

"就是两人儿先离婚，然后再整个证明啥的，子女没能力赡养，这样就理直气壮能拿低保了，外加养老金。"

"他俩不还残疾么？就没啥说法？"

"两口子是哑巴没错，但没有残疾人证明，县里那帮犊子死活不认！"

"离婚？那么大岁数离婚？"

"离呗！就是一张离婚证而已。县里有好几家都这么整了。"

"可是他家还有个儿子，在南方都有自己孩子了，就算离了也不是五保户啊？"

"这是活的，好办。让他家儿子回县里一趟，我给帮着办证明，就说没经济收入，没能力赡养老人，不就五保了？"

母亲脸上有点绷着。父亲赶紧把她叫到厨房。等再回屋里，母亲就拿着我买的那瓶香水，脸上又有笑了。

"老同学你咋恁客气呢！"同学在那边放声笑道。

两个女人一直聊着化妆品，气氛欢快，直到视频结束。

9

“舅，我找人给趟好路了。你俩先离婚，你变成五保户，才能拿到低保，外加养老金。”接下来，母亲开始紧锣密鼓地忙着跟她表舅解释这“五保户”了。一个哑巴，一个听不清，两人在微信上一笔一画地敲字。

“离婚？”

“对，离。”

“真离还是假离？”

“是真离，也是假离。就是走个手续，开个证，你俩还正常一起过日子。”

表舅一直没回母亲这条信息。第二天也没回。留言去催，还是没回。

“当年两口子我给介绍的，现在把他俩拆开的也是我！”母亲急了。

还是父亲想得明白：“咱毕竟就是个亲戚，这事儿还得让自己家人跟他商量。”

于是母亲和她的表弟、我那个在南方的小舅通了视频。三言两语，小舅便痛快答应下礼拜赶紧回趟县里，“好好说说我爸我妈。”他说他自己也为“家里这两老的”发愁，所以特别感谢母亲，大老远在美国给张罗。

母亲提醒他：“别忘了证明你没有赡养能力。”

他在视频那头笑了笑，说：“这个我再想想。”

小舅现在跑推销保险的生意，居然跑胖了，也白了不少，满脸笑呵呵的，如果头发再掉光，活像个小弥勒佛，谁能想到他当年曾有过一把名震全县的刀子呢。

他笑着招呼我过来视频。我道了声“舅”，他把胖手一挥：“啥舅不舅的！别整那些辈分，没用！”

寒暄几句，他就叫儿子过来：“用英语跟你 uncle（叔伯舅）整几句。”便笑着从平板电脑里消失了。

“Hello,uncle.”那男孩噘着嘴,很不情愿地跟我嘟哝了一句。

小舅说请我们全家去南方做客,母亲也请他们一家到美国旅游。团圆,融洽,热乎,通话时长十八分钟。

小舅果然回了趟县里,不带老婆,也不带儿子。他以保险推销商的干练解决了所有问题:父母感情破裂离婚,子女关系脱离,各种证件齐备的五保户,低保拿回来了,养老金有了,连家里那栋待拆的旧房也归入他的名下,因为这样,离异的双亲就能搬到政府新盖的“社保房”了。

小舅还给母亲报了捷。说那天下大雪,他们一家三口拿着离婚协议书和脱离子女关系协议,跟着母亲那位同学直奔县民政局西大门,不到半小时就办完了。装好养老金和低保的银行卡,以及所有证明这个家庭自此离散的文件,三口人就去北二道街“王老六”包子铺吃了顿热乎的,又在“新玛特”超市买了红肠和粉条,雪中一路迤逦,第二天坐火车去了南方。

“为啥带舅姥爷他们去南方呢?”我问。

父亲说:“你小舅说现在人想吃健康的,想吃绿色儿的,正经豆腐不乐意吃了,改吃豆腐渣儿了。你舅姥爷不磨过豆腐么,趁现在还能动弹,正好去南方考察考察,看看磨点豆腐渣儿啥的。”

“谁说是去磨豆腐渣儿了? 人家那是想孙子了!”母亲坚决反驳。

父亲一笑了之。母亲念叨几天,也就过去了。感恩节一过马上是圣诞节,她又让我去华人超市买豆腐,烧豆腐,重新参加教会活动。

10

平安夜的夜,这边下起了雪。雪花很大,很软,车上街上铺了一层,灯光下像是鹅黄的被子。母亲用平板电脑拍了视频。

教会照旧例是聚餐和唱诗,母亲照旧例烧了豆腐,酸菜豆腐鱼锅,用锡箔纸包住了。

教堂是典型的美式中央空调供暖，热热烘烘地暖遍了每一处角落。大家把外套脱下来，颇有秩序地挂在衣架上。窗外是簌簌的雪花，窗内是上百道菜，十几张桌子摆满了大厅。母亲的豆腐鱼锅大受欢迎，一位华人教授吃得直想家。

吃的肠胃都暖和了，大家翻开包着黑皮的《圣经》，英汉双语，开始读经：

“杀戮有时，医治有时。
拆毁有时，建造有时。
哭有时，笑有时。
悲恸有时，跳舞有时。”

平时在教会，母亲虽听不清，却听得很专注，插着同声翻译的耳塞，听讲道，听读经，听唱诗。可眼下她不听了，拔掉耳塞，专心摆弄平板电脑。原来是在上传视频：美国的平安夜，雪像是一层被子，紧紧盖住大地，像是要盖住什么。

枇杷巷里长相忆

· **少皓白** / 一个热爱古风的工科博士

1

我出生在余杭的一个小镇上，东苕溪正好经过我家门前，东流至太湖。说来奇怪，从小混迹在河边的我，并不怎么喜欢吃水产，却偏爱山里珍味，这或许和我住在山里的外公有关。

小时候，每到清明，山里的杜鹃开得正旺，扫完墓，我总是央求母亲带我去外婆家，因为我知道，这时候外公一定在准备做豌豆糯米饭了。

清明时节，豌豆刚长出来，正是最嫩的时候。外婆带着我和表弟去地里采摘。细长的豆荚里裹着一颗颗珠圆玉润的小豌豆，每次我都忍不住扒开几个，将一把鲜嫩的豌豆塞进嘴里，咬破薄薄的外皮，清甜的汁水瞬间迸射出来，满满都是春天的味道。

摘完豌豆，我们就在溪边将豌豆洗净，一边等外公从山里挖笋回来。几个人眼巴巴地望着那条小道，直到外公瘦小的身影挑着一个鼓鼓的蛇皮袋出现。

外公卸下蛇皮袋，倒出满满一堆的春笋，再从中翻捡出几根又大又白的，笋尖泛红，乌漆漆而又饱满的身子，加上被齐根截断，裸露在外的雪白根部，汁水饱满。

这是最好的春笋。

外婆心疼被挑出来的这几根笋，想着明天一早拿去街上卖掉。

“最好的不留给自己人，留给谁吃?”外公总是笑着这么说。外婆也就没话了。

作料准备齐了，外公将笋去壳，洗净，切成丝，同刚摘来的豌豆一起放入糯米中，再切下一块肥瘦相间的咸肉，切成丝，洒在糯米上面，用以调味。然后盖上厚重的木质大锅盖，在灶膛里加入晒干的竹子，慢慢烹煮。

这时，我和表弟会算准时间，跑出去玩，等到时间差不多了，便回到灶膛边。

褪去剩余的火，焖上三四分钟。外公一把掀开锅盖，随着热腾腾的水汽，香味便一股脑地铺散开来。饱满的糯米粒泛着油光，夹带着白中透着金黄的笋片，冒着油的咸肉，以及镶嵌其中的豌豆，我和表弟不禁吞了口口水。

糯米饭以底下金黄的锅巴最为美味。外公拿起锅铲往下深深一铲，将糯米饭翻搅均匀，给我和表弟各自盛上满满一碗，里面夹着几块金黄的锅巴。

或是觉得大人们尚未过来，两个小孩却先吃了，有种偷吃的紧张感，我和表弟端着碗，一定要飞似的跑到屋后的小溪边，躲好，这才开吃。

不一会儿，一碗满满的糯米饭就见底了。待我和表弟都将最后一块锅巴慢慢嚼碎，咽下品完之后，忍不住慢慢回味齿间的留香，同时感受着胃部暖暖的充实感。

这时，小舅回来了，走过小溪，看到我们端着碗站在溪边。

“你们两个小鬼头，又在偷吃什么东西?”

我和表弟相视一下，赶紧一哄而散。

2

江南水网密布，浙北又多山地，延绵的山地不适合播种，也不像东北山林那般多山珍野味，那一个个隆起的小山包，除了竹子，啥也没有。一家人的生计，便全都指望着这一片竹林。

每年初春，是竹笋上市的季节，这对于山民来说是一笔稳固的收入。外公要跑遍一个个大小山头，每一步都弯着腰，低头仔细寻找隐蔽在满地竹叶下，才露出个小头的笋尖。外公扛着装满竹笋的编织袋，弯着腰几个小时，只希望编织袋能沉一些，再沉一些。

除了鲜嫩的竹笋，小山丘对于山民的馈赠远不止于此，但勤劳者得之。在外公的双手下，一把把竹扫帚，一个个竹编篓、竹椅、竹凳、竹篮、竹扁担，一切能用竹子编起来的，外公没有不会做的，甚至可以用竹子搭起大棚，铺上尼龙纸，种植起反季节蔬菜。在一个成年人弯腰才能进出的大棚里，外公往往一干便是一上午。

在那物资贫乏的山沟沟，外公硬是盖起了村里的第一幢砖瓦房，而且一盖还盖了两间，毕竟两个儿子都等着娶媳妇。

在儿时的我眼中，外公的无所不能，不只在于粗大双手摆弄下的精致物件，更在于锅中常年飘香的地道美食。

外公做的臭豆腐便是其中一绝。江浙的臭豆腐，不是街上卖的用油炸的，而是用腌制霉苋菜梗的汤水腌制的。

外公自幼丧母，少年丧父，独自在山里拉扯一个年幼的弟弟长大，一生勤俭，生平最爱吃的便是这霉苋菜梗。就算等到儿女们全都成家立业了，也不舍得享半点福。

外公常常去地里找来老苋菜，去叶留梗，洗净，切段，泡在水中一整天。外婆等不及，想要拿出来腌制，这时外公总会摆摆手：“莫急，莫急，再等等。”

等到水中微微出现气泡，菜梗端开裂时，外公捞出菜梗沥干水分。拌上适量的盐，然后密封在陶罐中两至三天，待菜梗中出现白沫，打开闻见一股霉臭的味道，这就成了。

中午，外公捞出霉好的菜梗，放在盘子里，淋上香油，再加入剁碎的红辣椒，上饭锅蒸熟。等到饭煮好，这霉苋菜也就蒸熟了。

腌制霉苋菜梗剩下的汁水，外公舍不得倒掉，这时候我最爱的臭豆腐就要上场了。

炎炎夏日里，每当我无精打采，食欲不振，外公就会问我：“臭豆腐要吃哦？”

我一听，立马直点头，“要要要哟。”

第二天一早，外公上街买来几块新鲜的老豆腐，放入腌制霉苋菜梗剩下的汁水中，密封几天，等到豆腐表面结出黄绿的一层外皮，臭豆腐便算是腌制好了。

用霉苋菜梗腌制臭豆腐，最操心的便是腌制时间，有时候精心料理，却往往适得其反，一如外公这一生，总在为别人操心，却得不到一句褒奖。

3

外公年轻时，父母早逝，独自一人将年幼的弟弟拉扯成人，操碎了心。等到弟弟成家立业，外公总算是松了一口气了。

本以为日子就此安稳，没想到外公又被推举成了村长。村里事物繁杂，张家长李家短的，就算外公再操心尽力，也总有人不满意。

等外公的威望建立起来，村长逐渐当稳之后，外公的弟弟又意外早逝，留下两个儿子，孤儿寡母，平日里全凭外公照顾。外公自己膝下还有三个子女，日子过得更加捉襟见肘。

外公生性好强，一生气便暴跳如雷。虽然这使他颇具威严，但也导致就算他尽心照顾两个侄儿，他们也对外公颇有怨言。甚至就连外公自己的两个儿子，外公给他们尽心尽力盖了房子，娶了媳妇，他们也成天嚷嚷着要分家，没有一句好话。

我母亲气不过，“这两间房都是你盖起来的，他们两个没出什么力，凭什么要一人分一间？”外公却只是坐在屋前，吧嗒吧嗒地抽着烟。

我母亲急了："爸，你任由他们这样，分了家你们两个住哪呀？"

外婆则抽泣着埋怨道："以前脾气那么大，现在一句话都没有了。"

外公猛地抬起头，瞪着眼对外婆吼："你懂什么？他们要分家就让他们分，闹来闹去他们两个以后怎么在村里做人？"

最终，我的两个舅舅还是分了家。外公搬出了自己一手盖起来的两间砖瓦房，和外婆两个人，在后院砌了两间低矮的小屋，自己吃住。从头到尾，外公没有对两个儿子有过一句埋怨，只是变得沉默了许多，像是换了一个人，不再容易发脾气了。

童年的时光，在小屋飘香的炊烟当中悄然消逝，外公的身影也渐渐佝偻，那个无所不能的人，似乎也有许多的不能。

等我上了初中，两个舅舅决定要盖新房："咱爸妈这小屋子就推了，以后盖好了新房有的是地方住。"于是将两间老屋连同外公的小屋一起推倒，扩大面积，并排新造了两层洋房。洋房宽敞而又气派，我想这次外公总算是能够享福了。

可等到新房完工，我却发现大舅根本没有准备外公外婆的房间，好在小舅舅的新房里，还是专门给他们准备了一间。

没过几个月，两个舅舅因为院子的事，发生了激烈的争吵。两人都继承了外公的暴脾气，又摔碗碟又甩脸的，我们在一旁不敢上前。最后还是外公过去拉架。不知怎么地，帮着大舅说了句话，小舅顿时火冒三丈，当即对外公吼道："你觉得他好就跟他住吧，别住我的屋，两个老人一人养一个，妈就我来养，别说我不孝顺。"

这一下把外公呛得说不出话，大舅也一声不吭地回屋，重重地关上了门，将外公一个人晾在了院子里。

那天之后，外公自己偷偷砌了两间小屋，和我外婆两人，依旧一间做饭，一间睡觉。

外公新砌的小屋虽然狭小，但烟囱里飘起的炊烟，依旧是带着诱人的香味，童年也似乎不曾走远。

4

数九寒冬时，外公会亲手擀起面皮。

那时我正在念小学，每天要早起上学。往往天不亮，外公就会起床，和外婆两个人，在小屋昏黄的灯光下擀好面皮，烧好水，下上一碗热腾腾的面条。

外公家的厨房是独立在外面的单独一间，每次等到我起床，打开门，便会一溜烟地匆匆穿过江浙寒冬熬人的湿冷，一头扎进那弥漫着温热的水汽当中，闻到空气中诱人的食物香味，我便知道面条已经下好了。

白滑的面条上，覆盖着切得薄薄的笋片，浸泡着细细的冬菇，上面撒上几粒葱花，香气扑鼻。到面条吃尽，再喝一大口暖暖的面汤，足以抵挡骑自行车上学那一路的降霜。

外公的面条我从小学吃到初中，又从初中吃到高中。

等到了大学，从杭城到哈尔滨，三十个小时的火车，回家的机会寥寥无几，外公的面条更是吃不到了。吃惯了水乡温润的菜系，东北凛冽的寒风以及厚重的口味敲打着我的味蕾，入学一个礼拜，我竟然开始怀念起高中食堂的饭菜。

本科快毕业时，我和一帮室友整天出去聚餐。饭桌上，一瓶接着一瓶吹着哈啤，撸着烤串，嘴里嚼着锅包肉的我，俨然一副东北汉子的模样。可是每每到深夜躺在床上，梦到的却是家乡鲜嫩、甜美的油焖笋，柔软、香滑的黄豆炒茭白，以及外公最拿手的豌豆糯米饭，记忆中的味道能把人在梦中馋醒。

大四上学期，我通过保研面试。拿到研究生录取通知书的那个月，还未把这个喜讯告诉外公，外公病倒的噩耗却先一步传来了。

诊断结果是胰腺癌晚期，我从未想到癌症有一天会发生在他身上。但联想到外公这几年迅速苍老的容颜，日渐疲惫的身体，一切又似乎有迹可循。

外公剩下的两个多月是在痛苦的化疗当中度过的，吃不下饭，夜不能寐，身体更是骨瘦如柴。

母亲说，最后的那几天里，外公似乎精神了许多，也能进食了。在去世前第三天，外公竟然能够下地走路了。由于外公一直嚷要回家，医生批准了。

一回到家，外公便像个小孩一样，叫嚷着一定要吃西瓜。当时正是十月中旬，母亲特地去超市买来一个西瓜。外公兴奋地要剖开，拿起刀却使不出力气，只好让我母亲帮忙。母亲想帮外公把西瓜切成块，外公却眼巴巴地盯着整个西瓜，硬拿勺子自己吃。但是，吃了几口，外公就再也吃不下了。

过了两天，外公便在那低矮的小屋里去世了。

5

而今，外公去世已经一年多了，我又从东北转战西北。

春节时，我回到外婆家，没有了外公的小屋，在噼里啪啦的鞭炮声中，显得昏暗而又落寞。外婆问我晚上想吃什么菜，几天来流连于各种饭局的我，忽然好想吃多年前外公的那碗笋丝冬菇面。

我决定自己动手做一碗，和外婆一起擀好面皮，烧开水，凭着两个人的记忆，先将肉片下锅爆炒，待肉片泛白，洒下笋丝翻炒，如此三两分钟便起锅。此时面条正要好，浇下笋丝肉片，熄火，倒入碗里，撒上葱花。

昏黄的灯光下，面条冒出腾腾的热气，外婆有些兴奋，“你快尝尝好吃哦？”我轻轻将面条搅开，夹起一大筷子，哧溜一口吃下，温暖的味道弥漫开来。

“好吃好吃。”我连连点头。

外婆欣慰地笑着说道：“等开春了，再给你做豌豆糯米饭，你最爱吃了。只是不知道你有没有时间回来啊。”

“到时候一定回来，我还要学呢，咱家的手艺可不能失传。”我信誓旦旦地说道。

我不知道接下来还要在外待上几年，但我知道，今后我只会越走越远。可能我偶尔还会回到江南水乡那个枇杷长巷，只是巷子一头那个跷着腿抽烟的老人，以及他亲手做的那些美味食物，却再也看不到，吃不到了。

我想，如果连外公的手艺都失传了，那外公就真的永远离开我的生活了。

水乡的小河里，一颗螺蛳都没了

·**朱建芳** / 江苏苏州“80后”

我出生在苏南农村。

江南水乡，自然是河网纵横，从梅镇往南走，穿过頔塘河，跨过三座小石桥，右拐就是我的家。

小的时候，家里不富裕，街上卖的猪牛羊肉都舍不得买，也不常吃，吃得最多的就是小河里随手可得的河鲜：螺蛳、河蚌、小虾、小螃蟹、鳑鲏、塘鲤鱼、虾虎鱼……只要你愿意下水，饭桌上总不会空荡荡。

家家房子都是依河而建，从小在河边长大的孩子没有一个不会抓鱼捕虾的。

小杂鱼味道鲜美，但鱼刺多，有几个天生巧舌的，一口鱼进嘴，一下子能把鱼刺和鱼肉分得清清楚楚，但我不行，往往乱嚼一通连肉带刺又全都吐了出来。用油炸倒是能把鱼刺炸得酥脆，可惜那样太费油，农村人大多也舍不得。

不过，不会吃鱼也没关系，我有更美味的虾蟹螺蛳杂烩。

先摸点螺蛳

小河里的螺蛳，一个个肥硕饱满，母亲常常在河边洗完衣服，就将塑料大盆往岸上一放，开始摸螺蛳。小时候，我常陪在母亲身边，看她半蹲在直直延伸到河里的条石上，用手顺着河岸石阶内侧缓缓摸过去。螺蛳行动缓慢，就算感觉到人来抓它也不会跑，之所以要摆出小心翼翼的架势来，是怕手脚重了，螺蛳受了惊吓从石阶上掉下来。

如果螺蛳掉到淤泥里，再想从泥里摸起来，就会连带着摸到陈年的螺蛳壳，和一些杂碎垃圾，烂淤泥散开来还会把整片水都搅浑。所以，掉进泥里的螺蛳村妇们是不会去捡的，反正第二天它还会爬上石阶。

在村里，家家户户都有属于自己家通往河里的独立条石，螺蛳就像种在自家地里的菜一样。有不成文的“产权规定”：今天扒在我家条石上的螺蛳就是我家的，明天它跑你家去，就是你家的。通常情况下，不会有哪个特别贪心的村妇无缘无故跑到别人家石阶上摸螺蛳。就算是摸了别人家的螺蛳，也会和主人打声招呼：“今天我家石阶上螺蛳太少吃不够，所以上你家摸了几把。”

主人多半会回：“没事，你摸吧。”但若哪天两家吵起架来，摸螺蛳的事就会被提起：“前几天喏，你还到我家摸过螺蛳。”

早晨，螺蛳一堆一堆扒在石阶底下，往往伸手一抓就是满满一大把。只需伸十来下手，就够家里人煮上一碗。摸来的螺蛳养在清水盆里，滴上两三滴菜油让它吐尽泥沙，隔日，再用剪桑枝用的桑剪，剪去尾部。

爆炒螺蛳，放上自家做的豆瓣酱，快速翻炒，自然就是好吃的。但对一个吃货而言，这显然不够。想要凑成一碗人间美味河鲜杂烩，几只河虾、三两只螃蟹还不能少。

再配点虾

早晨，农村孩子不会留恋懒觉，醒来眼一睁，跟家里人打声招呼就跳下床去，抓起洗菜用的扁平竹篮就往岸边跑。

早晨的小河是静谧的。水汽都还没散，像薄纱一样轻轻盖在河面上。孩子们不管原先是赶着多急的步子，到了岸边石阶上，都会变缓一些，生怕惊动水底的小鱼小虾们。

轻手轻脚地把穿拖鞋的双脚伸进水里，清晨的水温还有几分凉意。缓缓蹲下身来，把手里的篮子以四十五度的斜角朝着石阶逼近，缓慢匀速，慢慢向前，像一只抓老鼠的猫。就在篮子完全碰到石阶时，另一只手迅速往石阶底部抄去，一阵胡乱捣鼓后，快速提起竹篮。

虾虎鱼总是有的，小塘鲤有时也有，但我最喜欢的河虾却不一定有。

河虾的行进方式不一样，它是往后退的，所以就在我的手一阵捣鼓的混乱时刻，鱼儿都被我赶进篮子，它却不知从什么地方斜着或倒退着弹出去了。

大面积扫荡若不成功，就要变换策略。蹲下来，静下心，眼睛仔细往水里看。长了青苔的条石上，似乎有东西在动，要非常仔细才能看见一两只虾贴在青苔上抖着须，因为透明的水配着透明的虾，真的很难看清。

竹篮子轻轻探到虾的后面，与石板之间留出四十五度角的张口，放定不动。另一只手也轻轻伸下水里，直到到达虾的面前。

接下来有两种操作方式：你可以用力快速一拨，虾往后退时正好弹进篮子里。但是，有时运气不好，受惊的虾屁股稍微往旁边移一点点，就弹出篮子外了。

但像我这样的资深小猎手当然不会允许这样的事情发生，所以我喜欢用第二种方法：手在水里轻轻慢慢往前移，虾慢慢往后退，要很有耐心，等着虾自己爬进竹篮子，此时，把竹篮子用力一提，虾就到手了。

石条的青苔真是个好地方，刚抓走了一只虾，水稍微平静一下，另一只又爬了上来。

就这样一只抓完又抓一只，等母亲叫我吃早饭时，小桶里已经有小几十只了。

还要几只石蟹

抓石蟹就不是我一个小孩子能做的事了。

石蟹喜欢晚上出来活动，水乡河鲜多，蛇也多，鬼故事也多。晚上天一黑，河边任何一点点风吹草动，都能让我想起乘凉时门口老太太们讲的落水鬼故事，听得全身都起鸡皮疙瘩。所以，一个人独自晚上出去到河边抓蟹这种事，我想都别想。

那就乖乖跟在大人屁股后面做个跟屁虫吧，反正抓来的螃蟹也少不了我那一份。

吃过晚饭，父亲拿起手电筒在前面走，母亲拎着水桶跟在后面，我则一会儿在前一会儿在后。走在前面怕踩到蛇，走在后面怕被狗咬，走在中间又觉得错过手电筒下的好风景，啥都看不到。

石蟹喜欢躲在近岸的河边，得从通往河里的石阶下去，站在离水最近的条石上细细寻找。

爸爸给手电筒新换了电池，把河岸照得雪亮。石蟹比河蟹小一点，亮光下，白乎乎的淤泥上有一个个突起的东西，可能是石块也可能是树枝，若是圆圆小小的，那多半就是石蟹了。

螃蟹喜光，一旦有光照着它，它就不动了，这时就可以像拾田螺一样轻轻松松把它捉起来。

有时候，一个石阶上能找到七八只石蟹，石蟹“扑通扑通”地被爸爸扔在桶里，任那小短腿怎么折腾，也别想爬出桶去。

我曾经问过母亲，为什么河里没有又大又肥的河蟹，只有又小又瘦的石蟹。母亲说：“我们小时候穷，天天摸河蟹吃，把河蟹都吃绝种了吧。”每每想起这句，我都会捶胸顿足：“怎么就不给我留几只呀。”

石蟹虽小虽瘦，但鲜味还是在的，在没有大河蟹的时候，充个数解个馋自然也是好的。

一家三口忙碌一个傍晚，小螃蟹能装小半桶。就这样，一碗虾蟹螺蛳的材料就齐了。

虾蟹螺蛳杂烩出锅了

我们家厨艺最好的是我父亲。

别小看一个煮螺蛳，还挺讲究火候，煮得老了吸不出来，煮得不熟又容易吃坏了肚子。

父亲把葱姜蒜煸炒出香味，煮熟的螺蛳冲洗一下，下油锅，再扔进虾和切成两半的蟹，翻炒，放调料，焖煮。

我只负责拿好筷子坐在饭桌前等着。

杂烩一上桌，我的眼睛就亮了。虾是我的，螃蟹是我的，螺蛳也是我的，连碗底的汤也是我的。母亲和父亲总是笑着看我吃，有好几次，母亲还歉疚地对我说："家里也没有像样的好菜，只能吃这个了。"

我从小长得比同龄人瘦小，头发又细又黄，胳膊也细得跟小竹竿似的。在她心里，她一直觉得就是因为家里不够富裕，没能吃到点营养所致，平时只能嗍个螺蛳、吃几个小虾米和没有肉的石蟹。正在长身体的孩子总应该多吃些鸡鸭鹅猪牛羊，这些"上得了台面"的荤菜。

可是他们一个月就那么点工资，哪能一直上街买那些东西吃呢。

可母亲不知道的是，我是真喜欢吃这个。

很多年后，我搬出村庄，结婚生子。

丈夫常给我们娘俩做虾蟹螺蛳杂烩，女儿不会嗍螺蛳，只会用牙签挑螺蛳肉来吃，我取笑她，螺蛳要嗍的才有味道。可惜她总学不会。

我给女儿讲小时候捉虾摸蟹的故事，女儿缠着我让我带她回去。

从梅镇往南走，穿过頔塘河，跨过三座小石桥，右拐就是我家。

站在小时候捉虾摸蟹的条石上，黑色的臭水熏得我反胃。母亲说，现在河里连螺蛳都没有一颗了。女儿听了捶胸顿足："怎么不给我留点！"

母亲的酸菜馅花饺子

· **齐文远** / 直面人生，用心记录

1

我出生于 1975 年。小时候，母亲常说，我 5 岁之前最爱吃肥猪肉。过年时，给我夹块瘦肉，我都撇嘴不开心，说不香，还塞牙。

但那个年代，肥猪肉可不是经常能吃到的东西。

据母亲说，那时国营肉店的售货员是个非常腼腆的年轻人。每每肉店一开张，大家都争先恐后，手里挥舞着肉票，抢着要肥肉。小伙子常提刀四顾，茫然无措。后来，肉店领导只好规定，得按排队次序来，前 10 名才有资格买到肥猪肉。

一到冬天，小城动辄就是零下二十多摄氏度的天气。北风呼啸，滴水成冰。凌晨六点多，母亲就赶紧起床，急急地给我和二哥烤点馒头干，然后就全副武装，全身只露出两只眼睛，一路小跑着奔向肉店。

如果运气好，买来了肥猪肉，母亲会非常开心，一边哼着歌，一边将肥肉用清水洗净，切成小块入锅。待油一出，满室飘香，即可翻动，同时再加上一勺盐。熬到肥肉一点点变硬，瘦身成功后，再将油渣捞出，将猪油小心翼翼地倒入油罐中。

可不要小瞧了那一勺盐，加了它，熬油时，肥肉就不会爆裂得油花四溅。而且猪油冻结后味道更香。冷却后的猪油，雪白、晶莹、温润。以后的日子里，无论做什么菜，母亲都会小心翼翼地在油罐里挖出一小勺猪油，这样，再普通的菜也都像是被点了睛，有了魂。

油渣更是好东西，每天晚饭前，母亲会和父亲一起，对我和二哥一天的综合表现打分，得分高的才能吃到两三粒。

1980年冬，姥姥来我家小住。有一次，母亲有事带二哥外出，姥姥就在家熬猪油。当她将肥肉倒入锅内，肉刚刚出油，转身去找盐时。一直站在旁边虎视眈眈的我再也忍受不住那香味，用筷子飞快地夹起一块猪肉就跑。

姥姥大骇，急忙说："可不能吃啊！肉还没熟呢！"可我哪顾得了那些，一张嘴，就吞了下去。也就是几秒钟时间，我就张大了嘴，吐了个稀里哗啦，连浅绿色的胆汁也吐了出来。

从那天起，我就再也吃不了肥肉了。

过了两个月，到了腊月，二哥过生日时，母亲狠了狠心，特意做了七八块红烧肉。看到我对红烧肉敬而远之，二哥吃得也是索然无味。二哥开始不断怂恿我，最后，趁我不备，将一小块肥肉嵌在了一大块炒鸡蛋里，故意放到了我面前。我没有防备，一口吞下，当即就吐了个稀里哗啦。父母目瞪口呆，二哥则无比心疼那块肉。

那年除夕，照旧包猪肉酸菜馅饺子。

母亲破天荒地拌了两种馅，一种是纯瘦肉馅，包了二十个，一种是肥瘦相间的。第一锅先给我煮，煮好了我先吃。可旁边的二哥按捺不住，生生抢走了我的五六个大饺子。二哥只比我大一岁半，母亲也无可奈何，只是以后在包饺子时，会在我吃的纯瘦肉馅的饺子皮上捏几个褶子，包成花饺子，然后一锅煮了。

2

那时候，每年到了秋天，家里都会买二百多棵大白菜，用来腌酸菜。

从每年的11月到来年的5月，家里的蔬菜主要就指望它和土豆了。10月间，母亲就会将腌酸菜的大缸和压菜的石头取出来，用热水烫两遍，晾干，然后在缸底均匀地撒上一把盐。父亲和二哥会沿梯而下，从菜窖里取出三十多棵大白菜。去掉老帮、菜根，轻轻将白菜撕开，洗净。母亲再将它们错落有致地摆入缸内，每两层就均匀地撒上一把盐，最后压上石头。待八个小时过后，再往缸内倒满清水。

一个月后，酸菜做好了。颜色嫩黄，酸香脆爽，无论是炖还是做馅，都是人间美味。每年腌酸菜或者从缸内取菜，母亲总不让父亲经手，说男的手上油多，一旦进了缸，酸菜容易烂。

那时每年除夕下午吃团圆饭时，父亲总让我们兄弟留点肚子，到了晚上八点，全家就开始热热闹闹地忙碌起来了。母亲和面，父亲剁馅，我和哥哥唱歌。

父亲会先剁酸菜，然后依次是精肉，再是肥瘦相间的肉。馅好剁，母亲再将葱花、姜蓉、花椒、酱油分别加入到肉馅中，再往精肉馅里倒上两勺豆油。我和二哥就会一人抱住一个盆，开始用力搅馅。母亲总会在旁边一再嘱咐："一定要朝一个方向搅啊！"这时，父亲会坐下来，笑眯眯地抽上一支烟。待母亲检查合格后，再将酸菜分别倒进肉馅里，我们继续抱着大盆不停地搅拌。

九点多钟，我们开始包饺子。我和二哥擀皮，父母轮流包。母亲负责包我的花饺子。饺子包好后。我们会一起打会扑克，玩的是东北地区家喻户晓的"414"(两个4加上一个A就能管住两个王的玩法)。父母每每都要故意输上几张牌，我们兄弟俩便会兴奋地大呼小叫起来，那时赢一张牌就是一分钱。

快到十二点时，母亲就开始准备煮饺子了。二哥力气大，由他负责拉风箱，我负责捣蒜。剥了皮的大蒜放在陶瓷做的捣蒜臼中，用擀面杖轻轻地捣，直至成泥。十二点钟一到，我和二哥就迫不及待地穿上棉袄戴上棉帽到院子里放炮，一人放一挂五十响。彼时屋外寒风呼啸，屋里却是暖意融融。

按惯例，母亲会把刚煮好的第一个饺子放到父亲碗里。我们就站在一旁，眼巴巴地看着。等父亲咂咂嘴，说一声"熟了，能吃了"，母亲就将饺子端上了桌。咬一口，肉的香和酸菜的脆爽弥漫在嘴里，满满的全是幸福。

我们一口一个饺子，风卷残云一般。母亲就在一旁不停嘱咐：“慢慢吃，别烫了嘴。”偶尔二哥会故意抢了我的花饺子，母亲就轻轻地弹他一下脑门。

饭后，母亲让我们喝一碗饺子汤，说原汤化原食。但我们都困了，捧着肚子爬到了滚烫的火炕上。我还记得自己会迷迷糊糊地和母亲解释：“好吃不过饺子，舒服莫过躺着。”

就这样年复一年。

3

后来，我上了大学，毕业后去了南方工作。二哥也成了家，有了孩子。

每年的腊月二十八，我回家过年，初五就离开。母亲从我到家的第一天起，就会在我的旅行箱塞进去各种各样吃的、穿的、用的。每天晚上还要检查一遍。等到离开家的那天，一定会包上一顿酸菜馅的花饺子，还会絮絮地让我多吃再多吃，说吃饱了就不走了。父亲在一旁也说，吃饱了起码不晕车。

2007年，我的儿子出生。2008年过年，因为孩子太小，我人生第一次没有回家过年。2009年，离过年还有一个月，我告诉父母，说过年暂时就不回去了，孩子还小，天也冷。等夏天时，我们再回家。电话中，父亲好几次欲言又止，母亲只是一声重重的叹息。

腊月二十七的晚上，父亲突然给我打了电话，声音压得很低，说希望我们一家还是回来过年，“你妈很想你们，她现在身体不怎么好”。放下电话，我订了机票。

终于，在大年三十的下午赶回了家。刚看到母亲时，我都有点认不出她来。因为糖尿病和并发肾炎的折磨，母亲脸上浮肿得非常厉害，甚至都无法抱起还不到一岁半的孙子。

母亲干了一辈子体力活。

小时候家里盖土坯凉房，父亲当时身体不是很好，我们兄弟还年幼。全是母亲一手打的土坯。和泥、拌草、打坯、搬运，每块土坯都二三十斤。到了老年，母亲的身体迅速垮了下来。后来，但凡有人说糖尿病是富贵病，我总会和对方急。

那一年，我们决定除夕夜只包牛肉馅饺子了。这样简单，不用再拌两种馅。但母亲坚决不同意，她说，过年不吃酸菜馅饺子，那还叫过年么？后来，她还是坚持亲自为我包了花饺子。

半年后，我们全家从南方回到了父母身边，并且在父母住的小区里买了套房。母亲非常开心，经常和孙子搭积木、玩小汽车。

2012 年 10 月 9 日，母亲突患脑干梗塞，第二天就永远离开了我们。从入院到去世，前后不到二十四个小时。

2013 年过年前，妻子因娘家有事，带着儿子回了老家。除夕下午，我们草草吃了顿年夜饭。母亲不在了，年夜饭永远都不能称之为团圆饭了。晚上，看到心不在焉的侄女剁着肉馅，是肥瘦相间的那种，我默默地去超市买了一袋速冻牛肉水饺。

夜里，我梦见母亲。她站在远处，一直向我挥着手说："儿子，妈走了。再不能为你包花饺子了。你以后要善待自己啊。"

梦里梦外的我，热泪盈眶。

好久没下厨了，回来吃红烧肉吧

· **人间作者** / 活在尘世，看见人间

时代发展得这么快，他早已跟不上了 | @李白　陕西

爸爸算半个新疆人。

2002 年起，他便在新疆打拼。最初是在矿口点炸药，后来提拔成安全员，开始负责井下的机器。时间久了，爸爸会做很多新疆菜，其中，做得最有声有色的就是大盘鸡。

我观摩过一两次大盘鸡的制作过程，好像挺简单的，先用糖和油炒鸡肉，炒到金灿灿时再加水煮，快熟了就放土豆，土豆快熟时再放洋葱、辣椒等辅料，煲干水出锅，辅食拉面就可以了。

但却没想做饭真是门高深的学问，开年爸爸走后，我馋嘴时，求着厨艺一样高超的妈妈，却总没有爸爸做的味道。

有一次，我们去大姨家拜年。我和小伙伴玩累了去厨房找吃的，看到爸爸和大姨父正围着围裙在灶上忙活，是我无比熟悉的动作。心下窃喜，这下又可以跟小伙伴们炫耀了。却没想人太多，餐桌上，我只吃到了几根蘸了鸡汁的面条。

爸爸注意到了，一回家，就又重新做了一顿给我。我狼吞虎咽地吃完，拍拍肚子，觉得自己真是这个世界上最幸福的人。

高三的时候，有一次，我周末回到家里，发现一个人都没有。借了阿姨的手机打给爸爸，只听到爸爸“痞痞”的声音。我一下子就明白了过来，爸爸喜欢喝酒，还总是不醉不休。

我没有钥匙，只能蹲在门口吃凉面，越吃越生气。于是数了数身上的零钱，跑去买了两瓶啤酒，想着也耍耍酒疯，让爸爸体会一下我的心情。

但我低估了自己的酒量，两瓶下去并没有醉，只好装醉跟爸爸吵架。

我清楚地记得，那天我说了很多伤人的话。爸爸侧躺在沙发上，有些尴尬，什么话都没有说。但那以后却很少再喝酒了，我为自己的威慑力暗自窃喜。

后来上了大学，有次他去车站送我。没有票，他就站在栅栏外叮嘱我：你过去吃好一点，没钱就打电话。末了又说，做事情别那么冲动，女孩子喝点酒可以，但别伤害自己。

他有点不好意思地说着，就像在说什么秘密。

我差点哭出来。从前都是他出门，我去送他，这次是他得了空，第一次来送我，变成那个留在身后的那个人。没等我进站，爸爸就把装了炸瘦肉的口袋塞到我手上，转身离开了。

我掂了掂口袋，忽然觉得对于爸爸，我哪有什么威慑力，只因为是他的女儿罢了。

大学的时候，我常常熬夜，忘记吃东西。不到两年，身体就吃不消了，检查出了乳腺纤维瘤。爸爸听说后，坚持要来看我。

之前室友的父母来时请我们吃了饭，这次爸爸来，当然要请回去。我有些兴奋，终于可以向室友们炫耀一下爸爸的手艺了，于是跟爸爸商量，亲手给她们做顿饭。

我看上了一间租金 155 元的日租房，房东提供厨房。和室友约在五点，我和爸爸拿到钥匙从公寓出来找菜市场时，已经两点半了。最近的菜市场有点远，我们站在路边，打不到车，公交又迟迟不来。我急得直冒汗。

然后，我做了一件直到现在都无法原谅自己的事。

我爸爸四十五岁了，有点老花眼，行动迟缓。来这座陌生的城市后，不再像六年级带我去西安时一样，什么都会什么都敢，而是每天挎着包，小心翼翼地跟在我身后。时代发展这么快，他早已跟不上了。不知道有团购，不知道打车可以用软件，不知道几乎所有商店都可以用手机支付，不知道在这座南方城市，出门一定要记得带伞。

2 点 50 分左右，天上开始飘雨，我看了一眼爸爸的手，一瞬间暴躁无比——从公寓出来时，我的伞就放在他的包面前。

我眉头紧蹙，明知故问，声音拔高了八度，“伞呢?”

爸爸愣了，尴尬地笑了笑，把手背到背后，又放到胸前，又条件反射地摸了摸裤袋，才小声说:“忘在公寓了……”

“天啊，你干吗不带啊？等下我们怎么回去啊!”我跺了跺脚，不再理他。

公交终于来了，我没好气地刷卡上车，爸爸问我去哪，我黑着脸没给回答。爸爸不再说话。

买菜的时候，8 块和 15 块的面粉，爸爸毅然选择了后者。他拿起一大把干辣椒，我赶紧提醒室友不吃辣，爸爸一脸严肃，“不放辣椒还叫什么大盘鸡？再不济还有糖呢”。

“你放心。”

爸爸做得很用心，但还是太辣了。我在室友拼命找水的时候脱口而出:“我爸说不辣就不叫大盘鸡，我跟他说你们吃不了，他不听。”

爸爸嘿嘿一笑，夹了一串拉面大口吃起来，像在证明什么。终于自己也开始流汗，又笑了一下，开口说:“哎呀，这里的辣椒真是太厉害了。”

没人接话。

听不到室友们对爸爸的夸赞，我只能和室友们打趣着变态的老师和作业，尽力挽回这一顿失败的晚餐。

那顿饭到最后倒掉了。除了自己给自己捧场的爸爸，每个人都吃得很艰辛。那是我第一次没吃完爸爸做的大盘鸡。

他这些天拍了很多照片，发到朋友圈的，除了一张有自己，全都是我和标志性的风景。

走的那天，在车站带爸爸吃饭。时间有点紧，便让他打包了上车再吃。去问前台的服务员，说打包费五块。爸爸搓了搓手，说算了吧。回到座位上，三分钟就解决了那碗滚烫的牛肉面。

等爸爸上了车，我才发现包里多了两千块钱。

爸爸真奇怪。

他怕孩子到死都没吃过好东西｜@阿伊落

大约五岁的时候，我生过一场很大的病。对病痛的记忆，有针扎进肢体的刺痛感，有苦到难以下咽的中药味。二十多年过去了，很多感受都没办法再体会，却独独对一条鱼念念至今。

我的病让一家人措手不及，不久前奶奶刚被查出结核，现在家里一下有了两个病人。拿到我的血检报告单，父亲一言不发，一边搀着他母亲，一边牵着我，走下医院台阶。

时值初夏，当时家里的经济十分紧张，能换成钱的农作物还是幼苗，而我每两天就要去输一次液。

父亲总是背着我出门。有时候风很大，有时候会下雨，有时候太阳照得人睁不开眼睛。

我在昏昏沉沉中勉强只能看到父亲绷直的颈项，刺棱棱的头发和晒得发褐的后耳。看不见他的表情，只能偶尔听到沉闷的呼吸，像是从地底传来。

我的病情一天天转好。在夏季就要过去的时候，在新出的血检报告上，父亲指着上面的“一”号，喃喃道：“转阴了，转阴了……”

父亲渐渐从我这里脱身开来，在田间地头的时间多了起来。雨水一天比一天凉，等到黄叶落下时，父亲才发现已经有一整个夏季没有钓鱼了。于是赶忙晒好所有的网，有捕鲫鱼的细网，也有捕大鱼的尼龙网。

父亲从小就喜欢琢磨鱼。他会为了捕鱼而研究鱼的习性，曾在自家院子里挖过一个大坑，蓄满雨水后，把捕来的野鱼养在坑里。

秋季的水域没有夏季那样生机勃勃，没有风的时候，水生植物都软趴趴地伏在水塘里。父亲花了一下午的时间，用镰刀剿出一片数米的空域。

第二天父亲拖着细网，走过被荆棘野草包裹着的田埂，脱掉上衣鞋子，连人带网滑进水里，一道一道地将网扯好。

“明天去收网，能多少就多少吧，留几条小的改善改善伙食，剩下的都拿去卖了，伢儿在先生那里还有几笔药费没结呢。”父亲对外婆说。

次日去收网，第一道网拉起来，边边角角上困着野生鲫鱼、黄辣丁、半大黑鱼等常见淡水鱼，中间有个大洞。第二道，第三道，一直到第六道都一样。

第七道网是最后一道，网上的泡沫浮标被扯到了水里。父亲知道，这张网上估计有个大家伙。父亲叫来妹夫，二人费了很大的劲才将网拉出水面。

“那是一条翘嘴鲌，三十多斤，我从来没有打到过这么大的野鱼。”多年以后，父亲还记得那条大鱼。

父亲把大鱼带回家，村里人跟看稀奇一样围着鱼转。有人议论，第二天去镇上卖的话开多少钱一斤好。

父亲在一旁，将小鱼一个一个取下来，丢进水桶里，等到鱼和网都处理完了，父亲说，那一条大的不卖了，留下来，腌好晒干再剁成块，一点一点煎给孩子吃。

我后来问父亲，为什么不把大鱼卖掉。他说，卖不出去只好拎回来吃了。

这当然是假话。某天深夜，我在迷迷糊糊中听到了压抑的抽泣声，睁开眼，发现父亲和妈妈、外婆在我床前稍远处，爸爸说，他害怕孩子会到死都没有吃过什么好东西。

之后每到吃饭，奶奶都会在炒菜前给我煎一块或两块鱼。

家里的土灶大多烧的是干树枝，架在上面的大铁锅先用抹布擦得不带一丝水星，再倒上一调羹菜籽油，等油烧出香味，把鱼块下锅，鱼皮开始滋滋作响。乘这个当儿，奶奶拿起火钳，把灶膛里的柴扒拉几下，火“轰”的一下旺了起来。

父亲偶尔会循香而来，伸头看看锅里，嚷几句“今天什么菜”或是“怎么还没熟”。

这样的场景，我回想了二十年。

如今，父亲几乎没有去野外打过鱼，一是外面的湖河大都有名有主，二是想吃鱼去市场买来便是。父亲的身体慢慢矮了下去，母亲也开始回忆过去的事。

时间改变了太多东西。所幸，我没死，大家都还活着，于我而言，这是最好的现状了。

好久没下厨了，来吃红烧肉吧｜@彭容　贵州

我从小就喜欢吃红烧肉，三十年了，这爱好从未变过。

然而父亲轻易不下厨，要吃到他做的红烧肉得等到过年。那一天，父亲像变了个人似的，展现出的厨艺让人惊叹。看着他翻炒腾挪的样子，我总感觉他曾是达官贵人的私家大厨。

父亲烹制的红烧肉，色香味俱全。我问过父亲，为啥他做的红烧肉这么好吃。父亲说，如果说真有秘诀，那就是用心，只要用心，就能做好。

父亲做红烧肉极为考究，选材更是达到了严苛的地步。必须选上等的五花肉，肉里渗入的血色不能过多，瘦肉横竖得一致。一大堆材料里头，也未必有理想的素材。切块更是一丝不苟，厚了入味不匀，薄了影响口感。这看起来是小

事，其实最费功夫，考验一个人的耐心和细心。

后来离开家乡，在异乡谋生活。在外用餐时，我总会叫一道红烧肉，并郑重其事地推荐给朋友。接着顺理其章地说起父亲做的红烧肉如何好吃，惹得一众朋友也心痒痒。然而，往往等红烧肉上来了，品尝过后，后悔不迭。这味道与父亲做的，显然不是一个量级。

后来打电话给父亲，说起这事，父亲哈哈大笑："丫头，你啥时回来，我一定满足你的口福。"

节假日回家，故乡和我离开时相差不大，但父亲却变了模样。时光在他身上留下的痕迹太过明显。见我回去，父亲特别高兴。亲自跑到市场，选了些五花肉，准备给我做红烧肉。

那天晚上，我和母亲睡一间房。母亲说，听说你要回来，你爸可高兴呢，前天晚上，还说了梦话。我问，父亲说了什么，母亲笑，在梦里跟我说话呢，叫我早点做准备，他要给他家姑娘做红烧肉。

月光照在窗台上，屋外传来昆虫的鸣叫，久违的田园风光本该很容易让人入梦的，但我却迟迟睡不着。心想，如果不能常回家，那一定要多打电话，说说话。

前段时间，公司事情多，加上刚把小孩接来深圳，下班后还有许多家务。周五那天，突然想起好久没给父亲打电话了，于是赶紧打过去。说了许多，工作、孩子的生活和学习情况。

末了，父亲突然说，好久没下厨了，有点想练练手了。

我心中一惊，知道这是父亲想我了。从小到大，父亲从未说过一句想我的话，他的表达方式很独特，红烧肉显然是最好的方式。在他心里，红烧肉不仅仅是一道菜肴，更是对远走他乡的孩子的牵挂和思念。

那年冬日的阳光还是温暖的 | @彭建民　陕西商州

在我的记忆里，父亲很凶，瞪起眼来让人发怵。偏偏我小时候又太过顽劣，总是闯祸。只要惹了乱子，挨打几乎是无法避免的事。他或用路边折下的荆条，或随手抄起旁边的杆棒，总之逮着什么是什么，打到我哪儿算哪儿。

多次他与人说话时，我从旁边经过，父亲都会毫无铺垫地说些“棍棒底下出孝子”“打出来的孝子，惯出来的豹子”之类的话。

我没见过豹子，也没打算当孝子。

在那个年代，家家都穷，但孩子们永远不会发愁，能吃能玩。有次我从家里鸡窝中摸出枚还带着温度的鸡蛋到合作社，换了一只镰把那么粗的红皮炮仗。

雷鸣一声，炮仗化作漫天飘落的碎纸屑。我因此挨了父亲重重一记耳光。

鸡蛋是当时的硬通货，四枚鸡蛋换一斤盐。奶奶心软，只要我黏着她不走，最终她都会妥协，“唉，还是给娃煎个鸡蛋吧”。

奶奶用筷子从小罐里剜出一坨油，把筷头就着勺沿刮干净，再把铁勺子伸到灶眼里，蜡状的油脂很快融化。向来迟缓的奶奶这时特别麻利，端着冒烟的铁勺到装粮食的柜子前，从柜里摸只鸡蛋出来磕破，倒入勺中，“嗤喇”一声，那股妙不可言的香味一下子就弥漫开了。

奶奶把铁勺子再次伸到锅底下的柴火上，慢慢转动木柄，勺子里的蛋饼就摊均匀了。我总是咽着口水一遍遍问：“婆，快熟了吧？”

有年晚上，我又黏上了奶奶。但那天奶奶一直忙着拉风匣，空不开手，而我又白天疯得太累，在灶台前的柴堆中睡着了，迷糊之中只觉得有什么东西在我嘴上蹭，还听见奶奶要我张嘴，可我就是困得睁不开眼。

第二天我醒后，二姐幸灾乐祸地跟我说，头天晚上奶奶煎了鸡蛋，可我叫不醒，父亲就让她吃了。我顿觉天昏地暗，委屈得哭了一天，那是我童年里过得最郁闷的年。

父亲在离家十里路的综合厂上班，有时几天都不回来。后来父亲买了自行车，便天天晚上都回家。

有天中午，我正拿棍子捣猪槽里的冰，就听着父亲喊我。那时我家住在半坡上，站在院门口能看见下面的公路。我远远就望见父亲跨在自行车上，正向我招手："下来，我给你送肉来了！"

那时还没进腊月，过年尚早，肉是想都不敢想的。我有些恍惚，还是母亲从背后推了我一把，我才跑下坡去。

父亲把一只小瓷缸子塞进我怀里，就又骑上车子回厂去了。我小心翼翼地抱着瓷缸往回走，到家后母亲揭开一看，"快，叫你二姐来吃肉"！说着跑回屋拿出铁勺，在院子里生上火，把瓷缸里的菜倒进铁勺子里加热。

我和二姐趴在杌子两边，舞动筷子抢肉。有块肉皮卷成一团，我们各夹住了一头，却怎么也扯不断。

那天晚上，父亲还没进院子，我就听见了他喊我的名字。

"来，过来。"虽然父亲一反常态的温和，但语气威严。

我挨过去。

"跟我说说，肉香不香？"父亲蹲下了身子，期待地望着我。

我的喉间还留着肉香，可我不想说香，因为我知道他期待着我肯定的回答。

"说啊，肉好吃不好吃？"父亲的声音变得不耐烦。

这是他发怒的前兆。以往挨的打，加上心上积的怨，此刻都成了我不予满足他的理由。所以我还是没吭声，但眼泪却流了出来。

母亲过来，推推我肩膀，"说啊，就说好吃得很，让他明天再给你送"。

母亲的话让我的委屈一下子释放出来，再也憋不住了，哇地哭出声来。

父亲叹了口气，快快走开了。

我与父亲之间的隔阂太深，直到我成家，仍不能与他亲密相处。我希望给女儿一个幸福的童年，不要让我的悲剧重演，然而很难。

女儿性格倔强，而且好动，有时我忍不住对她声色俱厉，气到极点还动手打她。有次，听女儿怨怒地喊“我不喜欢你”，我心头一下揪紧了，这与我的希望相去何其遥远，与当年我对父亲的态度又何其相似。

我从父亲身上继承了粗暴的脾气，女儿又从我身上继承了叛逆的性格。我为自己打了女儿而愧疚心疼。女儿嘴馋，懊恼之余，我带女儿去买她喜欢吃的食物，然后静静坐在旁边看着她吃，心里才觉得好受些。

如今，我把父母接到西安一起生活，然而他们并不适应。

父亲曾把自己锁在卫生间，因为出不来而砸烂卫生间的门，从垃圾桶里拣回旧衣物，在床上抽烟烧掉了被子。尽管这样，妻子也不敢有抱怨，她知道稍有不慎，父亲就会使性子要回去。

虽然倍加小心，但父亲还是在三个月后固执地回村了。然而这次西安之行，让他在村里也待不惯了，过段时间又闹着要来西安。每次都来时态度坚决，去时一意孤行。我们只好由着他，这么来来往往又过了五六年。

到了去年春天，父亲已非常羸弱，上楼也需人搀扶。我把他带到医院检查，很快结果就出来了，没什么大毛病，只是慢性肠胃炎。

父亲需要调养，妻子为此专门辞掉了工作。刚开始父亲忌口，每天要吃五六次饭，每次吃得很少。母亲也不让父亲吃肉，说吃一回得遭几天罪。

有一天，父亲站在厨房门边久久地盯着锅里炖着的排骨，我清晰地听见了他咽口水的声音，一下子就想起，那年我和二姐坐在院墙根下，各用筷头夹住那块肉皮往自己嘴边扯的事儿，第一次觉得那年冬日的阳光还是温暖的。

快到夏天时，父亲又闹着回村，回去后给我打过几次电话，每次都说他身体很好，让我不要操心。

饺子伤人，还好有父亲｜@妖二垚　豫北农村

一说过年，必提饺子。

在豫北农村，三十和初一这天，分出去的家庭都要给祖先轴上浇饺子汤。等浇汤的人回来了，小家才能开饭，颇具神圣感。

初一那天凌晨五点，我就催着妈妈起床下饺子，急慌慌地拿出一挂鞭炮挂在院子里，搓着手，单等着饺子下锅就点炮。寒风刺骨，几分钟像几个小时那样漫长，我终于听见妈妈说“点炮吧”，我用僵硬的手捏着打火机用力一按，鞭炮噼里啪啦地响了起来。

厨房的灶台上放着一碗饺子，还没等我摸到碗沿，手就被筷子敲了一下，“去，叫你爸起来去浇汤，浇完汤回来才能吃”。我叫了一遍又一遍，爸爸就是不起来。妈妈无可奈何，只好自己去。

我看着饺子，决定悄悄代替爸爸完成它的使命。

我双手捧着碗，小心翼翼地走在空无一人的街道上，偶尔可以听到鞭炮声。我一向胆小怕黑，但为了吃一路兴奋着，竟也不畏严寒，来到了供奉祖先轴的二奶奶家门口。

我敲了一下门，过了好半天也没人应声。又敲，隐隐约约听见二奶奶在里面抱怨：“不知道是谁家的小兔崽子，这么早就出来要核桃要糖了。”

我不敢再敲，窝在门廊下，抱着渐渐变凉的饺子碗取暖。

不知道过了多久，门开了，二奶奶看见蹲在门口的我，啐了一口：“真霉气，一开门就看见个小丫头片子。”说着，她还用脚踢踢我，“往外边挪一点，别挡住门，一会儿有男孩到俺家要罢核桃你再进去。”说完就把门关上了。

一直等到天微亮，也没有一个男孩敲她家的门。

伴着咯吱咯吱的踩雪声，父亲来了。我哆哆嗦嗦地站起来，把碗递过去，父

亲接过碗放在地上，一双厚实的大手包住了我的小手，不停地搓着，直到我的手逐渐温热起来。然后一手拉着我，一手端着碗，推开了二奶奶家的门。

二奶奶在堂屋坐着，大老远就看见了父亲和我，她起身从门后拿起扫帚，跑到我面前，一个劲地往我脚下扫，“丧门星，扫走你，扫走你”。

我怕扫帚招呼到身上，一直往后退。父亲冷着脸拉住二奶奶的扫帚，“二婶，够了”。

二爷爷从里屋出来，给我三四个核桃和几颗大白兔奶糖，又让给父亲一支烟，示意父亲先去给祖先浇汤。父亲进去了，二奶奶拿着扫帚挡在门前，不让我进。

父亲接过二爷爷递来的香，恭恭敬敬作了一个揖，把香插在了香斗里，又跪在地上铺的蒲团上磕了四个头，站起来又作了一个揖，然后把饺子汤浇在桌案前，完成了仪式。

碗里的饺子要留给家里辈分最大的人吃。父亲把碗递给二奶奶，二奶奶看着冰块一样的碗，袖着手不接。僵持了一会，二爷爷把碗给接了过去，象征性地抿了一口汤。

父亲攥紧我的手，绷着脸，紧咬着唇角说：“二婶，你怎么能不让妮儿进来啊，外面那么冷。”

二奶奶走到父亲面前，严肃地说：“强啊，你不是不知道咱这大年初一有规矩，不兴女孩敲门。你看俺年年供奉这个轴，莫一年是女孩先进门的。恁妮儿还端个饺子碗，才不能进嘞，万一她把饺子汤洒地上再冲撞了老祖宗，谁保佑咱这一家老小啊。”

父亲听了，握了握拳，梗着脖子说道：“再咋样她这么小，你们也不能这样啊，万一冻出个好歹来。”

二奶奶依旧理直气壮：“这祖辈传下来的规矩，不能在我这儿给改了。”

父亲把烟头扔到地上，用力踩了踩：“你们是她的亲二爷二奶，就眼睁睁看着她在外边受冻。是老规矩重要，还是人重要？小娃娃不懂事，你们也老糊涂啦！”

二爷爷被说得老脸一红：“好了好了，大过年的。强，恁二婶糊涂，别跟她一般见识。”随即又扬高声调，“都别在这站了，怪冷的，回去吃饺子，吃完来拜年。”

其他几家浇汤的叔伯大爷都走了，只有父亲还拉着我站在院子里，似乎非要给我讨个公道。

我肚子饿得直叫，二奶奶从厨房端出一个白瓷碗，里面躺着八九个饺子，我闻着香味直淌口水。二奶奶抿着嘴，把碗往我手里一塞，“吃吧”。

我扭头看看父亲，父亲依旧绷着脸，我的肚子又叫了两声，父亲听见了，松开我的手，扯出一个不太自然的笑容，“吃吧”！我拿起筷子，狼吞虎咽地吃了四五个，只知道香，竟没尝出是什么馅的，还噎得直打嗝，父亲弯下腰，轻轻拍拍我的背，“别心急，慢慢吃”。

二奶奶嘴撇了撇，“切”了一声。父亲没再理会她，把身上的大衣脱下来给我披上，拉着我的手走进院外的鹅毛大雪中。

那一年的饺子特别香，也特别伤人。

那天晚上，蛋蛋喝了好多啤酒，彼时我还不会喝酒，钢皮陪的，钢皮继承了他父亲的好酒量，号称千杯不醉。

酒喝得并不久，我饭还没有吃饱，蛋蛋就醉了，我们拉他回家，蛋蛋不肯，使劲挣脱，手指指到我的鼻梁上，囫囵地骂着，舌头大了，说不出一句完整的话。一向温润的蛋蛋终于露出了狂怒的一面。他拉着我俩在滨河路上乱走，从西走到东，又走回来。他始终不说话，烦躁的神色写在脸上。

加水
保养
維修

修車
補胎

爸爸，这一切都是由爱而生的啊

· **李若** / 打工十余年。爱好文学，偶尔舞文弄墨我是一个吃货。

大概七八岁的时候，有一天叔叔到我家来做客，说有个小姑娘消化不好，吃什么拉什么。我一听就来了精神："吃鸡腿拉鸡腿吃西瓜拉西瓜吗？"叔叔点点头说是。

"拉出来的鸡腿还能吃吗？西瓜还能切开吃吗？"

叔叔一脸黑线地看着我，全家人都哄笑起来。长大后，这事还让全家人笑了好久。

1

二十世纪八十年代中期，按说物资也不算匮乏，可留给我童年的印象就是穷，大家的日子过得都很艰难。村里除了村长家生活好点，偶尔能吃上肉外，其他土里刨食的家庭都差不多，逢年过节才舍得买点肉改善生活。

小时候，只要看到妈妈煎鸡蛋、炒肉片，我就会问妈妈："是不是今天我过生日啊？"妈妈就笑了，说："一年只有一次生日，你生日已经过了。"

我记得很清楚，弟弟四岁生日时，家里杀了一只公鸡，我和弟弟特别高兴，终于有肉吃了。

好不容易等公鸡做好了，吃饭时弟弟一不小心掉了一块鸡肉在地上。他要捡起来，我拦着他，“算了，脏了不要吃了，碗里还有”。弟弟看看手里的鸡肉舍不得扔掉，“没事儿我捡起来用水洗洗还能吃”。

爸爸妈妈故意逗他：“哎呀，有一个人，他说怎么怎么爱姐姐，可是鸡腿在他碗里，这么爱姐姐怎么舍不得给姐姐吃呢，原来说爱姐姐都是假的……”

于是，就见弟弟端着碗来到我身边，用筷子夹着鸡腿往我碗里送，还带着哭腔说：“鸡腿给你吃吧。”我安慰他：“爸妈跟你开玩笑的，你怎么当真了呢，你今天过生日鸡腿理应留给你吃。”他才破涕为笑。

到了晚上，弟弟又吵着要吃鸡腿，爸爸就跟他开玩笑说：“你自己到鸡窝里捉吧，逮到了就杀给你吃。”弟弟就真的摸黑来到鸡棚前，打开鸡棚门把手伸进去。过了一会儿，又空着手回来了，我们说：“你抓的鸡呢？”他说：“鸡看到我的手伸进去，急得在里面跺脚，我一只都捉不到。”

大家听了都笑，笑完了我又想，什么时候我们才能富裕起来，能够不为吃不到鸡腿发愁呢？那时我就想等我长大了，有能力挣钱的时候，要买好多好多的鸡腿给弟弟吃。

如今弟弟也长大了，不需要我挣钱给他买鸡腿吃，不知道这段往事他还记不记得。

2

我十八岁那年，辍学南下打工。我两年才回一次家，一是嫌春运太挤，二是为了省路费。

第一次在外过春节，宿舍里就我和表妹两个人，因为放假，厂里厨房也没人做饭。大年夜，我只能和表妹泡方便面吃，表妹一边吃一边掉泪。

为了哄表妹开心，我专门跑去小卖部买了两只鸡腿和一瓶啤酒，两个不会喝酒的姑娘，一瓶酒下去就醉了。昏昏沉沉中，表妹一直嚷嚷：“我想念家乡的味道……我想吃家里的好吃的。”

年后，妈妈专门为我卤了一只鸡让老乡带过来，我和表妹就在大马路边上蹲着，你揪一只鸡腿我揪一只鸡腿旁若无人地啃起来。不到半小时，一只鸡就被啃得就剩一个骨架。我感觉自己这辈子从没有吃过这么好吃的鸡，多年后那一幕还清晰地印在脑海里。

以后每年我出来打工，临走前妈妈都会为我准备一包卤鸡腿，我说："火车上就十多个小时，哪吃得了这么多？""吃不了可以和同事分享，每个地方口味不一样，让他们尝尝我们老家的味道，也算一份心意。"

我喜欢美食，但对鸡腿情有独钟，每次文章发表了，我都会买一只鸡腿犒赏一下自己，懒惰时，也会用鸡腿激励自己。

后来，每次拖延症犯了不想写稿了，朋友也会戏谑我："你怎么能停下来，为了鸡腿你也得写呀。"

我想，我对鸡腿的热爱，这一辈子都不会变。

3

我知道，一个人喜欢吃什么，多多少少一定会和爱的人有关，或者因为一个人而对一种食物有所偏爱。比如我喜欢吃瓜子。

最早关于瓜子的记忆大概是在三四岁左右的时候，我是真的记得。

一天晚上，爸爸把我放在椅子上，在堂屋的地上用棒槌敲打干葵花盘，一个个瓜子就散掉落地上，我那时还不认识瓜子，并不知道那是能吃的。就问爸爸敲的什么，爸爸告诉我这是瓜子。我又问："能不能吃？"爸爸说："瓜子就是吃的啊。"

馋猫面前哪能挂着干泥鳅？我一听就要吃，爸爸笑着故意逗我，就是不给我拿，我想下地去拿可是没有鞋，急得我抓耳挠腮一个劲地叫"爸爸、爸爸"。

爸爸说瓜子是生的，还没有炒熟。可我是真的忍不住了非要吃，爸爸只得抓一把放在桌子上。

父女两人，一个敲打葵花盘子，一个靠着桌子一粒一粒地吃生瓜子。那时候我还不会吃，就把瓜子放在嘴里，随便一通咀嚼后就要往下咽。爸爸担心我被卡到，就过来帮我一粒一粒地剥瓜子，把剥好的瓜子仁放在我面前。

多年之后，这一幕常常在我脑海中浮现。

小时候，我家是开粉条作坊的，天气晴朗又有风的日子是制作粉条的最佳时机。每次下粉条的时候会请很多人来帮忙。

一个晴朗的下午，一屋子人正忙得团团转，我因为肚子疼，妈妈就在作坊里安顿了一张行军床，我躺在床上休息，她干活能看得见我，方便照顾。

我看着妈妈忙进忙出顾不上搭理我，小小的我百无聊赖，就嚷嚷着要吃瓜子，妈妈正忙得不可开交，根本顾不上理我。

村里一个绰号叫“狗尾巴”的大哥，最会怂恿人。他看我一眼，故意说：“我到你家来的路上正好路过周大妈家，她正在炒瓜子，我尝了一个，那个香甜呀，比蜜还好吃。”他一边说一边“啧啧”地咂吧嘴，我听了越发馋得慌，赶紧催妈妈去买。

妈妈知道是“狗尾巴”捣的鬼，就跟我说：“别听你大哥的，他是骗人的，你肚子里有虫，不能吃瓜子，一会儿虫子闹腾了，肚子就更疼。”妈妈一转身，狗尾巴就又悄悄附在我耳朵边说：“她不给你买你就哭。”于是我想都没想，眨巴眨巴眼睛，扯开嗓子开始高一声低一声地哭叫：“我要吃瓜子，我要吃瓜子。”

妈妈只好放下手头的工作，抱着我去周大妈家。对她说，这孩子要吃瓜子，买两毛钱的。

周大妈一直很会炒瓜子，每当有露天电影时，她都会提一盏马灯，带个马扎，摆上瓜子摊。街上有唱戏的来演戏，她就在戏台旁边卖瓜子。

那时候，卖瓜子用的杯子都是白瓷杯，挨着杯口有一圈蓝色的边，两毛钱一口杯。爸爸给我两毛钱让我去买瓜子，我没有口袋，大妈就倒我衣服上再把衣服撩起来兜着。我一边走一边吃，瓜子从豁口往外漏，大妈听到瓜子掉到地上窸窸窣窣的声音，叫过我，重新兜好，再摸摸剩下的瓜子，又抓一把补进去，才让我走。

记得妈妈问我：“你这么爱吃瓜子，把你给大妈好不好？以后你在她家可以吃个够。”我还真犹豫了一下，不过最终还是摇了摇头。

4

我慢慢长大，但是对瓜子的热爱丝毫未减。

小学二年级时，村里一个小姑娘跟我是同班同学，每次我们上学放学都结伴而行。

那天，我们一路有说有笑地正往学校走，发现前面不远的地上赫然躺着一张一角的毛票。正在说话的我们都双眼放光，立马住了嘴。我抢前一步，她也跨上一步，我们同时弯腰，我抓着一毛钱的这一头，她拽着一毛钱的那一头，谁也不肯松手。

“是我先看到的！”“是我先捡到的！”我们相持不下。

最后我们达成一致，用这一毛钱去买瓜子。那时候已经有一毛钱一袋那种包装的瓜子了。现在回想起来就觉得好笑，在那个物资匮乏的年代，友谊在利益面前连一毛钱都不值，这是本能。

有一年，我背起行囊再次出门打工，爸爸知道我爱吃瓜子，早早为我炒了一锅，已经装了一大半到我包里，还要继续装。

我捂着包说什么也不要，爸爸一手端着瓜子盘，一手抓着瓜子，非要都给我。我走哪儿他跟哪儿，我说“不要了，够了啊”，爸爸就说“再来点，多装点”。我们在堂屋，一个在前面走，一个在后面跟，转了一圈又一圈。

妈妈都看不过去了，对我说：“你就接着吧，你想想看，你不装着，你爸吃着也不香。”

谁知我走之后半年，爸爸就查出来得了淋巴结癌。是不是那时候爸爸已经有预感，我不得而知，我竟然那么迟钝，看不出爸爸的不舍。

后来，很多事我都忘记了，可是爸爸追着我要把瓜子都给我这件事，时时浮现在我眼前。

现在一看到瓜子，我就会想起爸爸，那些回忆点点滴滴，汹涌而至。那么多瓜子，五香的、奶油的、绿茶的，我却独爱原味瓜子。我不知道是不是和人有关。

往事历历在目，最终却总是物是人非。

小弟娃吃福喜

·**梁述华** / 喜欢读书写字听故事的退休工人，
相信一句话：自由的人有不变的灵魂

“吃福喜”是巴渝方言，跟“占便宜”类似，但不是同义词。吃福喜主要靠运气，而不像占便宜主要靠算计。

前几天朋友请客，席上请大家扫二维码，结果差点进一个传销群里，这才晓得现在的吃福喜，已经不是原来的那种味儿了。

1

新中国成立的前十年后，政府鼓励多生孩子，街道上要评“光荣妈妈”。

那时，许多家庭都是多子女，我家也是。父母隔一年两年就生一个，我是1953年出生的，前面有两个哥哥，两年后添了妹妹。后来困难时期，一直到我十岁时，妈妈才从医院抱回个瘦骨伶仃的老五。

大哥小名叫吉利，老二叫弟娃，我叫小弟娃。

妈妈常拿我小时候惹的祸事来糗我。

“小弟娃刚学会走路那会儿，舒伯伯的船靠码头回家时，他就会撵着舒二姐、舒三姐，跟到她们身后一起喊爸爸，逗得舒伯伯好开心，沾舒家的光，吃了不少福喜。

“有一次，隔壁茶馆门前的竹凉椅子上躺着个大爷在喝茶，小弟娃拐呀拐地走到凉椅后面，盯着大爷的光头看，看了半天伸出手一巴掌拍在大爷的头上。大爷怒气冲冲调过头正想开骂，小弟娃却'咦'了一声：'你不是我三外公嗦，我还以为你是我三外公耶。'弄得大爷转怒为笑，一把把小弟娃抱过去，喊老板来二两花生，剥给小弟娃吃。

"那年夏天，大家都搭起凉板在坝子歇凉，小弟娃忽然手舞足蹈起来，嘴里还'吱吱呀呀'地哼着啥。杨幺爸逗他，喊他唱大声点，小弟娃果然敞开嗓子唱起来。原来，唱的是跟到他老爸那些票友学的黄梅戏调子——须(树)上的鸟儿……嗯嗯，成双对嗯嗯……逗得杨幺爸哈哈大笑，都笑出了眼睛水。

"第二天小弟娃不见了，急得我到处找。天都快黑了，才看到小弟娃笑眯眯地坐在杨幺爸肩上，从皮鞋厂那坡梯坎下来。杨幺爸说，他把小弟娃扛到上新街，他们单位去耍了一天。

"这个板板娘的杨幺爸，把小弟娃哄起走了，也不跟我说一声。害得我跟杨幺爸吵了一架，好久都不和他说话。"

其实这些事我根本记不住，只隐约记得二十世纪五十年代中期，我学龄前的这段时间，我和邻居大人小孩们相处得很愉快。

接下来是困难时期，那可真是特别困难呀，连城市居民都要想方设法，弄些野生水葫芦、人造小球藻或根本叫不上名的各种食品来充饥。

那几年，除了舒伯伯的船靠码头，我和他家的孩子能分到一小点的"高级饼干"或"高级饼子"外，其他家的福喜是再也吃不上了，大家都饥肠辘辘的，哪里还有福喜拿给别人吃哟。

到了六十年代中期，日子好过点了，这才让妈妈翻出我小时候的那些个糗事来说。

渐渐的，我的糗事不但我家人全知道，连邻居、亲朋好友们也都知道了，生活原本的礼尚往来又回来了。

2

礼尚往来回归生活，意味着我吃福喜的机会又多起来了。

舒伯伯孩子多，有八个子女，前面几个全是女孩，这可能是他喜欢我儿时跟着舒家姐姐喊他爸爸的原因。平时还有几个亲戚家的孩子也在舒家生活，所以他家平常吃饭的桌子围不下，我总是跟在舒家姐妹后面，端个碗，绕着饭桌沿边转，这是我在平时吃福喜的常态。

舒伯伯是开轮船的船长，我们几个小屁孩常打赌，赌船长工资高还是著名演员、大学校长、工程师、国家领导人的工资高。我们并不赌实物，就赌一句话，非要争个输赢。

尽管没人知道这些人的工资究竟是多少，但我们还是争得面红脖子粗的。赌船长工资高的人，拿出法律依据，说要是遇到船要下沉的时候，只有船上所有人都逃生了，船长才能逃生，还剩一个人都不准走，走了就违法，船长责任大，所以工资高。也有人说工程师和国家领导人贡献大，工资肯定最高。

现在想起儿时的这些话，其实也有些道理。

舒家来了客人，孩子们是要规矩地坐在席位上的，我们不敢乱窜，就另坐一桌。舒家是土生土长的重庆人，我父母是下江人，平时的饮食习惯清淡，所以我在舒家吃福喜，无论冬夏，总是吃得满头大汗。

舒家外婆，我喊她易孃孃。她是个裹小脚的老太，走起路来摇摇摆摆的。

她老人家亲自做的水煮肉片真绝。先是选里脊肉，切片码料裹粉，时令菜蔬洗净后用水焯过，再将肉片过滚水，盖在衬底的菜蔬上，再依次撒一层早备好的姜米、蒜粒、花椒、辣椒，将热油淋上去，滚油溅辣椒，上桌还滋滋有声。吃时肉嫩菜鲜，汤红油亮，麻辣鲜香，最是过瘾。吃得两片，就令我脸红筋涨，张嘴吐舌，直嘘嘘地猛吸凉气。

易孃孃做的麻辣鱼也是一绝。舒伯伯喜欢钓鱼，遇到他的轮船进唐家沱修理，他便扛根鱼竿，背着笆篓，出门钓鱼。听舒伯伯讲，他为了钓鱼常要走几十里。舒伯伯钓了鲜鱼回来，经易孃孃的手烹调，那个味道，真是不摆（重庆话，没得说）了。

3

我舅妈一家住在长航新民坡宿舍，那是一排二到四层的砖混楼房。舅妈住在大院右边那栋二层建筑的底楼，一顺溜八个开间，舅妈家住靠里边那间。底楼后面盖了一个大通间瓦房，是底楼八户人家的共用厨房。

八户人家、八套锅灶排在窗边成一列，靠宿舍那边的是各家的案板，长宽高低，参差不齐。

我的那些糗事可以作为话题谈资，母亲走人户常要带上我，而我也有机会比家里其他兄妹多吃一些福喜，当然乐在其中。

舅妈这里离我家不足十分钟路程，于是成了我常来的地方。久而久之，我与共用厨房的八家邻居都混熟了，就像自家邻居一样。从这家的前门进后门出，穿几个Z形的圈，又从前门大院或者后门的公用厨房大摇大摆地回到舅妈家。

由于舅舅是湖北下江人，舅妈是重庆人，舅妈做的菜便兼顾了湖北、川渝两地的饮食习惯，既不像下江菜那样清淡，也不像川菜那样过于麻辣，很合我的口味。

舅舅是长航局（长江航务管理局）的船员，每到重庆码头，都要来我家小坐一会。舅舅成为父母与老家亲人之间的“亲情邮递员”，舅舅从老家带来亲人们的消息，父母总是听得津津有味，好像自己回到了久别的故乡。

舅妈家有四个孩子，她家的老二比我大一岁，可我还跟其他孩子一样喊他“弟娃”。我在自家排行老三，插进舅妈家的孩子堆里依然排行老三，所以总觉得在舅妈家吃饭跟在家里一样，一切很自然。

舅妈做的年饭里，我最喜欢吃夹沙肉。舅妈先将饭豆（眉豆）泡软、蒸熟，再用小火炒，边炒边煸，制成豆沙；选三线肉过水，浸酱油烙皮上色，两片肉片之间，有一刀不断皮，夹些豆沙在中间，排列整齐码在碗里。碗底撒有剁碎的橘饼、瓜条、红枣、枸杞少许，再抓一把泡涨了的糯米，放进锅里猛火蒸，起锅后倒扣装盘。

雪白的糯米饭顶透着一层肥厚的肉色，再点缀五彩斑斓，舅妈做的夹沙肉，真的是色香味俱佳。咬在嘴里咸甜适中，油而不腻，豆沙充实，口感清香。

还有舅妈做的腊肉糯米丸，浓浓的腊味中略有微麻。菜一上桌，我总爱抢着吃，常常是抢吃了腊肉丸子，就再也吃不下其他饭了。

年饭是家家都要办的，舅妈后院的公用厨房藏不住秘密。你家主菜是粉蒸肉，另一家的主菜可能就会安排炸酥肉；这家备了鱼，别家就买鸡。而且各家在备主菜的时候，总会自家的需求量多一点。

办年饭那几天，通用厨房里面热火朝天，大人们有说有笑地忙碌着，不时钻出一串相互追逐的小孩。“慢点，慢点！罐子撞破小心烫手。开水来了，莫打倒了灶火的炭圆！”

哪家先开席，总是要吆喝自己孩子将主菜给隔壁邻居端一份过去。于是在楼道上，便出现一些孩子端盘子的身影，这些穿梭的身影，丰富着各家的饭桌。

舅妈家的年饭还有另一种喧嚣。“谢阿姨，我家的回锅肉，你们尝尝。”“谢谢呢，黑娃回去给你妈讲，谢谢她啦。还有，告诉你妈，那天她看见张阿姨穿的那种花布，河对门的华华商店有卖，记到哈……”

邻居家小孩子的送菜声、道谢声，各种叮嘱带话……各种声音混在一起，为过去那些年的年夜饭添了几多温馨。

别家的东西比自家香，这个判断支持着我继续厚起脸皮吃福喜。

吃了这碗面，就到家了

· **蒲末释** / 只不过在他身上种上几朵花，他就自以为是风云母亲十九岁生下的我，难产。那天凌晨母亲开始肚子疼，硬撑着起来将衣服洗好后，在床上躺了一天，不吃不喝，疼了一天两夜，直到第三天早上才生下我。母亲说："生你的时候，差点要了我的命。"

那时候奶奶当家，她说农村人都是这样生孩子的，几辈子没变过，她盼着我能晚一点出生，最好是在九号凌晨，因为那天是中秋节，我的名字她都想好了，李中秋，意味着团圆美满。

我生在湖北边境的一个小县城，山不高，水不深。坐月子期间，家里只杀了两只母鸡，熬的汤喝了一个星期，母亲面容枯瘦，母乳又少，外婆听到风声，把母亲接了回去，这才渐渐胖起来。

出生后刚断奶，母亲就跟着父亲外出打工。一般他们在家没待十天，就又要走了。父母出门，总是选在夜里。母亲哄我入睡，说天亮了带我去街上玩儿，等一觉醒来，他们早在凌晨走了。

听母亲说，有一年冬天，她从外地回来，远远地唤我的名字，那时我不到三岁，已经忘了眼前的人是谁，母亲走过来要抱我，被我躲开了。她便坐在地上大哭起来，边哭边喊："你怎么不认识你妈了呢！"我站在原地，吓得也哭了起来。

1

母亲第一次给我留下印象，是在我读四年级的时候。

2004 年秋天，我放学回家，远远地看到家门口站着一个穿着红色夹克的女人。一直走到跟前，我才意识到是母亲回来了。母亲扎着马尾，头发染成了时髦的金黄色，她取下我的书包问：“饿不饿?”我点点头，以为自己在做梦。

母亲去了厨房，下了一碗面。一个鸡蛋，两片青菜，黄油油的面条，我吃得一干二净。

从那以后，母亲再未离开家。

母亲做菜的手艺是跟外婆学的，母亲说，她小时候最喜欢吃的就是外婆煮的面。

五年级那年，母亲每天傍晚都会在家门口等我回家，看到我第一句就是：“饿不饿?”如果说饿，她就会到厨房先给我下一碗面。

六年级时，母亲学会了骑摩托车。

那时我在一所寄宿学校念书，每个周末回家都要坐半小时的公交，再步行半小时。到了周五下午，学校门口就会堵得水泄不通。等下课铃一响，学生就像圈养的鸭子一样焦急地奔向校门，中年人掐了烟，露出相似的神情，眯着眼睛在人群中搜寻。

我兜里揣着仅剩的两块钱车费，穿过人潮时总要用手捂紧口袋，生怕掉了。母亲一向不给我多余的零花钱，要是嘴馋花掉了，就只能走回去。

有一次放学早，我赶在学生最前面，出校门无意间看到了母亲，她跻身在人群的最前面，靠在父亲新买的摩托车旁，站在那些中年男人前面更显矮小。

我看到她朝我招手，第一反应就是翻出口袋里的两块钱，跑到校门口旁边的小卖铺买了两袋心仪已久的干脆面。

母亲那时刚过三十岁，力气很大。她跨上摩托车，摆正车头，一手把我拽上去，“以后方便面少吃点，走，妈带你去吃烧烤”。

我小声嘟囔：“妈，那也是垃圾食品。”

母亲加大油门，急转弯朝大路奔驰而去，说话带着风：“我想吃韭菜了。”

母亲开车速度飞快，我坐在后面，头发被吹得一片凌乱，我生怕被甩出去，双手撑在摩托车的铁杠上大声喊：“别撞上了！别撞上了！”母亲腾出左手把我往前揽紧，笑着说：“别乌鸦嘴，我可比你爸技术好！”

我们吃完烧烤，回去前，母亲叮嘱我：“回去别跟你爸说，咱吃了烧烤。”

我吧嗒着嘴点头。

以后的每个周五，母亲都会出现在校门口。她跟那些人熟识起来，很快就知道哪个班的老师爱拖堂，来的时间点越来越准。

有一次她来晚了，我在校门口等她，一位家长朝我喊：“这不是刘金平的儿子吗，怎么今天落单了？”我不习惯陌生人的搭讪，假装没听见，旁边的人笑起来说：“这么怕生，一点也不像你妈。”

2

六年级下学期，我跟母亲吃遍了学校附近所有的烧烤摊。

升了初中，母亲便不带我去吃烧烤了，接我的次数也少了许多。她跟着父亲到工地去做小工，一天 35 块钱。

母亲瞒着父亲，一周另给我 10 块的零花钱，除去车费，还剩 6 块。我可以在晚自习休息时跟同学去超市买零食，也可以在体育课后去超市买一瓶汽水。母亲说：“虽然家里穷，你也不能跟别人差太多。”

即使来学校的次数少了，但班上的家长都认识她。她是他们中最年轻的一个，每次来开家长会都会化淡妆，穿颜色艳丽的衣服。一开始有家长以为她是我姐姐，母亲就义正词严地告诉那人：“这是我儿子。”回去的路上又开心得哈哈大笑。

上初二后，我个头猛涨，母亲的身高只到我的耳垂，走在路上更不像一对母子了。

初三那年，父亲到外地给人开车，母亲不再做小工，留在家里照顾我和弟弟。

学校半个月放一次假，母亲骑车载着弟弟来接我。她骑车的速度慢了许多，转弯也没以前果断，我坐在后座喊："你倒是开快点啊！"她也朝我喊："还不是你们两个加一块太重，开不快！"

中考后，母亲让我在家带弟弟，她到镇上的一家快餐店找了份工作，每天早上七点骑车出去，晚上十点回来。

中考出成绩的前一天，母亲下班买了炸鸡回来。我跟弟弟吃得津津有味，她却在旁边不停叹气："你说你考不考得上呢！"我舔着嘴唇说："明天才出成绩呢！先把炸鸡吃完。"母亲又是一阵叹气："你怎么一点都不着急！"

第二天傍晚下起了雨，母亲十点半才回来。我给她开门，车还没停好就问："考了多少分？"我装出一张哭丧着的脸："没考好。"

她脱下雨衣，车灯的光扑在她脸上，我接着说："576 分，怕是上不了市里最好的中学了。"

"你是不是唬我？"母亲似乎看出来我在偷笑，"能上县城一中吗？"

我说："能。"

"也不错，我昨天可是一宿没睡。"母亲往里屋走，又回身从摩托车后备箱里提出一袋炸鸡，边往厨房走边说，"我去热热。"

第二天，母亲请了一天假，她打电话给父亲，又通知了所有的亲戚，说我考上了县城一中，我在旁边有些不怀好意地说："要是最后分数不够，不是丢死人了吗？"

母亲笑着说："丢的是我的脸，你怕什么。"

3

后来，我顺利考上了县城一中，从学校回家要一个小时，母亲一个月来接我一次，每次都是一副心事重重的样子。有一次她突然问我："要是我跟你爸离婚了，你跟谁？"

读初中时，父母每次发生争吵，都吵嚷着要离婚。但每次总是早上吵得不可开交，到了晚上，又在饭桌上胡侃家常。

我看着母亲认真的神情，一阵沉默。她叹了一口气："先回去吧。"我如释重负。

出了校门，让她把摩托车钥匙给我，回去的路上，我载着她，开得飞快，到了转弯的时候，她大声喊："打方向灯啊，小哥。"

父亲常年在外跑长途车，回家的次数越来越少。听其他司机说，他卸了货就到附近的麻将馆打牌，往往把身上的钱输光才会退场。

我读高中时，父亲常常拿不出我的生活费，母亲为此还找父亲打过一架，但最后还是拿不出钱，母亲只好把自己的戒指典当了。

高三上学期，家里开了一个小卖铺。

班上举办元旦晚会，要买一些零食，我是班长，就跟班主任请假和两个同学一起去我家拿。那天下大雪，母亲坐在柜台前，有些疑惑，没有想过我会在那个时候回去。她走过来掸掉我身上的积雪，问："吃没吃饭？"

我摇头。她让人帮忙看店，自己走到后面的厨房，炒了四个菜端出来，让我和同学一块吃。

回学校的路上，同学跟我说："你妈的手艺真不错，有口福啊。"我这才想起来，我已经有近一年没吃过母亲做的饭了。

那一整年，母亲都在忙店里的事，吃住都在店里，很少回家。

除夕那天，所有人都在等她回来吃年夜饭，她却一直说："再等等。"过了七点，母亲还没回来，我打电话给她，语气里满是埋怨，母亲只是说：“你们先吃吧，不用等我了。”吃过年夜饭，已经八点了，外面响起炮竹声，我挑了一些菜，打包到店里带给母亲。

店里只有母亲一个人。她坐在柜台前，手扶着额头，侧脸对着我。

我走过去，她条件反射地问：“买点什么？”见到是我，母亲挤了挤笑容，语气带着疲倦：“吃饱了吗？”我点点头，把打包的饭菜递给她，她看都没看。“我不饿。”说完叹了一口气，略带埋怨地说：“也没见一个人过来跟我换一下班。”

她眼里满是失落，我不敢对视，小声问：“你想吃什么？我给你做。”

她笑起来说：“你会做啥菜啊？没事，你出去玩吧，去看看外面的烟花。”

我出了店门，急匆匆跑回家，到厨房里倒腾了好一会儿，给母亲煮了一碗面。煎鸡蛋的时候油放少了，有点煳，最后加了青菜和母亲爱吃的虾。

等我端回店里给母亲时，她有些诧异，却没说什么。母亲的确是饿了，大口大口吃起来。

我在旁边看着她，问她好不好吃，母亲擦着嘴说：“还不错。”

4

2013 年，我高中毕业，出成绩那天下大雨，我在镇上的网吧查了成绩，母亲打来电话问我考了多少分，我说：“这次是真的考砸了，差二本线只有一分。”母亲在电话那头笑起来：“没事，大不了我供你。”

母亲一语成谶。大二上学期，父亲出轨。国庆节前一天，父亲打电话给我，“我和你妈离婚了，以后你的大学费用我就不管了。”那时我刚满十九岁，像是一种预示，对于母亲而言，那是她一生中的第二次考验。

父母离婚以后，母亲与我的联系频繁起来，她常常在深夜十一点给我发微信。

有一天晚上我在操场上跑步，母亲打电话给我，问我最近缺不缺钱，我说不缺，她突然小声地跟我说，对不起，一遍遍地跟我说，对不起对不起……挂了电话，我在操场上，第一次嚎啕大哭。

第二年春天，我跟学校申请了休学，只身去了武汉。母亲在邻市做物流，她普通话不好，常常遭到运货司机的嘲笑，她给我发语音当做练习。

我租了一间房子，一个人做饭，学着母亲的样子，却总做不出想象中的味道，两个月下来，瘦了十斤。母亲也一个人做饭吃，炒了菜，拍一张发给我。桌边有时放着一罐啤酒，聊着聊着，她就说自己喝得头疼先去睡觉了。

母亲的精神状况一直不好，晚上总失眠。父亲出轨期间，她曾经跪在父亲面前，让他离开那个女人，父亲冷冰冰地回绝：你就算死在我面前，我也不会离开她的。

母亲曾跟我讲，如果当时身边有一把剪刀，她会毫不犹豫地刺向父亲。但想起我和弟弟，便没去寻死，也没杀死父亲。跟父亲办完离婚手续，收拾好行李，她离开了家。

2015 年中秋节，我刚满二十岁，从武汉到黄石去找母亲。

母亲工作的物流点设在高速入口附近，周遭没有大商场，许多小饭馆都关门回去过节了，我们找了半小时才找到一家饭馆，点了三个菜，一荤一素一汤。

吃饭时，母亲兴致很高，一直在讲她最近遇到的事情：在下班的路上捡到了一只泰迪，养了两天又跑了；去花店买了一束水仙，还没开；去市里吃了她最喜欢的扇贝……

临别前，她从口袋里拿出一叠钱，将里面的整钱全数塞给我，用力拍拍我的胳膊："别饿着。"

我排队进站，母亲站在大厅外远远地望着，等我上了楼梯，她才转身离开。夕阳下，母亲的背影被拉得很长，她的肩膀似乎变得有些佝偻，我没敢细看。

上车后，母亲给我打电话："下次过来想吃什么，我给你做。"

"面条吧，一个鸡蛋，两片青菜。"

"好。"

汤越熬越浓，情久伴必深

·**廖家乐** / 编剧、非虚构写作者

2004年初秋，父亲和小叔东拼西凑了13万，在法院拍卖时买下了一栋三层的老别墅。别墅的黄色墙砖上爬满了青色的苔藓，一株嫩绿的树苗长在防盗窗下，逢春便缀满白色的小花。

屋子内清扫了一番，粉刷了墙壁，又购置一些简陋的家具，一家人就住了进来。

我们一家住在二楼，小叔一家住在三楼，还没来得及喝乔迁酒，爸爸便迫不及待地开车回家乡，接爷爷奶奶过来住。他说，爷爷奶奶艰苦了一辈子，该是时候让老人享享清福了。

1

奶奶比爷爷大三岁，冬天喜欢穿大红的棉袄，身上总是有一股药材味。听爸爸说，奶奶祖上是中医世家，从小便与各种药材打交道。爷爷年轻时的经历我没听人提起过，留给我的印象只有一把铜制的烟枪，爷爷对它爱不释手，闲下来便捻碎一指烟丝，美美地吸上一口。

奶奶喜欢熬汤，爷爷喜欢喝汤。

这大概是他们之间唯一的联系，除此之外，总是各自忙各自的事情，否则就是不停地拌嘴。爷爷口齿伶俐,总会将奶奶说哭。奶奶眼眶一红,开始叹自己命苦,当初就不应该嫁给爷爷。爷爷总是不屑地哼一声,唱着小曲儿便出门溜达了,仿佛压根不在意奶奶的感受。

奶奶总是自怨自艾一会儿,眼瞧到了饭点,还是会收拾了心情出去买菜。那时候我的父母在其他城市做生意,做饭的任务落在了奶奶身上。无论春夏秋冬,奶奶总是习惯每天都熬一锅汤,几乎每天不重样。譬如有一次,爷爷说了一句腰疼,奶奶当天熬的便是薏米莲子排骨汤,说是有祛湿之效。

爷爷出门去,估摸着也是在公园看人下棋。

爷爷不懂象棋,却爱看,看人喊好,他也卖力吆喝一声,算是凑个热闹。到了饭点,棋局散了,爷爷也就循着菜香回来了。

“嗯,木瓜鲫鱼汤,不错。”爷爷还未进门,就已经闻出来了。

盛上一碗汤,嫩红的木瓜在汤底下沉淀,鱼肉中的蛋白融进汤里,白里透红,煞是好看,洒上香菜沫儿,浓郁的香味扑鼻而来。

爷爷喝了一口,吧嗒嘴,摇了摇头,“不够火候”。

奶奶没说话,再盛一碗汤放在我面前,我早就被填满房子的香气馋得暗暗咽口水,也顾不得烫,忙把嘴巴放在碗沿啜了一口。

真甜。木瓜的奶香,鱼肉的肉香,一点香菜是锦上添的花儿,将汤浓郁的香味在鼻腔中无限放大,喝下去胃里暖烘烘的,齿颊间留着香,所有食材的好处,尽浓缩在这一碗汤里了。

“明儿熬骨头汤呗。”爷爷抬起头轻描淡写地说,我这才发觉他面前的碗里已经空了,碗底光可鉴人。

“不熬了,喜欢喝汤找别人给你熬去。”

爷爷不以为然地摇摇头,打了个饱嗝,哼着家乡的小曲儿,坐在沙发上跷起了二郎腿,偶尔抽一口烟,奶奶切菜的动作渐渐慢下来,嘴角溢满微笑。

后来我回家乡的高中念书,学会了家乡方言,再回想起那段爷爷时常哼唱的小曲儿，才想起歌词似乎是说一个农民下地劳作一天，回家后看到贤惠的妻子做好了饭菜，于是向妻子表示感谢。

2

有一天放学回到家，发现家中只有爷爷一人，于是随口问了一句:“阿公，阿嬷呢?”

爷爷哼了一声:“搬去楼上住你小叔家了，也好，落得清净。”

奶奶搬去了楼上以后，爷爷虽然没有让奶奶回来，但总是找着理由就往楼上跑，特别是每天傍晚六点半，闻着香就上楼了，旁若无人地喝一碗汤，好像这汤理应有他一份似的。

过了大约三四个月，奶奶终于下楼来找了爷爷一次。那时候我趴在饭桌上写作业，听到奶奶对爷爷说:“足兵，你也劝劝阿恒，不要做生意了，咱家没有大富大贵的命。”

爷爷抽着烟，斜了奶奶一眼:“为什么咱家没有富贵的命?”

“你想想，阿恒从十五岁做生意，哪次不是有点起色就出意外，到现在四五十岁，还是老样子。”

彼时，我爸爸从一间小小的手机店做起，已经拥有了三家手机城。

爷爷沉默了，继而敲了敲烟灰，说:“那就让阿恒把手机店转让了，这附近不是在卖地么? 买两块地建房子，以后就收租吧。”

过了一会儿，爷爷没有听到回应，转头看去，才发现奶奶捂着腹部，满脸痛苦。

爷爷丢了手上的烟枪，几乎跪在了地上，握住奶奶的手，嘴唇哆嗦:“阿娣，你怎么了?”我也吓坏了。

奶奶脸色苍白地摇了摇头。

爷爷睁着眼睛,半张着嘴,虚弱地对我说:“快! 打电话给你爸,叫他回来。”

爸爸接到电话后很快赶回家中,背奶奶下楼,准备开车送奶奶去医院检查时,爷爷拉住了爸爸的手说:“检查出什么问题,不要告诉我。”

爸爸一愣,重重地点了点头。

3

那是 2007 年,奶奶患上了绝症。

我刚刚小升初,只记得奶奶原本有些胖的身材渐渐瘦得走形,两颊凹出阴影,灰白的头发失去了光泽。在住院治疗了两个月后,爸爸将奶奶接回了家,在一楼住着,家人们轮流照看,唯独爷爷好像漠不关心一般,不过是上下楼的路程,爷爷从没有来看过奶奶一次。

我觉得爷爷绝情得有些可怕,甚至产生了一丝怨恨,每当看见奶奶被病魔折磨得死去活来,消停下来第一句话便问“你爷爷在哪儿”的时候,这种怨恨便加深一分。

我愤愤不平地回答:“在楼上呢!”

奶奶松了口气,喃喃说着:“在家就好,在家就好。”

我真的理解不了奶奶这话的意思,爷爷没有下来看她,奶奶为什么反而说“好”呢?

我觉得不好,一点儿也不好,所以我跑到楼上,气急败坏地冲爷爷喊叫:“你为什么不去看奶奶? 为什么不去看奶奶?”

爷爷颤抖着拿起水烟,点了好几次才把烟丝点着,他深深吸了一口,又缓缓地吐出一大口烟雾,我透过烟雾看见爷爷浑浊的双眼里,有我尚不能完全理解的目光。

“她想喝汤吗?”爷爷含着烟嘴问,烟雾从口鼻中冒了出来。

我愣了一会儿，转身跑下楼问奶奶："奶奶，爷爷问你想喝汤吗？"

奶奶意识开始模糊了，嘴里含糊不清地说着些什么，我没听懂。过了一会儿，传来奶奶轻微的呼噜声，原来是睡着了。

爸爸坐在小椅子上，用扇子给奶奶扇风，窗外的昆虫焦躁地叫唤着，掉漆的绿皮吊扇悠悠旋转，空气如同湿透的衣衫一般黏闷。

我回到了楼上，看见爷爷还坐在原来的位置上，大口大口抽着烟，我忽然发觉，自从奶奶患病以后，爷爷几乎是不停歇地在抽烟。家里的电器都关着，安静得有些可怕，爷爷便也沉默着，只有烟丝燃烧的吱吱声不断响起。

4

晚上写完作业，我下一楼看奶奶，奶奶难得坐了起来，气色也显得好了很多，说话声音也有力起来。

看见我来了，便唤我过去，把我搂在怀里，我的鼻子钻进一股厚厚的麝香味。奶奶抚摸着我的头发，良久后叹了口气："我想喝点汤。"

我手舞足蹈地嚷嚷起来："好啊，奶奶病好了！"然后一步两个台阶地跑到楼上，兴奋地摇着爷爷的手臂："爷爷，奶奶想喝汤了，奶奶快好了。"

爷爷抽烟的动作一僵，佝偻着腰，匆匆跑到厨房盛起一碗汤，他说："汤一直温着呢。"然后眼泪留了下来，端着汤一路小跑，可即将踏出门口的那一刻，他又停下了脚步。

"你去吧，把汤端给你奶奶，小心别洒了。"爷爷嘱咐我。

我应了声，眼睛始终不离这碗汤，那是我人生中最战战兢兢的一段路，我看见汤面上飘着一层薄薄的油，骨头上沾着的一层肉被熬得通红，胡萝卜和淮山垫在碗底，袅袅的蒸雾带着香，直挠人心。

我走一步，汤在碗里就晃一下，我的手隔着碗被烫疼了，可也不敢停下来，疼得眼泪一直在眼眶里打转。

终于在我走完最后一级台阶的时候，奶奶的房间里传来一阵恸哭。

我木然地端着碗走到床边，奶奶已经没了气息。我想不明白，奶奶今天明明有好转的迹象，怎么说走就走了呢？怎么，就这一会儿的工夫，也没来得及喝上一口爷爷为她熬的汤。

我跟着家人一起哭了起来。

5

爷爷把自己关在房间里，直到第二天才出来。家乡的亲戚在这两天赶过来了，奶奶换上了寿衣，遗体四周摆满香烛，隔着蚊帐我看不清奶奶的样子，只隐约记得几天后便开始发臭。

从把奶奶送去火葬场，还有一路送骨灰回到几百公里外的家乡，爷爷一直没有参与。我依旧不明白，只觉得爷爷未免也太冷血了。

奶奶过世后，爷爷的手再没有离开过烟，他似乎很少说话了，后来我回忆起来，竟然没有再看见过一次他的笑容。

期间妈妈熬过许多次汤，爷爷总是喝一小口就不喝了，妈妈问他是不是不好喝，爷爷沉默着摇摇头，又抽起了烟；父亲私下担忧地跟我说起，他说爷爷要是这样下去，肯定不行。

半年以后，熟悉的一幕再次发生。爸爸凌晨将爷爷送去了医院，一周后又将爷爷从医院接了回来，住在奶奶生前住的房间。

爷爷患的是胃癌，他自嘲地笑了笑："没想到这样折腾自己的肺，最后还是胃出的毛病，看来我这胃哟，是被阿娣（我奶奶的名字）养得娇贵了。"

爷爷没有一点绝症病人的觉悟，似乎确诊胃癌以后他反而比健康的时候轻松了许多，他不常待在房间里，而是宁愿出去溜达，精神看上去倒还不错。他去见了一些老朋友，坦然地和他们告别，像是一个准备出国旅游的人。

就在元宵节过后的第二天，爷爷离开了人世间，走得很突然。

凌晨的时候意识才开始模糊，浑浊的双眼直勾勾盯着天花板，直到最后仿佛在回味什么似的咂吧了一下嘴，便撒手人寰。

后来我听许多人说，是爷爷的胃太贪恋那一口汤了，才会走得那么匆忙。

直到如今，我依然无法理解爷爷在奶奶病重的时候，为什么不去见她一面，也不肯送奶奶走，我想，那是我若干年后才会开始懂的感情。

所有岁月留下的疑问，只有时间会给出答案。

消失的邻家饭

· **曹玮** / 行者，人类学研究者。以有尽之人生，写无尽之人群

桂大妈的臊子面，举世无双

我妈把我胳膊差点拽断那天，桂大妈正坐在廊檐下吃臊子面。

那是六岁的我从没见过的一碗面。一只深瓷的大碗里，细白而长的手擀面卧在深红色的辣油汤里，汤里浸着石榴子大小、炸得脆黄的豆腐丁，菱形的明黄色的鸡蛋饼块，橘红而软糯的胡萝卜丁和乳黄色沙绵的小土豆块，汤上还飘着一层切得细碎的翠绿色蒜苗叶。

桂大妈搅了一下面条，一股醋香混着辣椒与杂蔬的味道就飘散在廊檐下了。

那是二十世纪九十年代初西北小城的夏天，强烈的太阳光把大杂院屋顶的青瓦烤得泛起白光。中午时分，人们总是喜欢敞开大门，在廊檐下活动。

桂大妈一家三口人挤在前院一间十八九平方米的小屋里，没有厨房，平时就在屋里支起一只火炉做饭。夏天，火炉移到了廊上，桂大妈就坐在一只仅能承载她屁股一半大小的木凳上烧火，天更热的时候，就只穿一件洗得有点透明的白色背心，坐在凳子上择菜，随着胳膊晃动，身下那只细脚伶仃的木凳子“咯吱咯吱”一直叫，好像在喊“救命”。

夏天那个中午，我经过桂大妈家时，却不由自主地停住了脚——她手里端了那样一碗深红、喷香的辣油蒙盖的臊子面，是我从来没有见过的。

臊子面是西北人们常吃的主食。从前没有冰箱，肉类不易保存，每天吃鲜肉不切实际。就买来五花肉，切成小块，在油中不断翻炒，加入酱油、五香粉、老姜、料酒等，直到把五花肉里的油脂全部炒出来，做成臊子，封进一个瓷坛子，油脂漂在上面，遇冷就结成一层光滑的油皮，把炒成褐色的肉牢牢封在下面。这样便可以储存很久。

每逢炒菜、做面，就从坛子里舀几勺，让人们尝尝肉味。而穷人们，连肉也常常吃不起，平时就只能用豆腐、胡萝卜等蔬菜混合炒在一起做面，最多加个鸡蛋饼，这样的面就有了另一个名字——素臊子面。加更多的盐、醋、辣椒，吃的时候大汗淋漓，也很爽快。

桂大妈端着这样一碗素臊子面，叉开两腿坐在廊下的小木凳上，肉山一样，颇有“一夫当关，万夫莫开”的大将风范。

她不断地搅着又长又细的手擀面，那香气直冲进我的鼻孔，让我挪不开腿。她大概也被面香全然吸引，并没有注意到我。

她“哧溜”吸一口，我就咽一下口水，往前溜几步。她再吸几口，我就趁机再往前挪几步，最后差不多都来到了碗旁边，两只眼睛眨也不眨地盯着她。

桂大妈这才抬起头看见我。笑了，大声说：“来，娃吃一口！”

说着，筷子夹起一束雪白的面条塞到我嘴边。我拿出吃奶力气，“哧溜溜”狠命吸进嘴里，面条的韧劲带着辣椒油的香气，连同鸡蛋饼的鲜，土豆的沙，醋和蒜苗的尖锐混合起来，六岁的我那时还不知道什么是交响乐，只觉得嘴里好像有很多食物一起在唱歌。

我一边拼命地咀嚼，一边眼睛还斜睨着桂大妈碗里的面条，生怕她吃完没有了。桂大妈又吸了一口，看见我的样子，噗嗤一声笑了，说："哎呀，看把娃馋的啊——"

说着又喂给我一大筷子面条。

就这样你一口，我一口，我和桂大妈分享了她的一碗面。眼看着白面条没了，可我还是站在那里，眼巴巴地，等着。

桂大妈明白了，我这是等着喝臊子汤呢。小城风俗，臊子面面条吃完后，汤不能倒，留着盛下一碗面条，喝汤是结束吃饭前的最后一件事。

"娃要喝汤？"她笑着看看我。我点点头，还是不吭声。

桂大妈把碗倾斜着放在我的嘴边，碗太大，我的脸都差点栽进汤里，我感到嘴唇上沾了一层辣椒油，那汤又热又辣，却美味至极。

正沉醉其间，突然耳朵被人提住了，转头就看见我妈气呼呼地瞪着我。

她一把揪住我的胳膊："走！吃饭的时候不往自己家里跑，跑到桂大妈家里要饭吃！"

"你看你把桂大妈的饭都吃光了！"我妈拽着我的胳膊，使劲把我往后院拉，可我就是不想走，我还要喝汤呢，我不能走。于是我顺势蹲在地下，就这么赖着。

桂大妈见状，忙放下碗说："小娃娃吃一口，能吃个啥？"她拽着我的另一只胳膊，把我往她怀里拉。她那圆乎乎的身躯，此刻好像是一只温软、巨大的肉包子。

我妈这时反倒更用劲了，我感觉自己的胳膊都要被扯断了，她一边扯一边说："走！不能给她惯这个毛病！还寻着吃！一点礼貌也没有！"

那天的拉锯战最终以我妈把我连拖带拽拉回后院才结束。我边被拉扯着，边依依不舍地、不断回头朝桂大妈看。

“小娃娃能吃个啥?”桂大妈站起身子,也往我这边看,愤愤不平地不断重复着这句话。

回家以后,我爸也狠狠批评了我。我这才知道,我这样摸着饭点,专门在邻居家混吃喝的,竟在我们方言里有一个专有词汇——“寻着吃”,短短三个字,发音很是凶狠。可见我并非无赖第一人。

此后很长一段时间,每次和妈妈经过桂大妈门前,桂大妈总是大声对妈妈说:“下次你让娃在我这里吃!这娃心疼啊,平时乖得一点声音也没有!一个娃能吃多少?”

我依旧不说话,就看着桂大妈。

可自从被批评之后,我就再也没有在桂大妈家里寻着吃了。有几次我经过她家廊檐,看见她手里端着碗色彩鲜艳的烩菜,菜上还架着她新蒸好的雪白松软的馒头,就止不住地口水横流。六岁的我那时必须强烈控制自己盯着烩菜看的念头,飞快地,小贼一样从她身边溜走。

那时的我毫不怀疑,桂大妈家的烩菜是我所能想到的至尊美味,她家的馍肯定也是举世无双。许多个下午,当院子里来了衣衫褴褛、要馍吃的老乞丐,桂大妈总是从箩里摸出两个刚蒸好的雪白大馒头。老乞丐就把拐杖立在廊檐的柱子旁,黑乎乎的双手捧着馒头,颤巍巍地坐在桂大妈让出的小木凳上,一小口一小口地慢慢咀嚼着馒头。桂大妈就像当初给我喂饭一样笑着,手里捧着一碗茶,伏下身子大声在老乞丐耳边吼:“老人家,喝茶,小心噎着。”

每当这时,我总在墙背后偷偷看老乞丐一边吞咽着桂大妈的馒头,一边老泪纵横,看着看着,竟然对他也有些羡慕了。

在张婆婆家吃过四季

二十世纪九十年代初的那几年,几乎每个周末下午四五点,张婆婆总要在家里“炼臊子”。

一到那时，她就拿出家传了不知几世的、黑黝黝的大铁勺，把臊子放进勺子里，直接放在火上炙烤。等臊子白色的油脂变成了液态，栗色的肉粒也“嗞嗞”微炸着，颜色变得越来越深，空气里就飘散着混合着了八角桂皮的酱肉香味。

每当这时，院子里的大人们就耸耸鼻子，叹一声：“啊呀，张妈家的臊子真香啊！”住在她家对门的我闻到了，就像猫闻到了小鱼干，一个激灵站起来，不由得朝她家望。

臊子炼好后，张婆婆就从厨房拿出一只大白馒头，一切两半，小心翼翼地把臊子一勺一勺地夹进馒头里，然后便在院里呼唤她二外孙的小名。二外孙看见了，连忙欢欣雀跃地蹦过来，一把捉住馒头，狼吞虎咽起来，臊子油顿时沾满了他的嘴唇，蹭到他粉扑扑的圆脸蛋上，还从他胖胖的手指缝里滴下来。

张婆婆这时总是微笑着弯下腰，轻轻擦去外孙脸上的油。然后怜爱地看着他，嘴里时不时地自语着：“哎呀，我的娃吃得心疼啊。”

张婆婆总是这样看着，我却从未见她自己吃过一口。

张家住在后院，有四个女儿。一到周末，女儿们纷纷带着丈夫孩子回娘家，张婆婆便为全家聚餐忙前忙后，高兴得一刻都停不下来。而女儿们也是各有分工：择菜、揉面、聊天、嗑瓜子。

童年的我常常盼着张婆婆家的周末，只要她女儿一回来，就必然带着外孙，我在院子里就能多几个玩伴。每当家里人手多的时候，张婆婆也一定会做出一些复杂、别致又美味的小吃，也必会送给我家一碗。

春天几场阵雨后，她早早奔向了菜市场，去挑选农民刚摘下来的、最新鲜的苜蓿。

在我的家乡，苜蓿是山野间常见的野菜。那种大叶子肥厚又旺盛的，叫马苜蓿，是牲口的美食，而叶子椭圆而小，害羞地折起来，像汉服的领子一样的苜蓿，是人的吃食。

雨水旺，苜蓿就长，农民仅掐一两寸的短茎，装到尼龙袋里在市场门口贩卖。张婆婆每次都要买上好几斤，在她家银光闪闪的大铝盆里一遍遍淘洗，倒去水，趁着菜潮湿的时候，把每根苜蓿茎都裹上面粉，然后上锅蒸了。苜蓿蒸好后，把味道浓烈的春韭切成一寸长，再挖一勺臊子，将三者放入油锅中同炒，只需加盐就能出锅。

苜蓿饭炒好后，张婆婆总是拿出她家那只嫩绿色的，又深又大的搪瓷碗，高高地满上一大碗，笑盈盈地端到我家里来。一碗粉绿色的苜蓿混着深绿的韭菜叶，间以暗红或栗子色的肉臊，仿佛端来一个明媚的春天。

等到夏季，天气一热，张婆婆的女儿们便忙活开了。

张婆婆先把金灿灿的玉米粉徐徐撒入开水中，边煮边搅拌黏稠的玉米糊，再将玉米糊一勺勺舀入一个更大的黑色陶土多孔漏勺，一个女儿端着漏勺，另一个则要在漏勺下方放一大盆凉水。漏勺里的玉米糊从孔里钻出后，就变成一条条长着小尾巴的金黄色面鱼，纷纷落入凉水里。吃的时候，捞出面鱼，拌以素臊子，还要加上蒜泥、醋等调味品。

当然，吃面鱼最重要的便是油泼辣子了。每当这时，张婆婆的小女儿必定放下手中的瓜子，自告奋勇去烫辣椒。她嗜辣，也独有经验，烫出的辣椒色艳味美，几姐妹无出其右，后来，她真的专门开店去做麻辣烫了。

面鱼一做好，张婆婆就又拿出了她家的嫩绿色大碗，第一碗舀给我家，金黄色的面鱼又细又长，卧在素臊子汤里，油辣椒一大勺放在一边，是为了照顾爸爸不吃辣的口味。每次妈妈拿出小碗匀给我面鱼时，总要叮嘱我："慢慢吃，别呛着，别呛着！"我瞪着眼睛一边看着妈妈，一边把一条条面鱼飞快地滑进嘴里，根本来不及多想。

秋天一到，新洋芋就下来了。张婆婆山上的亲戚会背一大袋黄澄澄的、乒乓球大小的洋芋蛋下山来看望她。亲戚走了，张婆婆便用它们来做洋芋叉叉。

张婆婆的洋芋叉叉根本不用把洋芋切丝，而是切成小粒，裹上一层面粉，在一个小竹箩里一边撒面粉一边轻摇，直到一粒粒洋芋变成小象牙白色的球体，然后上锅蒸熟，在胡麻油里就着葱花一炒，洋芋饭就成了金黄色的小圆球。

而这圆圆的黄金洋芋饭，这种我与她外孙们都喜欢的可爱吃食，却是我与她家一年里同吃的最后一餐。漫长的冬天一到，西北小城的寻常人家就只能吃洋芋、胡萝卜和菠菜了。天更冷时，张婆婆会挂上一个厚厚的毡布门帘，在屋内生着火炉，女儿们也纷纷窝在自己家里，来的次数也少了。

一个冬天的下午，爸妈出门购物，把我一个人留在院子里和张婆婆的外孙们玩耍。玩着玩着，天就黑了，还飘起了雨夹雪。伙伴们玩饿了，纷纷回家，偌大的院子就只剩下我一个人。

百年老屋黑乎乎的，我站在花园的冬青树旁，不敢盯着暗处看，也不敢进自家的门，只能眼巴巴儿地望着张婆婆家的玻璃窗，看那里透出的暖黄色的光、凝结在玻璃上的白色水蒸气，以及屋内人影晃动的斑驳。那里有温度，香味，笑语，美食，而我却冷得发抖。

爸爸妈妈去哪儿了？他们为什么还没有回来？时间一分一秒过去，我越来越冷，也越来越害怕，脑子里禁不住开始胡思乱想：他们是不是半路遇到了强盗？遇到了车祸？或者——他们会不会永远不回来了？

突然，一个声音传来："你爸妈还没回来吗？"

抬起头，张婆婆不知什么时候出来了。

我忙点点头。

"哎呀我的娃啊！"她连叹一声，"那你来婆婆家，站到外面冻死了！"

我走过去，她掀开门帘，屋里一股热气扑面而来。进了屋，张婆婆正和大女儿在方桌上吃饭，一盘土豆丝，许多牙锅盔，摆在桌子上。她的外孙早已吃完了，在床边玩耍。

张婆婆一把把我拉到火炉边坐下，回身取了一牙锅盔，一切两半，把她家盘子里的酸辣土豆丝一筷子一筷子夹在锅盔里，然后递到我的眼前。

“娃饿了吧？快吃！”

土豆丝醋香扑鼻，锅盔两面烙得焦黄，那皮一定是酥脆的，那芯也一定是松软的，而我拼命地咽着口水，忍住不去看它：“我爸妈不让我在外面吃……说是我寻着吃呢。以前我吃桂大妈的饭，他们就把我骂了一顿。”

“哈哈，”张婆婆大笑起来，“哎呀我的娃啊！你别害怕，有张婆婆哩，你爸回来了我给他说。”

我看着她，她的笑容那样笃定。

“赶紧吃！”她把馍塞到我手里。我接过来，像她的外孙一样狼吞虎咽起来。这个馍，配以又细又脆的土豆丝，与张婆婆先前送给我家的吃食相比，算是最普通的了，可它对我来说，竟真的是一年里最好吃的。

我饿得慌，吃得狼狈，脸上都是土豆丝的痕迹，湿嗒嗒的。

张婆婆笑眯眯地看着我：“哎呀，我的娃吃得心疼啊！”说着，就弯下腰，轻轻擦去我脸上蹭的油渍。可我却再也忍不住，“哇”的一声哭了。

给生于晚清的罗婆婆送一碗饭

小的时候，在大杂院里，因着明里别家送的和暗地里寻着吃的，我几乎吃遍了前后院。而这吃遍全院的殊荣，在长辈之中，恐怕也就只有罗婆婆享有了。

罗婆婆很老，据说她和我的曾祖母一样，都出生于晚清时代。曾祖母去世时，我尚未出生。而到我六岁时，罗婆婆还一直都在。曾祖母的遗像挂在我家正墙上，照片里的她居然和罗婆婆有几分相像，所以童年的我总是想不通，为什么罗婆婆住在隔壁，我家却要挂她的照片。而我同样想不通的还有一件事：罗婆婆的脚为什么那样尖、那样小，走起路来颤颤巍巍的。

不管天气多热，她总要穿一件宽大的斜襟黑色褂子，阔腿束脚黑裤，一双黑色布鞋，又配着白色布袜子，似乎故意显耀她双脚奇迹般的小。我常常目不转睛地盯着她走路，生怕她翻个大跟头，又怕一起风，她宽大的衣服充满空气，使她像热气球一样腾空飞走。

后院住的三家人，都是子孙众多，可罗婆婆却只有一个养女，还出嫁得早，隔好几个月才来看她一次，给她留点生活费后就走。

罗婆婆还有一个远房的侄子，也是大半年才看她一次，每次侄子一来，罗婆婆就好像变了一个人，精神焕发，笑容也多了。侄子一走，她就又老了，家里也恢复了原貌，两扇门敞开着，即使人在里面，也没有声音，苍蝇明目张胆地飞进去，又百无聊赖地飞出来。

到了傍晚太阳一落山，罗婆婆就把房门关上睡下了，连灯也不开，后院三面房屋皆灯火通明，唯有南房是沉郁而寂静的黑夜，好像根本没有人住过。

而罗婆婆家黑夜的宁静，第一次被打破，据说是因为我家的一个“吃货”，那还是二十世纪七十年代的事情。

吃货名曰大黄，是爸爸小时候养的一只大猫，通体金黄，头又圆又大，好像一只小老虎。还没长大的时候，就常和爸爸打架，长大以后，更是夜不归宿，每晚在房顶夜巡，早晨准时从房上跳下来。老了以后，据说通了人性，每次回家，都不空着爪子，而是带回些小礼物，有时是一只死鸟，有时是死老鼠，潇潇洒洒丢在厨房门口，好像在说：“喂，赏你们吃！”俨然一副大爷风范。

一年腊月，曾祖母早起，突然发现厨房案板上多了只猪耳朵，在那个年代，穷人攒足了劲儿，每年也就是过年才能吃上一顿肉。猪耳朵即使算作猪肉最便宜的部分之一，也是稀罕物。曾祖母正纳闷是谁好心送来的，突然听到隔壁罗婆婆哭喊起来:"哎呀,我的耳朵咋没了?我的耳朵咋没了?"

这事不消说,定是大黄干的。它大概和我一样嘴馋,也觉得邻居家的饭就是好吃,但它显然比我更勇武,脸皮也更厚,胆敢深夜飞檐走壁潜入邻家,用头轻轻抵开柜子,把罗婆婆放在碗里准备过年的唯一一块肉叼回来。

在罗婆婆的哭喊中,曾祖母忙叫爸爸送还了猪耳朵,被偷了吃食的她还惊魂未定——这一口肉,可是穷人一年的盼望。

大黄自然被曾祖母狠狠地批评了一顿。当然,这恐怕也有点"杀鸡给猴看"的意思,至少这样的教训对我爸是有用的,那些后来他责怪我"寻着吃"的话,没准就是来源于此。

大黄一偷吃,罗婆婆家里的情况就完全暴露出来了。自此,邻居们平日给罗婆婆送饭,便要更加贴心。

很多年来,大杂院的老邻居们一直保持着送饭的规矩,就是要知道自家送饭的碗什么时候拿回来。

有时,邻居会当场把碗洗干净,在里面盛上新得的时鲜,让送饭人拿回家。而有时他们会恳切地说一句:"你家的碗过几天再给你送来。"这时,送饭的人要么据理力争,坚持当天拿回,要么心知肚明,点头离开,隔几天,邻居一定会在碗里盛一碗自家用心做的饭还回来。

邻里间的送饭,不论频率如何,总是有送有还的——"来而不往,非礼也。"而那些送饭的人,常常是家里的小孩,他们也就在关于还碗的欲拒还迎的说辞,甚至抢碗的假性扭打中,学会观察、辩论、酬答、博弈甚至角斗。

一碗饭就是一本做人礼仪、体面和人情社会生存法则的教科书。

等我到了能出去送饭的年龄,爸爸是这样教育我的:给罗婆婆的饭,要绵软,因为她年龄大了,牙不好,硬了怕咬不动。去了她家,也一定要看着她把饭倒进自己的碗里,然后把我们家的碗拿回来——不管怎样,都要空着拿回来。

原因是，罗婆婆年纪大了，不能让她劳累洗碗，更不能把碗留在她家，让她破费来还饭。于是，六岁的我把饭往她家碗里一倒，撒腿就跑。罗婆婆这时迈着两只小脚追到门口也追不上，就站在门槛边，扶着门框，嘴里叨叨着："哎呀，看这个娃，看这个娃……"

张婆婆也常常给罗婆婆送饭，她告诉我，给罗婆婆送饭，一定不能用她家嫩绿色的搪瓷大碗。罗婆婆吃得少，送多了吃不完。更重要的是，一定要看着她吃，因为罗婆婆觉得饭好，会舍不得吃。送来的饭一天天精心保留着，可她家没有冰箱，一顿饭放馊了也舍不得倒，最后就会吃坏身子。

而桂大妈给罗婆婆送饭的规矩更加直接，她看到罗婆婆来前院，就把她留在廊上，亲自盛一碗饭端给她，当场和她一起热乎乎地吃掉。

就在邻居一碗碗饭的来来去去中，罗婆婆越来越老，也渐渐没劲儿和我们为碗的去留问题博弈了。曾祖母去世后，她成了全院最老的人，而随着我的长大，巷子里生于晚清的老者们也一个又一个地逝去了。罗婆婆的同龄人越来越少，她就更懒得出门了。就连六十多岁的张婆婆，在她眼里都是小孩。

只有在张婆婆问她古今之事时，她的眼里才散发出光明："民国十年大地震的时候呐，我正在厨房炒菜呢……"她的话一下子就多起来。

有一次，我端了一碗饭去她家。她收好饭，似乎无以酬答，一把拉住我的手："来，罗婆婆看看你的命。"

我好奇得很，跟她坐在床沿上。她戴上眼镜，抚摸着我的手心，默默地看着我的掌纹，一边看一边叹息："哎呀，这个娃以后，也就像电线杆上的燕子一样飞走了，飞得远得很呐！"

我不信，大声说："我不走，我爸我妈还在这呢。"

罗婆婆看着我，嘴里念叨着："我的娃啊，你以后要是有良心，就把你爸你妈接走跟你一块过，要是没良心，就让他们像婆婆一样，老死在这个院里……"她的声音暗下去了。

不久以后，罗婆婆病了。不知是什么病，就是每天卧床，起不来了。这一病，罗婆婆的女儿侄子更是不见踪影，每日三餐，都由邻居们送了。

张婆婆每次熬了稀饭端进去，一进去就是半天，出来后有时候叹着气，有时候抹着眼泪。

桂大妈也端饭进去，出来以后，爱说话的她也不言语。

送了没几天，一个清晨，张婆婆又像往常一样给罗婆婆送早饭，回来后不久，罗婆婆家就变了。不知从哪里来了几个大汉，在她家拉了好几根电线，还换了盏瓦数极大的电灯，光明四溢的，一下子照亮了南房——罗婆婆一辈子都没有开过这样亮的灯。她家家门也敞得更开了，许多不知从哪里冒出来的陌生人一个个接踵而至——她家也从没有这样热闹过。

这一天，罗婆婆死了。

尾声

我一直以为，罗婆婆正如自己所言，“老死”在院子里。

可不久以后，我却偶然偷听到张婆婆与其他人的悄悄话——罗婆婆是自杀的。那个令罗婆婆卧床的病，其实不过是一场普通感冒，而真正要了她命的，却是对邻居三餐照顾的无以回报。

年老的她唯一能做的，就是以自己的死亡来结束带给邻居的负担。在这个世界上，她再也不想麻烦别人了。

再后来，张婆婆也死了。桂大妈得了糖尿病，瘦得跟麻秆一样，整日守卫在自家违章新建、谋求更多拆迁面积的楼上。就连那单纯要一口馍吃的老乞丐，也不知怎么消失不见了。

我果然如罗婆婆所言，飞得很远很远，搬过许多次家，有过许多邻居，他们中很多人房子明亮，车子气派，比我儿时的邻居富有千百倍，可他们的门户一直是紧闭的，别说分享一顿饭食，就连一只苍蝇都飞不进去。

而现在，我也关紧了家门，自己的心变得越来越硬。

大杂院要拆了，老邻居也一个个没有了，邻家饭的味道彻底消失不见。现在的我，还是不明白，究竟是时代带走了我的邻居，还是他们的死亡和离散，最终结束了一个人与人之间诚恳、礼让而又温情的时代？

半山的腊肉饭

· **索文** / 现居长沙，一个胖子

因为爱吃，上班后，我便尝试着自己做。

厨艺渐渐拿得出手，自诩得意的菜单一长串，那时候尚未结婚，朋友聚会常以我家为据点，“出去多浪费钱啊，还不如去你家”。朋友中，就数老五叫得最欢，也最恬不知耻，“我晚点来，多搞几个菜，有猪脚最好”。他尤爱吃我做的红烧猪蹄。

老五较我略瘦，自封帅哥，嚼了十多年槟榔，硬是吃成了国字脸，伤了牙。我做猪蹄，热油加豆瓣酱、糖、姜、蒜炒香，倒入抄过水的猪蹄，加水煮沸，再用高压锅压，煮得糯糯软软的，正合他的牙口。

婚后，兄弟们聚会少了，老五谓我收了心，“跟你玩没意思了，也不做饭给我吃”。

后来，我常常想起朋友相聚，特别是老五。我们曾多次相邀出游，也曾在某次暴雨中的半山腰，吃过一顿十足韵味的腊肉饭。

1

那是大约十多年前，入秋时，老五去溆浦谈生意，邀我同行，“带你去玩玩，吃土菜，喝谷酒”。

上了车才知道，原来去溆浦的路这么长，那时不比如今，高速公路四通八达，老五的宝来一路开，国道、省道、县道，不断切换，彼时尚无 GPS，颠得七荤八素之余，我倒佩服他记路记得这么好。

穿城过乡，我兴致勃勃地四处打望。十多年前的农村，实不如如今这般好，越往山里开，破败越明显，水泥房几近绝迹，零星的木制、土砖砌成的农舍立在路边，农人在路中蠕蠕而行，对身后的喇叭声置若罔闻，疲惫又麻木。

我们在路边小店打发了中餐，整个店里就我们一桌客人，厨师从牌桌上下来，似乎颇怨我们打扰了他的牌运，菜做得敷衍，大白菜都没有炒断生，撂了勺，又上了桌。我们囫囵扒了两口饭，又启程。

走过低处的村庄，再上盘山道，天是灰暗的，阴云密布，四周山林森森然，车行在自然的迷宫里，不知终点。一开始的新鲜劲早已经过去，我和老五抽着烟，沉默着，车里的音乐极大声，不自量地应和山林风啸，终究消散在天籁里。

行至山顶，才发现乌云把天遮住了，阴云下群山黯青，狂风仿佛从洪荒处吹来，吹得深林战栗，草木悲鸣。

云浓得像墨，一道又一道闪电从黑云中落下，带着刺目的白光。“搭通天地线咯。”老五调侃着，隆隆的雷声由远及近，车翻过山顶，向下开了两三个弯道，雨就落下来了。

2

雨越下越大，老五开了远光灯，车窗关严了，音乐却模糊，雨声灌满了耳朵。

能见度很低，老五打了双闪，踩着刹车，缓缓地往下挪。他一句接一句地骂，人却聚精会神，脸都要贴在车前窗上了。

大雨阻隔了我们与外界的联系，仿佛一座山里只有一台车，一场风雨里只有两个人，左边是万丈深渊，右边是嶙峋山壁，车下是并不平整的柏油路面，泥土很快会被暴雨浸润、发松。

“有地方歇歇脚就好了。”我嘀咕着。

“荒山野岭的你讲笑话噢。”老五没好气地怼着。

“有路就有人家。”我回道。

车沿盘山路小心翼翼地向下开了几个弯道，快到半山腰时，老五忽然兴奋地大叫：“还真有，歇不？”他激动地向前指着。

我定睛望去，雨帘后，路边坎上空旷处，立着一栋木制小屋，一条石板路从屋前通到坎下。

车开到很近前，才看清，木屋朝马路的墙上，红漆大字写着“加水补胎”。

老五靠边停车，我们拉开门，哇哇大叫往坎上跑，进屋几步脚程，衣服就半湿了。

我俩一起骂了起来。一脚迈进屋，眼镜立时蒙上一层雾，赶忙摘下擦干，复戴上。

木屋里很暗，正中一火塘，三个脏兮兮的孩子围坐在火塘周围，正好奇地回头看着我们，一个同样邋遢的妇人蹲在火边，三十岁上下，扎着头发，圆脸塌鼻，脸上带着病态的红。火堆正中吊着一口锅，热腾腾地冒着白汽。

妇人愣怔地看着我们，对两个不速之客的闯入有些防备。

“大姐你好，我们躲下雨好不？再买碗茶喝！”老五搭讪着。

妇人站起身，嘟囔了几句，不知是哪里的方言，见我们疑惑的表情，换成普通话了，仍是方言味极重，讲得磕磕绊绊，但认真听，好歹听得懂了。

“茶要什么钱？”她摆着手，挤出一个笑脸，露出黑黄的牙齿。

妇人转身，背上还背着个小孩，几个月大，扭着头、吮着手，大大的眼睛紧盯着我们。

我们左右看看，挑着一张条凳并排坐了。椅子挪近些，靠近火塘，顺便烤烤衣服，山里的秋日，到底比山下冷。

老五从挎包里抠出一包烟，欲要点，看了看孩子们，又塞回去。

妇人倒了茶过来，搪瓷缸子盛着，杯子应是有年份了，杯面斑驳。

茶很香，想是山上的野茶炒制的，我和老五小口地喝着。眼前，孩子们小声地说着话，像听话的羊羔，两个女孩一个男孩，女孩们年龄略长，大姐八九岁的样子，小姐姐五六岁，都是瘦瘦的，小小的脸，大大的眼，头发胡乱扎着，耳朵有些招风，小男孩三岁上下，倒显壮实，虎头虎脑的，眼神不似姐姐们怯弱，时不时直愣愣地望我们，觉得无趣了，才扭转头去。他喜欢黏着小姐姐，总想拉小姐姐的手，姐姐不牵他，他就抓着她的衣角，倾着身子，靠在小姐姐身上。

不一会儿，三人便不再理我们，眼巴巴望着火塘上的吊锅，那里头不过是一锅白水，已经烧开了。

“你们车要加水不?”妇人拿着几块劈柴过来，突然问。

老五连说不用。

“加水我会，补胎得我家男人来，他在前面修车。”妇人仰头，嘴巴朝前噜一噜。

“也有零食，正牌子，有包装的。烟也有。”妇人推销着，想了想，羞赧地补充，“不多，山里潮，不敢多存。”

3

我们买了一袋鸡蛋糕。拆开包装，给三个孩子一人分了一个。孩子们兴高采烈地接了，妇人斥责着，一面道谢不迭：“你们客气，我平时不惯他们的。”

妇人又复蹲下了，盯着锅里，身边地上摸了摸，拾起两包方便面，拆了包装，面饼扔进锅里，包装袋扔进火里。孩子们小声地欢呼，小男孩紧盯着锅子，看着面饼翻腾，散开，咂着嘴，又忽然摇着小姐姐的衣摆，大声地说着，话语奶声奶气的。

“他说什么?”我们问。

“他说他要吃大碗。”妇人笑着，一面把调料包撒进去。少顷，香气就飘散开来，妇人又打了两个鸡蛋进去。再起身，走到墙角，拾起一球大白菜，撕了两叶，檐下水缸里舀水略冲了冲，撕碎了扔进锅里。面条、鸡蛋、白菜碎在锅里翻滚，再洒一把干辣椒末，热腾腾的汤锅蒸腾着，香气愈发浓烈。

我也紧盯着汤锅，手里攒着吃了一半的鸡蛋糕，不想吃了，甜的终不养胃。扭头看老五，他也望着，眼睛直勾勾地，一脸馋相。

“大姐，给我们也弄一锅面吧，我们付钱。”老五吞着口水，艰涩地说。

妇人连连摆手。

老五拿出生意人的口舌，一再讲述我们这一路的艰辛，出门在外，一口饱饭都没混着，黑心老板让我们吃夹生菜。

妇人听得吃吃笑，她被老五逗乐了，她字斟句酌，双手比画着解释，我们听明白了，不是不做给我们吃，方便面只剩两包了，是过期的，舍不得扔，煮给孩子们尝尝鲜。

“可不敢给你们吃。”妇人止住笑，诚恳地说。

面条起锅了，三个小脑袋凑到锅前，被妇人赶开，孩子们雀跃着，叽叽喳喳、兴奋地说笑。

妇人连面带汤分作三碗，两个煮鸡蛋，弟弟碗里放一个整的，另一个筷子一夹两半，分给姐姐们。

窗下有张小圆桌，姐姐们在桌上吃，弟弟的碗放在木椅上，坐在小板凳上吃。大姐分了一筷子面给弟弟，小姐姐也分了一筷子，弟弟安然地接受了，操起筷子就吃。面热汤烫，孩子们急急吃着，烫得直吸气，脸上尽是满足。

我吞下了好几口口水。老五终于掏出烟来，“饱吃槟榔饿抽烟”，他发给我一根。

天光越发暗淡，似是天漏了，雨越发的大，门里望去，像天公拉下了厚帘，除了雨，什么都看不见。

孩子们的面条差不多吃完了，姐姐们小口地喝着汤，弟弟拿着筷子挑渣子吃。满屋子方便面的味精香。

“大姐你怎么不吃?”我问妇人。

“我男人没吃咯。”妇人答，眼睛盯着屋外，眼中略带担忧，“不知道要搞好久。”

“大姐做顿饭给我们吃吧，”老五涎着脸说，“我们也饿了。”他掏出一百元，递上去，“就按这个钱，随便弄点，吃顿饱饭，雨小了，我们也要赶路。”

妇人一惊，“我不开饭铺”，她摆着手。

“随便搞点吃的咯，家常饭菜就好。”老五把钱硬塞到她手里。

妇人仍是犹疑。“大姐就做你拿手的。”我给她打气。

“那不行，这么多钱。”妇人话音低了许多。

最后，妇人终于起了身，却是先走到门口，拿钱往光亮处照。

4

火塘中的柴火再次被烧旺，横杆上并排吊了两只锅，一只煮饭，另一只烧开一锅水，妇人搭梯子在灶梁上摘了坨腊肉，不知吊了多久了，黑乎乎的。

腊肉取了绳，反复冲洗后，整块扔进滚水里。再磕几个鸡蛋，加葱花、辣叔末、盐拌匀；又掰了几叶大白菜，横切成条状。

腊肉煮软了捞起，一切两半，一半切片，一半碎碎地切成丁，刀面撮起，均匀洒入煮得半熟的米饭上，复又盖上锅盖。

饭菜香味在木屋内弥散开，孩子们复又聚拢来。

妇人做菜的时间不长，雨开始变小的时候，饭菜就上了桌。

三样菜，蒜叶干椒炒腊肉，肥肉煸出了油，蒜叶都带着熏香肉味；葱煎蛋，用的是正宗乡间土鸡蛋，澄黄喷香；一碗大白菜，先炒菜梗，再放菜叶，起锅时舀一勺碎干椒，又辣又甜。

那锅腊肉饭，煮熟开盖时，浇上一勺酱油，饭勺插入，搅拌均匀，腊肉的醇香、酱油的咸鲜与米饭充分融合，扒一口，咀嚼开，米糯肉香，味道一层层的，如同平静的水面扔入一颗石子，波纹一圈圈漾开。

二人一吃起来，就放不了筷子，饭量都大，老五吃得快，扒三两下，就下去一碗饭，夹菜也不含糊，筷疾如流星，一筷子腊肉入口，手又伸出去了，他两碗下肚，我一碗将将吃完，输了速度，比他少吃了好多。

正吃着，妇人又端上一碗汤。热汤上漂着几星葱花，汤底黑乎乎。

“自家晒的地皮菜，山里地方没什么东西。”妇人抱歉地说。

我们连声道谢，老五一勺沉底，捞起满勺，吹凉了吃。“地木耳！这就难得啦。”他惊呼，一副见多识广的样子。

没多久，两人撑了个肚儿圆，腊肉饭吃得一粒不剩，才心满意足地歇饭气。

5

雨小了许多，雨雾中，远山如黛。门前的路面不时有车开过，掀起低洼处的泥水。

大姐乖巧地收捡饭桌，小姐姐带着弟弟在门口玩起挑竹签的游戏，姐姐玩得开心，弟弟玩得散漫，不时悄悄瞥着桌上。

妇人给我们续上热水，坐在一旁择起了豆，青豆。背上的孩子早已解下，许是睡着了，放进了里屋。不知几时，火塘里又架起了吊锅，深底的蒸锅，盖着盖，水开了，水汽顺锅沿往外冒。

“大姐做得好吃啊。”我冲妇人竖起大拇指。

妇人一愣，举手连摆说：“山里饭菜，哪里好吃呦，你们是饿了咯。”

“我们讲实在话呢，”老五也搭腔，“下山开个饭铺啊，生意肯定好！”

妇人不语，低头择菜。好半天，才闷闷地说：“哪里有山上清净？”

“赶来赶去，好不容易才安定下来咯。”妇人说道。

“抓超生吧？”我问。

“是咯，生了我们也养得，又不要政府操心，怎么就不准呢？”妇人叹道，“那么凶做什么咯，我又不是不晓得，隔着肚皮打针，打细崽脑壳，作孽咧。我怎么得肯咯。以前在镇上，我们家是最老实的。”

“只好跑出来，几年咯，走了几个地方，还是山上清净。”

“她怕是铜仁过来的，和溆浦搭界。”继续上路后，行程中，老五说，“贵州的。”

临走，妇人递上一个塑料袋，热乎乎的，是一包蒸熟的山芋。她一再道谢，话里的意思，这一顿晚餐，实在不值一百块。

出门时，我回头瞥了一眼，那个小男孩已经搭椅子攀着桌子，拈剩菜吃，吃得津津有味，小姐姐没有上前，巴巴地看着。

下山时，转过一个弯，路边停着一辆捷达，爆胎了，车主在路边抽烟，备胎已经换上，一个矮矮壮壮的汉子正用工具拧螺丝，怕是雨中便开始干活，身上湿透了。

老五停了车，打开车门走出去，拉起矮壮汉子说话，汉子频频点头，末了，老五挎包里掏了些钱给汉子，汉子猝不及防，讷讷地攒着钱，老五回头发动车，往前开。我扭头看，汉子似醒悟过来，追了几步，又停下了。

“你搞什么?”我返身问。

“孩子要上学，总不能混吧?”老五振振有词，“我也是有崽的人。”

“给了他我的名片，孩子要是上进，有困难可以打我电话。”他比我略瘦的脸上显出正义的光芒。

“我出一半吧。”我被感召了。

“盛惠五百，给钱。”老五哈哈大笑。

6

十多年过去了，老五的生意一度冲上巅峰，之后转行，不小心掉入了互联网十的大坑，他雄心勃勃地想将一桩便民生意做进长沙所有楼盘，最后亏得血本无归。

一年之后，老五回复了平静的心态，在最困难的时候，遇见一个肯与他同甘共苦的女孩，结了二婚。并识趣地选择了旅行结婚，没有通知朋友们。我们也就顺理成章地没有给礼金。

知道他新婚后，我邀他两口子吃了顿海鲜火锅，“想吃什么任点，当给你补礼”。

“你怕我会客气吧！”老五理直气壮。

“我其实没带多少钱。”我期期艾艾说。

老五的新夫人在一旁吃吃地笑。

我们把酒言欢，喝到半酣，老五忽然说：“记得那一年去溆浦，半山吃的那顿腊肉饭吗？”

我连连点头。

“我后来常常想，”老五啧着嘴，“钱多钱少无所谓，吃一口打心底舒服的饭，才是真味。”

“可惜那一家人没有打过我电话，”老五说，“不知道他们现在怎么样了。”

“长韶娄高速开通了，山道怕是废了。”我说，“他们早搬走了吧。”

我的童年，就像煎蛋

· **廖家乐** / 编剧、非虚构写作者

1

今年七月，我结束了在深圳为期两个月的剧本项目，原本计划尽快北上，但母亲却打来了一个电话，“回家吧，你爸身体不好。”

恰逢周末，高速路上堵得水泄不通，走了大半天，才在顺风车司机一路的骂骂咧咧中，回到珠海的家。打开门，屋里静得有些吓人，父亲躺在客厅的藤椅上，腿上盖着毛毯，头发凌乱苍白，脸上瘦削了些，眼睛一如以往的浑浊。

他轻咳一声，坐起来看着我，似乎想努力打起精神，但最终还是颓然放弃，只是伸手指了指餐桌说：“没吃饭吧？刚热好的。”

我隔老远问：“妈说你身体不好，怎样了？”

父亲欲言又止，最后摆摆手说：“没事，老毛病。”

我没有多想，径直走到餐桌前，三菜一汤，一看便是父亲的手艺：一碟蒸鱼，鱼肚子里黏糊糊的一片；腊肉炒花椰菜，咸得让人牙根打战；唯独一碗蒸鸡蛋，倒是无功无过。

近几年，我和父亲的交流越发少了。小时候觉得父亲无所不能，无论遇到什么事，只要找父亲就能解决。但后来，我渐渐开始怀疑、抵触，甚至跟他对抗。

父亲家务不精，大男子主义十足，在家中常年扮演着霸权的角色。早几年做生意，一贯是母亲忙前忙后，父亲只顾着和人打麻将喝酒。后来不做生意了，他又开始对日常生活指手画脚，但从不亲力亲为。很多时候，我甚至有点埋怨他。

等我吃完饭，父亲已经躺在藤椅上睡着了。灯光照在他脸上，皱纹仿佛沟壑，头发更稀疏了，上次染黑的头发又变得雪白。我拿过薄被，盖在他的身上。

到头来，他还是成了一个真正的老人。我想。

第二天母亲陪父亲去医院复查，回来后两人进房间嘀咕了好一会儿。随后，母亲从房间出来，走到我面前一把扯住我的手臂，“别整天在电脑前坐着，走，陪妈妈出去散步。”

我不情愿，但还是穿上鞋子，随母亲出了门。

与我家的矮层建筑一条马路之隔，是一大片新建的高层花园小区。我常说，这里就是典型的城乡结合部，一半是崭新的高楼大厦，一半是疏疏落落的老旧平房。经过父母大半辈子的不懈努力，我们家终于从最残破的危房区，成功搬到了这片“城市”的边缘。

我陪着母亲朝危房区的方向走，那里几乎不住人了，越往深处走，亮灯的阳台越少。终于，在一片荒废的公园前，母亲停下了脚步，指着公园旁边的一栋老楼，“你小时候就住那儿，二楼，记得吗？”

老楼的外墙已经到处斑驳脱落，土地下陷导致地基暴露出来，看上去整栋楼像是完全悬浮在空中。

我当然记得。

年幼的我总喜欢和小伙伴们爬上公园里几座洁白的雕塑，四周的几棵大榕树也是我们捉迷藏的好地方。我绕到雕塑的背后，手指抚摸过上面浅浅的刻痕。

我没答话，只是问母亲，父亲的身体究竟出了什么毛病。母亲不答，反而给我说起了当年的故事，我们母子二人的回忆，层层叠叠，交织在一起。

2

我六岁上小学时，父母把家搬到了小学附近，虽然新家的四处仍是发黄胀起的墙皮和锈迹斑斑的水管，但楼房总归看上去要显得比平房更坚固一些。

后来想想，新家的房子里显得宽敞，并非是两居换成三居的缘故，而是父母那时候不住在家里了，爷爷带着我和哥哥三个人住，难免显得房子空空荡荡。

让我高兴的是，楼下有一座公园，脚踩着厚厚的草皮，可以撒开了跑，跌倒也不怕摔疼；还有几尊洁白的雕塑，一尊是空心的大球，上面有许多镂空的、大小不一的洞，仿佛就是为了方便孩子攀爬似的。还有一尊是贝壳，我偶尔躺在贝壳里，懒洋洋晒着阳光看书。

只是，父母不在家的时间一长，我便开始慌张起来，不断向爷爷追问父母在哪。爷爷只说，父母去外面做大生意了，很忙。

我不知道爷爷所说的外面是多远，不懂事的我哭着闹着要找爸爸妈妈，爷爷没法，只好拨通了父母店里的座机。

我抱着话筒怯生生地喂了一声，话筒那边全是嘈杂的声音，就像站在菜市场的中央，周遭是讨价还价的对话和喇叭声，母亲难掩疲惫的声音穿透而来："哎，怎么啦？想妈妈了？"

"想……"刚说出这一个字，我就再说不出话来，只有眼泪哗啦啦地往下掉。

爷爷拿过电话，问我的母亲啥时候能回家一趟，后来又说了些什么，爷爷匆匆把电话挂了，他抱起我说："星期五妈妈过来接你，不要闹了啊。"

周五一放学，我迫不及待地回到家，看见母亲就坐在沙发上。我欢呼着扑进母亲怀里，她温柔地抚摸我的头发，轻声问我："去妈妈店里玩两天，去吗？"

"去！"

我那时候才知道，父母在隔壁镇上做批发生意，在我童年的印象中，从家中乘公交车过去，路途十分遥远，可长大以后才发现，不过只是区区二十多分钟的车程。

父母的店铺开在农贸市场的中心，店里堆积成山的瓦楞纸箱像是一座城堡，大多数时候，母亲只是坐在店里，拿着计算器不停地按，不时抬头看看在门口玩耍的我。

我从未见过这么多人出现在同一个地方，门口不停走过流动的小贩，卖五毛钱一串的冰糖葫芦，或者是五毛钱一大碗的豆腐花，我便向母亲要钱。冰糖葫芦的糖皮儿被咬破的时候热乎乎的，山楂酸得人口腔生津，唯一的缺点就是有些粘牙。

傍晚时分，母亲喊我进店，我便坐在母亲坐过的椅子上，在柜台后面露出小半个身子，在计算器上胡乱摁着。

母亲进了厨房，热油滋滋作响，香味没过一会儿就飘了出来，父亲像隔着街能闻着香一样，不久便开着面包车回来了。

母亲把菜端上桌以后，拉着父亲到一旁说着什么。我没在意，只看见盘子里金灿灿的一片。

"双黄蛋！"我坐在小板凳上，高兴地叫起来。

餐桌上的不锈钢盆里，堆着厚厚的几层煎鸡蛋，外焦内嫩，无一例外都是两个蛋黄，里面还有蛋液在流动，表面撒满了细盐和胡椒粉末。我迫不及待地夹起一个煎蛋，先满咬了一口蛋白，口感嫩滑，带着花生油的清香。随着咀嚼，轻微的咸和辣开始在齿颊间回荡，调料并没有喧宾夺主的意思，反而让蛋香更浓郁了几分。

“吃点米饭。”母亲在一旁嘱咐。

“我吃蛋就饱，不想吃饭。”我嘟囔着。

那天晚饭我吃得很饱，母亲还做了青瓜炒蛋和蒸蛋。母亲把蒸蛋拌在我的碗里，囫囵着三两下就吃完了。

晚上，爸妈还在楼下忙，我一个人看着动画片在椅子上睡着了。年幼时候的我，很羡慕动画片里的天线宝宝们，他们拥有一台机器，每到吃饭的时候，就有数不清的薄饼从机器中飞出来。那晚，我仿佛看到薄饼都变成了一个个煎双黄蛋……

半梦半醒的时候，听到卷闸门落下的响声，然后是皮鞋走在木楼梯上的声音，一双强有力的臂膀将我抱起，放在了二楼唯一的一张小床上。

后来我才知道，那几天，父母是在一楼的地板上铺着席子睡的。

3

隔天清晨，我便被窗外的嘈杂吵醒了，门板隔出的房间隔音效果很差，汽车喇叭声和叫卖声混杂在一块儿充满了屋子。

我揉着眼睛走下楼，看见父亲正一箱箱往车上搬昨天卸下来的货。母亲看到我下来，勉强笑了笑，从厨房端出一碗番茄鸡蛋面，面已经坨住了，但不妨碍我吃得有滋有味。

我吃面的时候，母亲从对门的杂货店买了一架小风车，她拿给我，我摇了摇头，母亲便又过去换了一套吹泡泡的玩具：红色的塑料瓶，盖子下面连着一条末端带圈的塑料杆，只要沾了瓶里的肥皂水，对圈一吹，许多泡泡就变魔术一样飞了出来。

到了吃午饭的时候，父亲开着他那辆破旧的面包车回来了，将几箱货搬到母亲面前，指了指纸箱上的日期，摇了摇头。

母亲盯着纸箱看了好一会儿，转头喊了我一声："家乐，明天妈妈还给你煎双黄蛋啊。"

"好哎！"拿着母亲黑白屏诺基亚手机在玩贪吃蛇的我应了声。

午饭母亲特意煎了蛋包肉给我吃。这是一种客家菜肴，猪肉混着葱花剁成肉馅儿，撒上盐和淀粉；烧锅热油，油温适当的时候，把提前打好的蛋液倒下去，煎至半熟，挖一勺肉馅放在蛋液中间，用半熟的蛋皮包裹住肉馅做成蛋饺，放在一旁，再倒入新的蛋液。

十多个蛋饺做好，还要再烧一锅汤，将蛋饺扔进锅里一起炖熟，汤色见白，捞出咬一口，滚烫的肉汁随即流入口中，鸡蛋中和了猪肉的肥腻，让人欲罢不能。

当天的午饭，还有韭黄煎蛋和紫菜鸡蛋汤，都各有一番滋味。

吃过午饭，父亲又要开车出去，我缠着父亲要坐他的车。父亲把我抱上副驾驶座，面包车颠簸地行驶着，就像现实版的贪吃蛇，小心翼翼地躲开迎面而来的摩托车和行人。

车行到市场门口一家小百货门前，父亲下了车准备搬货，我趴在窗口往外看，小百货的老板匆匆跑出来，拦住父亲说了些什么。我没有留意他们谈话的内容，只记得父亲脸色渐渐变得难看，而老板一边阻止父亲往下搬货，一边连连摆手。

后来，我在家中和父母闲聊的时候，聊起这段往事，父亲才讲，那家小百货的老板原本向父亲订了一批鸡蛋，在那个既没有订金也没有合同的年代，等父亲进足了货，老板忽然翻脸不认账了。

父亲明白，那个老板从当地另一个鸡蛋批发商手中拿到了价钱更低的鸡蛋，虽然有约在先，可遇到客户不讲信用，父亲也无可奈何。

类似的情况并非个例，父亲进完这批货后不久，赶上鸡蛋降价，许多之前订货的客户转头去拿其他人的货。父亲为了趁鸡蛋没有烂在手上前处理掉这批货，想出了一个办法，化整为零，让所有零售店铺替他消化这批存货。父亲对各家零售店的老板说："货先放你这儿，钱也不先收你的，你能卖出去多少就给我算进价的钱，烂了算我的。"

无本买卖，大家自然乐意。

那个下午，父亲跑遍了附近所有市场的零售商摊位，用这样的方式，将一车的鸡蛋"分销"到各个摊位，货出去了，却一分钱都没有收到。

直到多年以后，我才理解，正因父亲这种大胆且给予合作伙伴足够信任的做法，才最终得以让负债累累的家绝处逢生。

给最后一个零售店小老板放下鸡蛋，父亲上车发动引擎时，我记得老板在后头问："那怎么算账啊？"

父亲叼着烟，头探出车窗，往后喊："凭良心，老李。"

这幅画面给我的童年记忆中留下不可磨灭的印象，当时的我觉得父亲叼着烟的侧脸，像《英雄本色》里的周润发一样帅气。

4

回到父母的店里，我躲在柜台底下，看熙来攘往的街头。人们顶着烈日奔走，来来去去，无数陌生的面孔，很难看见能有一张脸上带着笑容。

那是二〇〇一年的夏季，新世纪的开始，许多人的人生轨迹，在这一年都发生着变化。

来到父母店里的第三天中午，摊位门口经过一辆铁皮手推车，蒸笼袅袅升起白雾，头发花白的老人在吆喝："小笼包，小笼包，新鲜出炉的小笼包，三元钱一笼，三元钱一笼。”

我从柜台下探出头说：“妈，我想吃。”

母亲一手在计算器上敲打着，一手在翻一本密密麻麻写着字的笔记本，头也没抬说：“快吃午饭了。”

“哦。”我把身子缩回柜台底，过一会儿又探出头去说：“妈，我这次数学考试拿了一百分。”

母亲这次停下了手上的动作，欣慰地看着我说：“好，真乖，再接再厉。”

“哦。”我再次把身子缩回柜台下面，莫名其妙觉得委屈，然后便开始哭了起来。

母亲听到了哭声，绕到我面前蹲下，问我：“怎么哭了？”

我哭着说：“我不想吃鸡蛋，我想吃肉。”

母亲笑了起来：“就因为这个哭鼻子啊，我以为你爱吃鸡蛋呢，吃肉有什么难的。”母亲伸出手掌抹去我脸上的眼泪：“别哭了别哭了，男子汉大丈夫，流血不流泪，中午给你买个烧鸡吃。”

午饭的时候，母亲将煎蛋放在自己面前，把半盒烧鸡放在了我的面前，我吃着饭说：“妈，你也吃烧鸡。”

母亲说：“我爱吃煎蛋，你吃你的，不用管我。”

父亲在一旁不说话，一直低头扒饭。

第四天清晨，爷爷来接我回家，母亲将两百元钱递给了爷爷，然后对我说：“爸爸妈妈很快回去了，你回家好好上学，好好吃饭，知道吗？”

我一步三回头，看见父亲在往面包车上搬货，母亲还在看着我，站在门口朝我挥手。

5

那天晚上散步回家的路上，母亲一直给我讲着当年她和父亲在农贸市场卖鸡蛋的经历。

她告诉我，如果当年不是父亲起早贪黑、逐门逐户地把手上积压的鸡蛋分销出去，也许我们家永远都不会翻身了——那时的鸡蛋生意，不仅让他俩把之前十几年来省吃俭用攒下的十万块钱全砸了进去，还欠着十多万的债。

父亲收回了鸡蛋的成本，就急忙将店关闭。一个月后，父母在家附近开了一家手机店。这完全是父亲的主意，二〇〇一年还没有网购，实体店手机零售业一片大好，虽然一般工人的月薪不过六百元钱，但一台摩托罗拉的手机标价五千多元，却依然能销售火爆。

那时的我不过吃了两天的鸡蛋，便已经开始哭着要吃肉，可父母却是足足吃了两个多月的鸡蛋，运输途中被打碎的蛋、快要过期的蛋，他们全都不舍得扔。最艰难的时候，父母问当时在做建材生意的舅舅借了三百元钱，自己留了一百元，两百元给了爷爷，用作我和哥哥的伙食费。

还有楼房的房租，每月还需要四百元租金。

幼年的我完全意识不到这些，我只记得自己穿着崭新的校服，和同学相同的鞋子，无忧无虑地长大。我当时不懂得，父母每一次勉强的笑容背后，有多少数不清辛酸的泪水。

煎蛋表面的焦黄，像父母坚韧而深沉的爱，内里的嫩滑，是我幸福的童年时光。

再往后，父亲开着借来的轿车，穿着借来的西装，敲开移动公司的大门，凭着一张嘴，拿下区域的号码卡代理。

但渐渐长大的我，只看到父亲成天在外面饮酒打牌。

二〇〇六年，父母开了三家面积超过五百平方米的手机城，管理数十名员工。这时候的父亲因为听了奶奶一句迷信的话——她说父亲没有大富大贵的命——于是做出一个在当时大家都不理解的决定：转让掉所有店铺，开始买地盖房。

现在回头看，手机实体销售店面的生意每况愈下，房价倒是疯涨了几番，不得不说是一个睿智之举。

不做生意以后，父亲越发显得无所事事，以至于我直到长大成人后，一直以为父亲没有太多本事，家中的一切全是凭母亲的辛劳得来的，直到这天母亲对我吐露真相，我才知道父亲曾经为这个家庭付出了什么。

回家几天，我眼看着父亲一天比一天消瘦，母亲也缄口不言。直到八月中旬的时候，去广州大医院复查回来，父亲才告诉我，原来前些日子，医院拍到他胃部有一块阴影，言之凿凿地说是癌变，把他吓得够呛。去广州仔细复查一番，才证实不过是虚惊一场。

母亲笑着说："你爸爸快吓死了，晚上都睡不着，拉着我交待后事，还让我不要嫁出去，如果要再婚，就带一个进来，免得对孩子不好。"

我眼眶一热，险些哭了出来。

父亲得知没有患病后精神大好，头发也染黑了，此刻憋红了脸拍了拍母亲的腿说："别说了。"

我半开玩笑："爸爸挺宽容的啊，还让你带一个进来。"

父亲讪讪地说："难道我说不让再嫁你妈妈就不再嫁了吗？干吗不装得宽宏大量一点。"

眼瞧着父亲心情变好了，我便说起当年做鸡蛋批发生意的事情，父亲笑着对我说："那时候才知道鸡蛋有那么多种做法。"

"最苦的日子都熬过来了，那时候不算什么。"父亲对我说："当年你妈妈生你的时候，我们住在铁棚房，台风天水浸到床上，你妈妈就站在床上抱着你一整天。”

母亲温柔地看着父亲，笑着说：“我现在没有别的希望，一家人健健康康的就好。”

父亲又变回了以前的样子，下午见我把自己关在房间里，又推开门唠叨我，让我好好写书，先不要想着赚钱，“出过书才算是作家。”

我也乐得和父亲拌嘴，“你儿子又不是作家，出书赚不到什么钱不说，你看书店那么多本书那么多作者，有几个随口念得出名字的？出书浪费时间啊。”

父亲骂骂咧咧地说个不停，我背对着他，脸上满是笑意。

母亲走过来拉了拉父亲说：“别打扰你儿子，什么都不懂又爱说。”然后问我：“晚饭想吃什么菜？”

“蛋包肉。”我和父亲异口同声地说。

“加饭，加1块。”女老板看起来是忍了很久的样子，委屈而愤怒。

“你们这里不是写着‘米饭免费加’嘛？”

“那你们看看，点了几个菜，已经吃了几盆饭了？”

我们仨举着饭碗，一下子就尴尬了，吃也不是，放下也不是。这种诡异的气氛持续了一两分钟，文君异常愤怒地把碗放下，抬手抹了一把油油的嘴：

“结账！”

米粉
米线
肉米线
三元
素米线
二元

青春弄丢了，只记住了吃的

· **尔东** / 宁波人，对于发财和情怀还未放弃的“80 后”

在向四十岁蒙眼狂奔的路上，中年危机的情绪总是不断涌现，证据到处都是：越发虚胖的身形再也难以回到当初那般清瘦；刚出地铁，就被风弄乱了精心伪饰的谢顶流苏；厚重的舌苔如此麻木，以至于连毛血旺这样的菜都不够刺激；最重要的是，还有逃不掉的下半场——等待你的，是妻子的唠叨、儿子的挑战和自己的老无所依。

更可怕的是，当这种情绪泛滥时，身边已找不到人能一起去路边摊喝一场夜啤酒或撸串到天亮。

“想换工作，轻松快乐点的。”小邓跟我说。

“快乐的难找。”我回他。

“你现在这个工作快乐么？我都长白头发了。”

“混口饭吃。”

我拉了文君、小邓建了三个人的群聊，文君在群里说，不如大家这个周末去趟杭州（小邓所在的城市），一起聚一下。

1

小邓，江西人，瘦瘦小小的，喜欢足球和数学，是我的上铺。他是我在大学里看到的唯一一个拿着《高等代数》《矩阵论》演算得津津有味的人，甚至跟我们说，要是以后工作了，闲的时候还能翻翻这些锻炼思维的书，真的挺好的。我们对此嗤之以鼻。

文君，北方人，不爱吃面食，偏喜欢吃南方的米饭和米线。他原来是隔壁寝室的，受不了那边昏天黑地打游戏的环境，才换了过来。他热衷社团社交，有天然的领导力，很快就成了我们小团伙的"老大"。

大学所在的这座城市，依山而建，路蜿蜒起伏，终年笼罩在迷雾之下，仿佛有点魔性。后来在书中看到这样描述："这里没有自行车，是因为布满石阶；布满石阶，是因为这是一座依山傍水的江城。"

第一次踏上这座城市，坐在开往学校的公交车里，略显奇幻的画面感接连出现在车窗外。那时公交车上还有售票员，但只收纸币，彪悍的司机在盘山公路上玩起了漂移，车窗外是万丈深渊。我像车里其他的外地新生一样，不断发出"啊、啊"的惊呼声，直到大半年后，才对这些视若平常。

这个城市风靡火锅，小邓经常在半山腰的教堂举行的英语 CLUB 里竖着大拇指向老外说："Hotpot！ Hotpot！"对我们这些外地人而言，对当地的火锅从心生胆怯到欲罢不能，只有一根筷子的距离。

刚来学校，我们都很热衷老乡会这样的组织，然后在各个火锅店混吃混喝。到后来，又一个个缩回了自己寝室的小团体里，虽然穷学生囊中羞涩，但火锅成了我们心心念念的东西。

幸好，学校周围还有很多其他价廉味美的食物，让我们也能偶尔出来打打牙祭。

与校门口一路之隔，是一排两层的门市房，中间正对着校门的是拱形的通道，进去之后，豁然开朗，别有洞天：餐馆网吧层层环绕，路边的烤鱼、土豆泥、烤茄子的香味肆意飘散。

出来打牙祭，酸辣土豆丝这种便宜又实惠的菜是必须点的。一盘端上来，纤细的土豆丝"滋滋"地打着卷，红色的干辣椒和绿色的青椒点缀在油亮的金黄之间，香味飘散，胃口很快就被打开了。一筷子夹起塞到嘴里，土豆丝带着新鲜的韧性，伴随着浓郁的酸辣味，满足了我们的口腹之欲。

每次小邓吃完后，总要用筷子在盘子上画个圈，表示对这盘菜的肯定，就像他解完一道题，喜欢在最后郑重地画一个又圆又浓的句号。

2

在没有爱情的日子里，小邓痴迷于拉普拉斯方程、高斯方程、拉格朗日定理的完美与漂亮，在寝室里，他经常突发赞叹，表达对这些数学"大牛"的敬仰之情；因为社会活动可以在每学期的奖学金考评上加分，文君在社团里"积极进取"，除此以外，周末他还要出去做家教赚点生活费；我则无所事事，沉溺于"魔兽"，或者撑着两根麻秆似的腿在篮球场上跑来跑去。这样的日子持续了一段时间，心中有愧，于是也决定跟着文君去做家教。

文君给了我一个地址，是一个天桥底下，因为边上有小学和中学，所以那里天然地形成了一个"家教市场"。跟我们一样年纪的大学生或是手里拿着或是胸前挂着打印着"家教"的 A4 纸，一边看着书，一边等待雇主上来询问"你擅长什么学科"——英语是最吃香的，如果雇主对你的学校和学历满意，就接着谈价格。

我在一旁惴惴地看着，口袋里的 A4 纸迟迟未拿出来。那些学历高、学校好、能说会道的人很快找到了雇主，也有很多人无人问津，或者跟雇主稍微交流了几句就没了下文。

在回来的公交车上，我翻开已经皱巴巴的 A4 纸，看了几秒钟，揉成一团狠狠地扔向了窗外。一个下午时间，没能兜售出去自己，我的心情低落到极点。

回到学校，我一个人去市场上买了一大堆萝卜、一个大缸和一些辅材，根据记忆中的流程，晒干，用盐、糖、辣椒泡了——决定从此以后，靠吃萝卜以明志。

其他人并不能洞悉我的内心戏，只是很诧异，怎么突然在寝室做起了腌萝卜？

没想到，腌好了，味道居然不赖，萝卜条晶莹剔透，就着泡面吃，“嘎嘣嘎嘣”的咀嚼声不断激活着味蕾。很快，周围寝室的人便蜂拥而至，萝卜条的受欢迎程度远超我的想象，很快就兜售一空了——比我受欢迎多了。

“不如我们多做点儿去卖吧？”我突然冒出一句。

于是我们分工行动，我负责生产，小邓负责在小窗口售卖，文君负责统筹和宣传。吃腌萝卜当年成了我们北校区一度的集体习惯：同学们去食堂打一份饭菜，然后顺路在离食堂最近的宿舍楼一楼的窗口买 1 块钱的腌萝卜。当然，只买了腌萝卜的人也很有可能会再爬个二十多个台阶，去饭堂打一份白饭，因为那东西实在太开胃了——多年后，我们的腌萝卜还成了学校小小的传奇，被发帖在本校的论坛上。

晚上数钱的时候，文君拍了我的脑袋说：“你们南方人确实有做生意的头脑。”小邓多少有点不屑，但我们一致认为，可以凑够钱出去搓一顿，就已经很值得满心期待了。

直到有一天——

“你是卖萝卜的那个寝室的吧？”带着点本地口音，我扭头看到一双黑而润湿的眼睛，眼球像围棋的黑子，眼白像杏仁，脸上带着浅浅的小酒窝。

在学生会的活动中，我碰到她，然后陷入了爱情——腌萝卜给我送来的。

后来，小邓也说：“和女人比起来，数学真的是太小儿科了。”

3

不知道为什么，我常常觉得小邓带着诗人的高傲，和海子很像，每次想起那句“姐姐/今夜我在德令哈/今夜我不关心人类/我只想你”时，我就想起大学时的小邓——当然他不写诗，但是他喜欢数学公式，也喜欢御姐。

小邓喜欢上了我们专业一个大四的女生，王佳佳，我们都叫她“姐姐”。“姐姐”确实很漂亮，有着同龄人没有的成熟，对每个人都带着笑脸，让人很舒服，一双黑白分明的眼睛里，满是独立和倔强。

小邓是以网友的身份出现在“姐姐”的生活里的，接着终于要来了手机号，开始发短信。小邓总能捕捉到常人察觉不到的、夹杂在文字里的那种“晦涩而充满想象”的信息，这些只有他能意会的信息让他看起来幸福极了。

“小邓，不要总停留在聊天阶段，能不能把‘姐姐’带出来吃个饭呀？”文君催小邓积极行动起来。

小邓则总是回答：“这个你不懂，女人心就是要慢慢熬，急不得。”

直到姐姐临近毕业，小邓这才终于迫不及待地、想在爱情这件事情上画个圈。他背着我俩，在学校勤工助学的咖啡店里向“姐姐”表白，姐姐没有答应，只是用那双黑白分明的眼睛看着小邓微笑着说：“我们俩不合适。”

我们都说，一直以为自己能看透数学精妙奥义的小邓，这次并没有看透“姐姐”眼睛里的东西。那个圈没能如期画上，让小邓如鲠在喉。当然，这种挫折感在每一段新鲜的爱恋里都有，我和文君觉得这是非常合理的事情，毕竟“姐姐”已经大四了——大四，是要考虑前程的，而我们都还一无所有。

没想到，“姐姐”竟然考了本校的研究生，继续活在小邓的世界里。

新学期开始，小邓选修了我们都避之不及的《偏微分方程》，我们知道是因为“姐姐”曾经修过这门课。可小邓已经遗忘了那个世界，他只是呆呆地看着“姐姐”的背影，虚构出很多“脉络清晰”的事情出来。那段时间，小邓不断地跟我们俩说，他相信“姐姐”是喜欢自己的，只是现在他自己还不够出色，女生都是言不由衷的。

我们只能无言。

腌萝卜的生意早就停了，但嘴里觉得淡的同学还会习惯性地往一楼某寝室的窗口望一望，像是巴甫洛夫的那只狗，眼巴巴地等着，分泌几秒钟的唾液。

我每天晚上都要捧着英语词典，和女友泡在教室里自习，备考英语四级考试。自习室与寝室两点之间的路都是台阶，高低曲折，很耐走。自习完，两个人常慢悠悠地荡回来，灯光很羞涩，每一级台阶、每一棵树似乎都很嫉妒。

文君也交了一个女友，个子挺高，鼻子很挺，留着微微染黄的长发。

时间黏稠而悠长，那是我们三个人成年后最瘦的时候。

4

春天，樱花开满了整个崎岖错落的校园，外面的游客络绎不绝，而我和女友总在自己的小世界里。

生活像是上了发条，很有规律。我们平时总是一起上课、一起吃饭，周末她会回家，临近考试的时候，我们一起泡自习室。其他大部分的时间，我们都在相互发短信，像上瘾一样，等手机存满了再删掉一些。

那时候，为了赚点钱，也为了打发时间，我在学校申请了勤工俭学的岗位——电路实验室的助教，帮助老师准备实验器材，辅导实验，然后改改作业。

一次我勤工俭学结束之后，和女朋友一起去一家面店，照例是“老板，两碗小面”。

面店开在寝室楼下，焯熟的面条直接捞进已经准备好的汤碗里就可以开吃，里面放好了豆子、腌菜、肉末，自己加葱花、香菜和其他调料，十分简单，女朋友很喜欢。

我俩坐下后，就像往常一样聊我勤工俭学的工作。

女朋友忽然问我：“你那老师看上去有些好色啊，你就没被影响？”

我义正词严地说：“有次，那个猥琐的家伙就问我：‘这个班某某某、某某某长得挺好看的，你有意向没？’，我就回他说：‘我有女朋友了。’”

“有女朋友了，也没关系嘛。”她调皮地笑了，露出不经意间最好看的样子。

面来了，她问我：“这面好吃吗？”

“好吃。”

“那毕业以后就别回去了，一辈子都可以吃这个面。”

“好呀。”我想都没想就回答了。

我总是忘不了这餐平淡无奇的小面。那段日子，我就这么自顾自地活在爱情里。

我照例晚上十点左右回到寝室，小邓和文君已经先回来了，我提着外面带的烧烤，想叫他们边吃边看《越狱》的最新一集。可小邓非要出去吃，嚷嚷着“我请客”。

一路上，我发现小邓神情都是郁郁的，悄悄问文君怎么回事，文君凑过来说：“‘姐姐’拿着和小邓的聊天记录去学校教务处，说小邓骚扰她，已经影响到她的生活了。今天教务处的人找了小邓，也找了他爸妈。”

我的脸上写满了不可思议——尽管我们仨是很好的哥们，但关于爱情的私密和细节还是保留了相对的独立——当然，我也为自己对小邓近似魔怔的现状毫不知情而感到羞愧。

“老板，十串腰子，二十串羊肉，一份土豆泥，辣椒大大地加！‘雪花’要冰的！”文君的嗓门扯得很大。

小红椒、姜末、肉末、洋葱、豆豉、煮熟去皮的土豆，再混合其他辅料翻炒，金黄色立马就透出辣辣的香味来。三个人闻着香味，都没说话，各自夹了一筷子送进嘴里，土豆糯又香，洋葱脆且甜，“大大的”辛辣刺激着味蕾，眼泪都快出来了。连着吃了好几口，越吃越辣，吸着气，冒着汗，啤酒咕咕地被灌进肚子里。

不知道是不是真的太辣，我竟看见小邓的眼角里的泪花。

酒不醉人人自醉，还没吃饱，小邓就倒下了。文君背着他，我在边上扶着，就听小邓囫囵地骂了一路，舌头大了，说不出一句完整的话来。大概的意思就是，他那么喜欢她，她拒绝他也就算了，还把这个事情搞到学校里去，闹得他家里都知道。

小邓乱抓着说要摸手机，让我们看他们之间的聊天记录，以证明姐姐是在玩弄他的感情，或者有什么难言之隐而拒绝他，但最终还是没能把手机拿出来。

小邓从文君身上下来，在立着麦克斯韦雕塑的草坪上吐了。

那一次之后，谁都没再提起过这件事。这样又过了半年，一切归于淡忘。

5

我和文君都以为，小邓怎么也该给这件事画上句号了。不知是小邓在感情上的过于幼稚，还是"姐姐"真的耍了什么迷魂药，但显然，我们都低估了小邓的执着。

有一天，小邓忽然跟我们说，要出去几天回家散散心，我们并没有在意。两三天后，教务处和小邓爸爸的电话接连打到宿舍，我们这才知道，小邓不知怎么知道"姐姐"回了老家，竟然偷偷地跟了去，直接找到了人家家里。

我和文君连夜坐上火车去接小邓，车还没到站，学校就来电话说，小邓已经回学校了。

等我们俩再回来，小邓却绝口不提这几天发生的事情，就好像什么也没发生过，照例踢球、去参加教堂里的英语 CLUB，我们只能跟着提心吊胆，尽力安慰着电话那头的小邓父母。

为了挽救小邓，文君提议去徒步旅行，小邓也答应了。

于是，我们以最直接的方式，开始沉浸式地在这个城市行走，从学校的小山，到周边的古镇，再到学校 BBS 上找到的各种古道攻略，一路风尘仆仆。当汗水和呼吸开始融入这场徒步，行走就越来越有趣了。沿途的风景、美食和自然的舒展，弥补了我们言语和感情的贫乏，这在很多年后都显得弥足珍贵。

一天徒步的晚上，我们走在半山腰，雨下得很密。三个人正蒙头赶着路，突然听见后面"轰隆隆"一阵倒塌的声音，手电的光柱照过去，身后五十米刚走过的一段路，已经被巨石和泥土覆盖，我们哑然地看着，来不及唏嘘就转身逃离了现场。

这是我们出来徒步遇到的唯一一次危险，我不知道这段经历，有没有在某种程度上消减了小邓感情上的困惑。直到毕业以后，我和文君私下里提起小邓的这段虚无缥缈又轰轰烈烈的感情，也还是很纳闷，不知道他是什么时候开始从执念里走出来的，还是他根本就没有“走出来”，只是把这段感情捂在了怀里，任凭它生根发芽。

但无论如何，我们都再也没有提起过。

到了大三上学期，我的甜蜜也戛然而止。那个若即若离的、让人心情压抑的暑假终于快结束的时候，女友给我发了一条短信：“我们分手吧。”

回到学校，她还让一个朋友来做我的思想工作，说两家离得太远，很难委屈对方留在一个城市，况且她父母也不同意，这让她很为难。

我很想问她，那我们那些美好的时刻呢？那些腻得要死的情话呢？但这些，我一句都没说出口。就像那个找家教的下午，我知道自己一直都是生活的“逃兵”。

对于我而言，最不能面对的，是手机里的那么多甜言蜜语，像刺一样，却又不舍得按下“删除”键。我开始在学校后山独自行走，默默发呆，直到把自己弄得满脸眼泪，一段时间里，我甚至迷恋上这种感觉，类似孤独的臆想。

有一次，我和小邓出去办事，看见他的“姐姐”和一个男生在场地上溜旱冰，两个人一前一后，一路追逐着，欢声笑语一片。

我拍了拍小邓的肩膀，他没理我，目不斜视地往前走去。剩下的一段路，他就再没跟我说话，一脸愠色。

我在心里默默问自己，要是我碰到她了，我会上去打招呼吗？应该也不会吧。

6

上班以后，我偶尔会翻出在学校时的照片：杂乱的胡子毫无修养地生长着，喉结突出，人显得很瘦。那时候的我总是翻过来掉过去穿着那几件单调的、毫无品位的衣服，比较起来，那个年纪的男生和女生，看起来就像生活在两个平行的审美世界里——我甚至有点厌恶这片子里搞笑滑稽的我，想起自己曾和她一起牵手、亲吻，那该多么的不般配啊。

“姐姐”的男朋友是北京人，研究生毕业后，他们就去了北京。这总让我想起，曾在我们宿舍短暂待过一段时间的那个北京人，半个月的工夫，就把我们仨的口音都染上了京片子味儿。

文君推掉了学校学生会、社团里的所有职位，开始专注于论文和找工作。文君跟我说，家里有个弟弟今年要考大学，负担更大了，今年一定要拿到奖学金；我跟文君说，父亲想让我继续读研，我却觉得找个工作比继续在学校里混个研究生文凭更靠谱。

“你们什么打算?”我指的是文君和他女朋友。

文君摇摇头。

二十几岁，平庸的我、现实的文君和高傲的小邓依旧“一无所有”，包括青春里浓墨重彩的爱情。

青春的这个阶段也就这样落幕了，接下来该面对现实了。

大三下学期，我们仨开始参加各种招聘会、投简历。

隔壁城市的大学显然对招聘单位更有吸引力，我们的母校常常会被尴尬地排除在他们的招聘行程之外。有次我们坐火车去参加另一所学校第二天早上十点的招聘会，到了地方的时候已是晚上七点多，三个人一起找了“宾馆”——那其实也不能称作宾馆，只是老板拿了板子在房间里划了一格一格仅容纳一张小床的空间，二十元一晚，很便宜。

深夜十一点，本该有些隐晦的声音，毫无遮拦地透过板子钻到了每个人的耳朵里。我贴着耳朵听了一下，感觉就在隔壁，荷尔蒙作祟，根本无法入睡，于是只能发短信给他俩:“出去吃东西吧，声音太响了，根本没法睡。”

三个人出来找了一家还在营业的面店，文君点了一碗素米线，两元，我和小邓跟着也要了素米线。这样一碗纯米线，和小面一样，窝在这个城市的角角落落。

不一会儿，三碗热气腾腾的素米线就端了上来。洁白的米线微微高过了汤的水平线，上面撒着葱花和香菜。升腾的氤氲下面，绿色的菜叶、白色的米线和黄色的油朵互相恰如其分地配合着，在这寂寞的深夜里，大大超出了我们对“素米线”的期望。

一口下去，文君的腮帮子鼓鼓的：“嗯，好吃！”几颗花生米随即从碗底被捞了起来，对于这种意料之外的物质享受，文君难得地给予了两百分的赞叹。在他确认了花生并不是厨师粗心漏进去的、而就是这碗素米线的唯一配料后，更是不住为了这难得廉价而又如此美味的食物发出“啧啧”赞叹。

我和小邓的腮帮子也鼓鼓的：“嗯，好吃！”“好吃！”

整个大学四年，文君没有问家里要过一分钱，他的所有努力都是为了不给家里增添负担。食物带来的真实饱腹感，能给予文君的幸福，或许远远大于我和小邓所能感受的。我现在都记不起文君他女朋友的名字，只记得那口白牙，衬着她的每个微笑都熠熠生辉——可惜她等不到文君出人头地的那一天。

就像网上流传的那句：“我在最没有能力的年纪，碰见了最想照顾一生的人。”

大学的最后一年，找工作、搞论文，吃一碗素米线成了我们仨的某种仪式，开学或者放假回家前，都会再去一家面馆，吃一碗素米线。

“来三碗素米线，多放点花生，花生多放点！老板。”

“好咧，三碗素米线，多放点花生，花生多放点。”

文君或小邓喊这句的时候，我总在一旁讪讪地笑着，开不了口——“花生”这样的表达过于直白露骨，却直抵我们的食欲之心，仿佛它才是这碗素米线的精髓。

那学期，文君如愿拿到奖学金，毕业论文也弄得差不多；而我开始准备考研，泡进了图书馆；小邓在努力向各家研发单位投简历，他的理想是进华为的上海通信算法实验室。

7

“有次，我被自己的梦惊醒，我梦到二十三岁的大学毕业生，实习才一年就做了我的领导。”我说。

“中年危机了。”文君说。

“是啊，我做研发快八年，头发都白了，原以为这是我想要的理想生活。可慢慢地，我也发现越来越不快乐。”小邓显得无比惆怅。

“还记得我们一起卖的腌萝卜吗？”

“还记得辣辣的土豆泥的味道吗？”

“还有火锅，油碟里总是倒满了醋，鸭肠烫一烫味道是最好了。”

“还记得‘米饭免费加’吗？”三个人看完微信都会心一笑。

青春弄丢了，我们就只记得这些吃的。

毕业之前，我如愿考上了本校的研究生，凑热闹跟着他们俩去一个东南城市应聘，因为面试在第二天，我们打算徒步到市区的宾馆。

从火车站出来，双向两车道的公路随山脉起伏。那天的天气太好了，崭新的太阳，照得公路起了一层让人晕眩的白光，海风吹过，竟有些睁不开眼睛。地图上看大概十公里的路程，我们走完时，已经饿得不行。

钻进路边的一个两层的小馆子，楼上是彩钢板搭的暖房，窗户打开后，能看到远处的大海。我们三个选了靠窗的地方坐下，桌子上贴着“请勿浪费粮食”“光盘光荣”——“米饭免费加”！

“一个酸辣土豆丝，一个菌菇炒肉，一个番茄鸡蛋汤。”

我们那时在饥饿时的战斗力是令人怀念的。围着这张桌子，三个人无比吝啬地吃着菜，却对米饭表现出另一番态度。

“老板，加点饭！”小邓拿着空盆子，楼下找老板。

“老板……”第二次的时候，文君已经直接上手自己去盛饭了。

“老板——!”

“加饭,加 1 块。”女老板看起来是忍了很久的样子,委屈而愤怒。

“你们这里不是写着‘米饭免费加’嘛?”

“那你们看看,点了几个菜,已经吃了几盆饭了?”

我们仨举着饭碗,一下子就尴尬了,吃也不是,放下也不是。这种诡异的气氛持续了一两分钟,文君异常愤怒地把碗放下,抬手抹了一把油油的嘴:“结账!”

三个人走出馆子没多久,就站在路旁憋不住大笑了起来,笑得眼泪花都出来了。

大学毕业前,我把我们仨的照片都刻录在了几张光盘里。几年后,因为保管不善,光盘已经读不出来了。我清晰地记得那些在城市郊区徒步的路线,但闭上眼,却怎么也回不到身临其境的感情之中。

写完这篇文章,我发给他俩看,问他们:“最怀念的是哪个味道?”

他俩异口同声地在群里回复:“火锅!”

后来,我们三个人就在杭州的海底捞点了个牛油锅底,火锅热气腾腾,辣得我们眼睛都眯了起来。

回忆以前的事情,过去的图像会和梦境里的东西重叠起来,小邓总说校门口应该是学校的剧院,而我却记得那是一个酒吧,外面摆着几张绿色的台球桌;小邓觉得在自己身上,发生过一段脉络清晰的爱情,而我和文君却欲言又止,大聊特聊着这涨上天的房价。

在你的成都，我改变了口味

· **张小冉** / 文字帮我抓到生活的小辫子

1

见陈广智之前我很紧张，在寝室里拿着夹板一遍又一遍地烫着刘海儿，涂了手指甲，还用拙劣的技术化了妆。衣服换了好几套，站在镜子前反复照，不知道怎样才能让我看上去更漂亮。

在这之前，我和陈广智刚在QQ上结束了五十个小时没日没夜的聊天。而三天前，我们还是在大学校园里碰面都不认识的陌生校友。

陈广智在女生寝室楼下等我，我们没看过彼此的照片，但当我跨出寝室大门，看到他的第一眼时，内心就有个声音告诉我：就是他了。几分钟后，我和他当场决定：在一起。

我们俩这个默契的共识达成于二〇〇九年五月一个黢黑的夜晚，可好多年后想起来，还觉得是个艳阳天。后来，陈广智从他的视角，还原了第一次见到我时的场景——

“就记得那晚约你去烧烤摊吃宵夜，你一串接一串地吃，头都没抬一下，还一个劲儿地说‘好吃，好吃’，我心想，你是不是没吃晚饭哦，有那么饿吗？”

我抑住怒火，微笑着帮他回忆我当时精致的妆容。他认真思考一番，一副恍然大悟的样子，但随即补了一句：“想起来了！吃烧烤的时候，你嘴唇上的口红都花了。不过看你吃得那么香，我当时都不忍心提醒你了。”

接着，他顺口反问我，为何会轻易地接受一个认识不过三天的人。我抽丝剥茧，发现我对他动心的点，竟是见面前一天的深夜，我们聊天时他突然打了一句：“你稍等下，我有点饿了，出去买个烧烤。”

当时我的寝室早已锁门熄灯，一个“烧烤”，把我馋得百爪挠心。我躺在寝室的二层床上，猛咽了几下口水，脚蹬在天花板上，忽然有个念头在我脑袋里疯狂冒泡：他要是我男朋友就好了，至少能半夜帮我打包一份烧烤。

陈广智听完我的回答后哭笑不得：“那你怎么不去找后门卖烧烤的那个小哥？近水楼台先得月，包你吃个够。而且，每次看你和他聊天聊得也挺嗨，你咋不和他谈恋爱呢？”

我想了下，认真地回答他：“那小哥太爱吃了，边烤边吃，我怕抢不过他。”

陈广智敲了一下我的脑袋，表示从来没见过这么好吃的人，“还是个女生！”他又补了一句。

对于我的这张“好吃嘴”，那时候的陈广智并不能和我产生共鸣。他来自江苏徐州，那是座历史底蕴深厚的城市，自古以来就是兵家必争之地，在那里长大的他，并不能对成都的安逸感同身受。

2

陈广智与成都的渊源，要追溯到二〇〇七年。

那年夏天，他趴在中国地图上，手指在“哈尔滨”和“海南”之间来回游走，挑选未来四年生活学习的大学。但与其说是选大学，不如说是选城市：首先要离家远，不能一脚油门就被家长探望；其次，城市要宜居。

忽然，陈广智的脑海里蹦出了“少不入川”四个字，他认为这是对一个城市的褒奖，便顺手把四川也纳入选择范围。

那时，手机还不够智能，不能支持陈广智随意放大电子地图、把他用十分钟就决定好要去的城市看个透。他也万万没想到，自己随意填写的第三志愿最终会将他录取。不仅如此，在那座陌生的城市，还会遇到一个我，彻底改变了他以后的生活轨迹。

二〇〇七年八月开学报到前一天，坐了三十多个小时的火车，陈广智和他父亲辗转来到学校时，两人已饥肠辘辘。

学校后门有条小吃街，白天仅有连排的商铺营业。街边的台阶上布满了成片的油渍，暗示着此地别样丰富的夜生活。

落日余晖中，路边摊纷纷开张，学生们蜂拥出巢，整条街瞬间换了风格。小摊一家挨着一家，灯火通明，亮度逼人，霸占了整条街巷。有老板操着四川话，中气十足的吆喝声；有三五成群的学生，把牛皮吹上天的声音；有食材在热油上煎炸的"嗞嗞"声；还有急躁的汽车喇叭声，司机们盼着能在密密麻麻的路边摊中挤出一条小道。

打小陈广智便跟着做生意的父亲混迹于各大饭局，父子俩一致认为路边摊是"脏、乱、差"的代名词，两个大老爷们儿窝在路边吃小摊儿，实在不体面。于是两人眉头紧锁，快速地通过小吃一条街，拐进一家稍显高档的川菜馆。

听说川菜以"辣"出名，两人商量着，怕初到成都肠胃不适应，便顺着菜单想找些清淡的。两人同时锁定了"水煮肉片"这道菜名——"水煮的，一定清淡又养生。"

当老板端上来那盆盖着厚厚一层花椒和辣椒、在滚烫的油中爆发出"呲啦呲啦"声音的肉片时，从江苏来的父子俩不由一愣，果不其然，尝了一口便被呛出眼泪。

陈广智猛灌了几口白开水，心里更是一通抱怨：自己选的城市一点都不"宜居"，连一个"白水煮菜"都那么辣。只是碍于面子，陈广智不愿向父亲承认自己的选择是错误的。

只是后来，陈广智告诉我，吃完那顿饭，他就当场决定：毕业后一定不能留在成都，"这个城市实在是太不对胃口了。"

3

我和陈广智确立恋爱关系后的第一顿饭，就上演了一场关于吃的“博弈”。

星期六的早晨，他如约到寝室楼下接我。这是我们的第二次见面，虽然在QQ上二十四小时不间断地废话连篇，可面对面还是不免有些尴尬。

陈广智是个一米八六的大高个儿，他在我的前面三步并作两步地走，我跟在后面都快要跑断气了，也没好意思开口让他等等我。直到他无意间回过头，见我在喘着粗气，就用蹩脚的四川话问：“你咋子了？那么累呢？要不要坐下来吃口东西缓缓？”

我这才意识到，自己对他的声音非常陌生，不标准的四川话从他嘴里冒出来，听上去很滑稽。“没关系，你可以和我说普通话。”刚说完就发现自己把话题带偏了，赶紧补了一句：“好，那坐下来吃点东西吧。”

陈广智提出去学校附近的一家西餐厅，那是学生界的“高规格”餐厅，招待“贵宾”的首选，他认为只有这样才能证明他对我的重视。我听了后却像个泄了气的皮球，但由于两人还不熟，我并没有提出异议。我点了一份最便宜的牛排，放在口中如同嚼蜡，吃了一块便放下刀具。

那天傍晚，陈广智让我决定晚上吃什么。我抬起头，递上一个善解人意的微笑：“不用不用，我吃什么都可以。”脚步子却一个劲儿地往学校后门的小吃街挪，一边走，一边用余光快速地扫过周围的路边摊，脑袋里疯狂盘算着要临幸哪一家才能安抚我的胃。

最后，我选了一家窝在墙角边上的路边摊吃冒菜。落座时，我明显看到陈广智环顾了下四周，露出了犹豫的神情。可是，此时冒菜的香辣味已然传到了我的鼻腔里，馋得我顾不了那么多了，便假装没看到。

冒菜是四川特色小吃，把土豆片、藕片、红苕粉、鸭血、豆芽等菜，装在用竹子编成的篓里，老板借助腕力，将竹篓放入用火锅底料和高汤熬制而成的汤底里“冒”。当菜品渗入汤汁后打捞出锅，放入碗中，再配上小米辣、辣椒油、花椒等作料，舀上一勺汤底，把香辣提升到极致。

陈广智问我为什么喜欢吃冒菜：“这样的小摊儿很不卫生。”

“其实我爱吃火锅，可是一个人去吃火锅太尴尬了，最多吃一两个菜就饱了，冒菜多好，十多种菜全有，随时都可以感受私人火锅般的顶级待遇。”我说完，陈广智笑着看着我，没有接话，我又补了一句，“你听过这么一句话么，‘冒菜是一个人的火锅，火锅是一群人的冒菜。’所以啊，其实火锅冒菜都一样，就看是自己吃，还是和别人一起吃。”

“你要是爱吃火锅，我以后就经常陪你去吃。当然啦，我吃白味汤底。我听说你们四川人觉得吃白味是对火锅的侮辱，你可别嫌弃我哈。至少我陪你，以后就不用吃‘一个人的火锅’了。”陈广智挠着头，露出害羞的表情。

对我来说，这是陈广智对我说的第一句情话。

我夹起一片藕送进嘴里，在牙齿的咬合下，渗出一丝丝的甜味，配着香辣传到胃里，胸膛暖乎乎的。原来和喜欢的人一起吃饭，竟然可以这么开心。

“2009 年 5 月 19 日，我和陈广智一起吃的冒菜，比生命中任何一次都好吃。”我在那天的日记里这么写道。

4

陈广智在和我一起吃了约四百顿饭之后，成功被洗脑，俨然成为我攻克美食道路上的帮凶。

刚在一起的那一年，团购网站还是一个正在迅速崛起的新兴产业。那时候每天最开心的事，就是一口气把收藏的二十多家美食团购网全部开启，寝室网络不佳，我会归正了鼠标和键盘，坐直身板儿等待网页缓冲出来。然后挨家筛选，看图片和口碑。但凡有评论表示这家食物好吃，我一定会拉着陈广智去尝一尝。

父亲从小对陈广智的教育就是：凡事不要拖拉，时间要用在节点上。因此，陈广智总是对我赶公交车、穿梭在成都各大街小巷寻找美食的行为嗤之以鼻。

而我从小路痴，在生活了二十多年的城市也时常会迷路。凭借着这个借口，陈广智只能妥协。他负责找路，我负责找吃，这成了我们异于常人的默契。

我挖地三尺才找到的美食，经常需要排队。陈广智对此非常不理解："吃饭不就是填饱肚子的事儿吗？在我家那边，没人会把时间浪费在排队吃饭这件事儿上。能吃就进，不能吃就走。这些人，真是闲的。"

"吃饭是一种享受，排队是对美食的尊重，这是最有仪式感的事！"我据理力争。

"那你咋不戴上红领巾去吃饭？那样更有仪式感。"我时常被陈广智怼得哑口无言，但往往是他一边嫌弃我，一边陪我尝试那些"有仪式感的"美食。

那段时间我几乎尝遍了成都所有的"网红火锅"。我跟陈广智说我小时候经常问父母为啥不开火锅店，陈广智给了我一个答案："要是开了火锅店，还不被你天天吃给吃垮了。"

有次，他陪我排队时，拉着同在排队的人，在火锅店门口玩起了斗地主。我嘲笑他："你终究还是成了你曾经最讨厌的那类人。"他狡黠一笑，回敬道："别人是近朱者赤，和你一起，是近猪者猪。"

此话也不无道理，我从小就无辣不欢，火锅一定不能配油碟，那样会破坏火锅底料的厚重感，原汤加干辣椒面才是完美搭配。要是能再舀上一勺小米辣，鲜辣与麻辣双重刺激，更是会调动起全身的细胞。陈广智在我的带领下，可以驾驭任意一种四川特色的辣。曾经把他伤害得很深的"水煮肉片"，后来对于他来说只能算作辣味链上的最底端。

5

成都真正的美食，大多数是路边摊，隐藏在小巷中。

我时常逗陈广智："这些藏在卡卡角角(四川话，角落，音 kakaguoguo)的路边摊，你看美食攻略是完全找不到的，只有我这种本地人才能搜刮得出来。我忽然发现你真是居心叵测，你找我，就是为了让我带你去吃这些正宗的路边摊儿吧？"

陈广智不屑一顾："你以为我和你一样，就那点出息啊？别人找对象是看车看房看户口，到你这儿，就为一口吃的了。"

张奶奶的摊儿就是我们的老窝之一。这里最开始卖的是狼牙土豆，业务壮大之后，又加了凉面、冰粉、烧烤、冒菜等。

我和陈广智时常熟练地搬来小桌，放在墙角，窝坐在跟前。周围是闹哄哄的中学生，匆匆买了就走，他们有时会多看我们几眼。陈广智窝在一群穿着统一校服的半大孩子堆里，的确很突兀。

前几年，张奶奶在摆摊的时候出过一场车祸。一个疲劳驾驶的出租车司机将车轮碾上了路边的台阶，撞翻了摊位。正在削土豆皮的张奶奶来不及躲避，头部受伤，以至于现在的记忆力都很差。

虽然我们多次光顾过张奶奶的路边摊，但她每次见我还是会致歉，表示忘记了我的口味。陈广智则习惯性地在一旁提醒："张奶奶，帮我女朋友多放点小米辣，不要客气，直接给她拌成'超级变态辣'，土豆刚过心就捞，一定要脆。不要味精，谢谢。"

每次陈广智挺不好意思地说完这一长串的口味备注，张奶奶就笑盈盈地表示，下次一定记得。尽管如此，几年的时间里，这情景总是循环上演。

二〇一一年，陈广智大四的那个寒假，我跟他回了次徐州。那里有成都少见的大雪，盖住马路。牙膏冻得需要用热水烫一下才能挤出来。戴隐形眼镜也成为我每日的一项挑战。

陈广智的家乡饮食口味相对清淡，几乎没有辛辣。他们爱吃羊肉，几乎每顿都不落。而在成都，只有"冬至"那一天会喝羊肉汤，我因为吃不惯羊肉的膻味，每次都会避开。我用真空袋打包的卤兔头，也没人愿意和我分享——大家认为吃兔子是件很残忍的事。

陈广智怕我吃不惯，就提出带我去扫荡我最爱的路边摊。

陈广智高中门口也有一条小吃街，他熟络地和老板们打着招呼，并热情地向大家介绍“这是我的女朋友”。老板们听说我是个“川妹子”，主动提出要在“蛙鱼”里加辣椒。

“蛙鱼”是徐州的一种形同小鱼的面食，口感爽滑，自带酸甜口味。我尝了一口，并没有吃出期待的辣味。我在心里拼命对自己暗示：这是陈广智喜欢的家乡菜，我要喜欢，以后要适应的还有很多。

晚上，我一个人溜到小区门口，光顾了一家我白天瞥见的名为“四川麻辣烫”的店铺。老板娘是成都人，嫁给了一个徐州人，从此在这生活。她曾在成都开过一家冒菜馆，我吃第一口时，就尝到了自己熟悉的味道，顿时胃口大开。

只是吃着吃着，我忽然对自己很失望，停下了筷子。或许自己和“四川麻辣烫”一样，于这座城市而言，都是多余的。

我吃到一半，陈广智找到了我。老板娘听说我也是成都人，絮絮叨叨讲了很多：她来徐州后，什么都吃不惯，才想着把自己在成都的事业带到这边来，做个念想：“有这个铺子，我才没那么想家。”

那顿饭，我们都没有说话。

陈广智的父亲希望儿子能回家发展，子承父业，在这个理由背后，还藏着那句中年男人难以开口的：儿子，爸想你了。陈广智也褪去了四年前的那份浮躁，那颗四海为家的心，早已被认定为是一种不负责任。

他不愿把背井离乡的包袱丢给我，经过几个月的挣扎，在毕业之际，决定自己独自回家。

回家就回家吧，没事，就这样吧，能有什么事。我想。

6

虽然自认为没什么，但身体还是诚实地出现了状况。

自陈广智回家的那一刻，我仿佛失去了味觉，吃什么都觉得毫无滋味。在他回家后的第二十一天，我的两个闺蜜搞了场“寻味之旅”，想拖我离开这场失恋的暴风雨。

两个姑娘拉着我来到张奶奶的路边摊，张奶奶察觉到我的反常，把狼牙土豆端给我时，顺势坐在了我旁边的小凳子上，用身上的围兜擦了擦手：“丫头，你那个绝世好男朋友咋没来？”

我有些诧异，张奶奶竟然用了“绝世好男朋友”这样新潮的词，而更让我诧异的是，记不得我口味的她，竟然记得陈广智。

“我们分手啦，张奶奶，他回他自己的城市啦。”我故作轻松地回答。

“咋个分开了？他对你那么好。为啥子喃？”张奶奶是个急性子，和我家院坝里的老奶奶们一样，热情、单纯又八卦。她从围兜里抓出一大把零钱，递给她女儿，准备专心听我讲述。

被一个不算熟悉的长辈问到感情问题，我有些不知道该如何接话。

张奶奶握住我的手说道：

“他真是个绝世好男朋友，每次来给你打包狼牙土豆时，我小女儿都会这样念叨一遍。

“张奶奶我老了，手脚也不麻利，我都让小女儿帮我提前炸好三大锅的土豆，再拌好三种口味。这样来一人，舀一碗，够卖大半天嘞。每次你男朋友来，都喊我单独给你炸一小碗，说那样才是脆土豆，才能拌出你喜欢的口味。

“有时候赶上学生放学的点儿，我们啊，根本莫得空单独弄，他有时还亲自切葱，个人捣蒜，等我们忙过这阵，再喊我单独给你拌。有时候，我看他那么大高个子，站在墙角切土豆，我都不忍心。他还傻笑，说女朋友好养活，吃个土豆就笑眯了。

“我家开了有十年了，啥子顾客都见得多咯。很多小年轻谈朋友，女娃娃喜欢吃我们这种摊摊儿，男娃娃却看不上。有的还躲多远，觉得掉价。也是，哪个小男娃娃不在乎点儿面子嘛？”

我无法接话。

我低着头，用竹签插了好几坨狼牙土豆，一口气吞下。土豆炸软了，在嘴里混成一大团糊糊，吞不下去，吐不出来，卡在喉咙里，眼泪噎了出来。

7

两年的接触，我怎么会不知道陈广智是个多么温暖的人呢。

大三的时候，陈广智吃了一个月的方便面，存钱给我买了一条裙子，699元，是我一个月的生活费。我舍不得，大发雷霆，让他立马去退。他没料到我如此反应，只得依着我。

陈广智站在销售阿姨面前，表示要退货。店员瞬间提高音量，来回摆手，表示“衣服售出概不退货”，僵持不下，最后把陈广智晾在了那里。他提着袋子，站在女装店铺里，低着头，像个做错事的小学生。最终，店员嫌弃他妨碍生意，同意退货。

陈广智捏着那699元，远远地向我招手，笑着跑到跟前。我的歉意还未表达，他先向我道歉：自己不该拿着父母给的生活费送我礼物，他要做的是毕业后努力工作，靠自己的双手，让我过上更好的生活。

“他不是说毕业后要努力工作，让我过得更好吗？他现在又跑到哪里去了……”

张奶奶没有回答我。或许她答了，我没有听见。我的眼泪唰唰地流，四周死一般寂静。

陈广智回家后，并没有忙着找工作，而是天天窝在家里打游戏、睡觉、和老同学去篮球场打球。打完篮球，老同学们常常会约着在一起去吃宵夜，可他一次都没有去过。

他不仅戒了宵夜，连一日三餐也是能省则省。

一个月的时间，陈广智瘦了十五斤。所以当他顶着一脸胡渣子，再次跨入“四川麻辣烫”时，老板娘竟没有认出他。

他打包了一份麻辣烫，还让老板娘用小口袋额外装了好几勺辣椒面，“怎么吃都不好吃，越看那个辣椒面，就越像红砖末儿，倒胃口。”

那段时间，陈广智学会了喝酒，仿佛自己的失眠可以借助酒精得以缓解。但喝了酒，还是睡不着。一次，陈广智半夜起床，切了一块固体火锅底料，丢在锅里，和方便面一起煮。火锅底料是前几天在网上买的，是成都一家随处可见的火锅连锁店生产的袋装底料。

拌着浓厚的辣味，他连吃了几口。不知道是吃得太急，还是饿太久了，胃里一阵翻滚，冲进厕所吐了起来。

陈广智按下马桶上的按钮，“哗——”，他忽然觉得一身轻松，好像有一盆水，“哗”的一声把他从头淋到脚。

他突然想明白了，做了一个决定。

8

二〇一一年八月底，陈广智又回到了我的城市，像是过了一个普通的暑假，回成都来报道了。

他对我说的第一句话是：“我回家后竟然吃不惯家乡菜了，两个月没吃辣椒，憋得脸上冒起了痘痘。我每天都在想成都的美食。”没等我开口，又说了句，“更想你。”

“回家后，我什么都吃不下去。每天都在担心，担心你想吃东西了，没有人给你买，怕你饿着，怕没有人照顾你……现在看你也没饿瘦，我还挺失望的，我是不是想多了？"陈广智认真地问我。

我"噗哧"一下笑出声，笑着笑着，又噘着嘴开始流眼泪。我没有回答他，只想让他好好抱抱我。我个子不高，脸正好贴在他的胸膛上，听着心脏在我耳边怦怦跳动。

从那时起，我恢复了味觉。

陈广智兑现了他的承诺，在成都找了一份工作，工作之余我们继续尝试各路美食，成都遍地都有我们的脚印。毕业多年后，我们仍时常回到大学，只为回味那些年被我们宠幸的路边摊。

泡椒鱼米线的老板，还是会特意为我挑一个鱼泡；有家冒菜馆，明明有着自己的招牌，由于门口挂着一副对联——"山不在高有仙则名，店不在小有辣则灵"，被我们俩"山不在高"地叫了好几年；还有最爱的一家火锅店，春去秋来，我们习惯性地坐在靠窗的位置，翘首等待原汤在铁锅里冒出的第一个泡儿。第一筷子永远是夹千层肚，倒计时 15 秒起锅，陈广智烫的那份会第一时间夹到我的碗里。

后来，我们还把路边摊文化延伸到了其他地方，我们一同去了泰国，窝在大排档前，老板比划着为我们推荐了一个泰式汤锅。当高耸的铜锅端上桌，正好挡住了我面前的陈广智，我和陈广智同时搬着小凳子挪向了同一个方位，肩并着肩，挤在一起开吃。

对面街上人来人往，被太阳烤得发烫的地面腾起热浪，扑进眼睛里，暖暖的。

9

后来，我和陈广智再也无法尽情流连于路边摊了——我们的小小陈出生了。

小朋友是个十足的捣蛋大王，初为父母的我们，手忙脚乱，很难安分地吃完一顿饭。每次宝宝在饭桌前抗议，陈广智就会假装严肃地说："你别闹妈妈，有种冲我来啊，小子！"

宝宝咿呀学语，最先清晰蹦出的两个字，除了"妈妈""爸爸"，还有一句"好吃"——他算是彻底继承了我的好吃嘴。

如今，陈广智时常需要出差，我举着手机和他视频，叫儿子过来看爸爸。小家伙傲娇得很，任陈广智怎么喊他，他都自顾自地玩着手边的玩具。只有一个办法能瞬间抓住他的注意力，我说："小子，快来看爸爸正在吃什么呢。"

陈广智会配合着咂嘴："嗯，好吃！真好吃！"

宝宝立马奔了过来，伸个脑袋在手机面前，"爸爸，你在吃啥好吃的呀？你快回来吧，我想你了，我好乖，爸爸给我买好吃的回来吧。"

等小小陈长大些后，陈广智会领着儿子，和我一起光顾张奶奶家的路边摊。张奶奶的曾孙子很喜欢和小小陈一同玩耍，有时候，张奶奶还会送一碗新鲜出炉的白味狼牙土豆给儿子解馋。

上个月，在吃狼牙土豆的时候，儿子搂着我的脖子，问陈广智："爸爸，我和老妈都是好吃嘴，你爱我们吗？"

"当然，我好爱你们。"

春天该很好，你若还在场

·**姚铅墟** / 一个很老的年轻人

腊肉烧白这道菜，每年会在我家出现两次，小叔自己做，自己吃。家里别的人基本不会对这道菜动筷子：腊肉味盖过了芽菜的香甜味儿，芽菜味又盖过了腊肉的烟熏味儿，吃起来不伦不类。

从二〇〇八年到现在，小叔一共做了十八次腊肉烧白：每年五月十二号那天做一次，除夕那天做一次。每次做完，小叔在饭桌上就守着那一盘菜吃。

家里人从不劝阻，因为我们都知道，小叔这样做，是为了纪念一个孩子。

1

二〇〇四年，小叔从师范学校毕业后，被分配到北川关内旋坪乡教书。那个地方不大，一个年级只有三四十个学生，小叔在学校里既当数学老师，也当班主任。那时学校里的老年教师居多，学校又要求老师多做家访，所以像小叔这样的年轻老师去家访时，很受学生的欢迎。

乡下人热情，老师来了家里，家长说什么都会让老师留在家里吃饭，口头上留不住，人就会堵住门口，非得让老师吃了饭再走。几次下来，家长们再留小叔吃饭时，他也就不推脱了。

每次学生们知道小叔要去家访，都会提前找到小叔问他喜欢吃什么菜，说回家好让妈妈给他做。小叔一般都会回答："你喜欢吃什么，我就喜欢吃什么。"可有些孩子机灵，知道这是老师在哄他，非要问出个所以然来。小叔实在拗不过，就会说："那我喜欢吃烧白，你妈妈会不会做呀？"——小叔是真的爱吃这道菜，每次下馆子，烧白都是他必点的。

孩子听见这样的回答，想也不想，放学后飞奔回家，会特别认真地告诉爸妈："我们李老师喜欢吃烧白，等他来的时候我们要做一份给他吃。"家长们知道了也绝不含糊，等小叔来家访时，摆在桌子正中间的，绝对是一大盆香喷喷的烧白。

于是在旋坪乡的那三年多，小叔吃了不少家长做的烧白。

那时小叔班里有一个女生叫欣欣，跟我同岁，性格腼腆。知道小叔会去家访，却一直没敢去当面问小叔喜欢吃什么，拖到了家访的那天上午，小姑娘鼓起勇气，跑到班里其他同学的家里问了下，再一路跑回家，告诉妈妈："今天中午做烧白给李老师吃！"

可欣欣家里当时没有适合做烧白的五花肉，再去市场上买已经来不及了，妈妈就跟欣欣商量说："家里没肉了，给老师吃其他的菜好不好呀？"

欣欣听了，自然死活不愿意，哭着闹着非要妈妈做烧白。她妈妈没办法，看到墙上挂着的腊肉，就干脆用它做了一份烧白出来。等到中午小叔来到家里后，欣欣妈妈笑着解释说："孩子非要烧白，家里又没肉了，只好用腊肉做，李老师你不要嫌弃，我们这个腊肉很好吃，你尝一下。"

小叔后来没跟我形容过那菜到底是什么味儿，他只是说，那天中午，他吃完了那一整盆腊肉烧白。那个味道让小叔久久回味，有次还特意去欣欣家里，请教她妈妈怎么做那道菜。当欣欣妈妈知道小叔是为学这道菜专程登门拜访的时候，爽快地说："哎哟，李老师你客气啥，想吃就让欣欣告诉我一声，我做好了用保温桶装上，让她回学校的时候带给你。一顿饭而已，没啥不好意思的，难得你跑这么远！"

小叔说："那不行，哪能麻烦娃娃跑一趟，我多跑几趟，学会了，我自己在屋里也能弄。”

“做法其实不难，腊肉和芽菜都是我们自己腌的，所以味道肯定要比在街上卖的好吃。我把你教会了，你等下顺便带点腊肉和芽菜回去，煮起也要好吃些。”

“那我以后就要多往你这跑几趟了。”

“要得，我们家本来就是卖腊肉的，你也可以多带点，回县城给你们屋里人吃，我们山上的腊肉，肯定比山下的腊肉要好吃得多。”

小叔满口答应了下来。后来欣欣爸爸去山下卖腊肉时，会特地把小叔买的腊肉和芽菜送到我们家里来，我家便也会如法炮制，吃上了腊肉烧白，可我后来回想，并没觉得那道菜有小叔说得那么好吃。

2

如果不出意外，小叔会在旋坪乡待满六年，教完一届学生，再回到县城里教书。

可地震来了。

二〇〇八年五月十二号那天下午，孩子们正从家里返回学校。学校两点半上课，两点二十分的时候，差不多所有的学生都到了教室，唯独欣欣的座位还空着。

眼看着要上课了，小叔正准备给欣欣父母打一个电话问问她怎么还没来，这时突然教室开始剧烈地晃动，随后就听见孩子们的尖叫声和桌椅板凳倒地的声音。小叔立刻反应过来是地震，他朝学生大吼一声：“快跑！快出教室！”然后跑到门边，用后背抵住正在晃动的门，把挤在门口出不去的孩子一个一个推了出去。等教室里学生都跑出去了，他也跟着跑到了学校的操场上。

小叔站在操场朝教学楼方向看了眼，房子还在不停地抖，不断有砖头石块砸下来。整个镇子周围的山体也在不断塌方、滑坡，腾起一阵一阵巨大的尘土。

他把自己班的学生集中到远离教学楼的地方，叫孩子们在原地待着不准乱跑，说完又往教学楼跑了回去，几位男老师集结在一起，爬上废墟去救被埋的人。

几位男老师趴在废墟上冲半倒塌的教室里面不停地喊：“下面有学生没得？有老师没得？”只要听见下面有声响，他们就一起往外刨砖石水泥块，刚救出来几个被埋得比较浅的学生没多久，又一阵强烈的余震袭来，那些原本就摇摇欲坠的水泥预制板和墙壁，彻底垮塌下来。

二次垮塌之后，小叔他们几个老师就再也听不见废墟里的声音。这时开始有大量的家长冲到学校里来找自己的孩子。没找着自己孩子的家长疯了似的朝废墟上面跑，哭着喊着叫自己孩子的名字；找到了自己孩子的家长先是松了口气，紧接着也帮着其他家长找孩子。五六个男人自觉合力掀开一块块大的水泥预制板，再趴在碎石上面冲下面喊：“有没有人？”

五月初山上气温还很低，地震前很多人家里还烤着炭火。地震这天晚上，气温更是骤降，家里住不了人，自发聚集在操场上的人越来越多，很多家长都把家里的铺盖全部搬到操场上来过夜。

那时还没有救援部队来，村子先是自救。

女人们帮着挨个登记失踪孩子的名字，把带来的铺盖披在孩子身上，只要看见落单的小孩，不管认不认识，就让他躲进被子里来。

男人们把村里还能开动的几辆大卡车驶进学校，打开所有的车灯，照亮废墟，然后就借着这灯光，趴在废墟上一遍一遍地朝废墟下面喊，听见有人答应了就赶紧刨砖石救人，很多人那晚都是一个通宵没有休息。

小叔也在废墟上刨了一宿，刨到早上，十个手指头已被磨得血肉模糊。

到了第二天上午，村民发现地震把村子大部分居民家里的水井给破坏了，从井里打不上来水，就算用绳子吊着桶打水，打上来的水也浑浊不堪，根本不能喝。如果想喝水，就得从山上挑水下来。地震过后，原来的路被掩埋了，新开的路又不好走，等装满两桶水挑下山，也洒得只剩下一桶水的分量。

这样下去根本不是办法，村里就决定，先派几个年轻力壮并且熟悉路的男人走回北川县城，去搬救兵。

小叔当时没在乡领导派出的人选之中，因为一来他不熟悉路，二来领导觉得一个老师肯定没有一个常年下地干活的人走得快。但小叔坚持要跟他们一起走——他得回县城看看家里人还好不好。

滑下来的山体把原来通往县城的路都给掩埋了，小叔一行人只能翻山回县城。北川关内的山高且险峻，一边是山体，一边就是悬崖，再加上下雨路滑，稍不注意，就可能掉下去。

平时从旋坪乡开车到北川县城，尚且都要四个多个小时。那次小叔他们翻山回去，整整走了两天一夜。到了县城，小叔脚肿得几乎走不了路。小叔看到家里的房子已经裂开一条大缝，就直奔我爸上班的县医院。等得知奶奶和我已经被转移到绵阳后，就让我爸找到县领导，跟他们说旋坪乡急需生活物资，特别是需要饮用水，还给当时来救援的部队官兵讲了道路的塌方情况，帮忙绘制了灾情地图。

跟领导汇报完这些情况，小叔跟着我爸一直待在县城里救人，等大量的解放军和医护人员接管北川县城之后，才坐车去了绵阳。

3

在绵阳九洲体育馆，小叔找到了一个从旋坪上面转移下来的人，打听小学死了多少人。

那人说："现在还不清楚，但死的人肯定很多，好多人还没找到娃娃，又没有水吃，造孽得很。"

"那路通了没有？"

"没通，车子进不去，我们都是跟到了的解放军一起走出来的。"

"全都出来了吗？"

"没有，有些没找到自己娃娃的人还在学校里面找。"那人叹了口气，"唉，都这么多天了，找到了肯定也没得办法了。”

小叔一听，回想起除了欣欣那天没在教室以外，自己班的学生是全部都跑出来的，就问那人：“那你知不知道街上卖腊肉、姓陈的那家女儿跑出来没有？”

那人一听：“姓陈的那家人就是没找到女子，怪得很，那女子班上的娃娃都跑出来了，就只有她一个人，哪门找都找不到，她班主任又不在，那两口子急得很，天天就坐到学校操场哭，又没得啥子办法。”

小叔听了，心里一阵惊，当即就决定要赶回旋坪去。他跟我爸说：“我要去趟旋坪，你在这儿把妈他们看好，我过一阵下来找你。”

我爸说：“你去旋坪做啥，山那么高，路又不通，万一来个余震，把你震下来咋个办？”

“我班上有个学生不见了，一个班就她一个人找不到，她爸妈急得很，我要回去看看。”

我爸想了一下：“那我跟你一起去，也好有个照应。”

他们简单收拾了一下，就在九洲体育馆门口坐上了到北川县城的车，又跟着解放军一起翻山。这次路要好走些，只走了一天半，他们就到了旋坪。

一进小学，小叔就看到欣欣的父母颓然地坐在废墟边上，他连忙走过去，问欣欣有什么消息。夫妻俩一看到小叔，立马冲过来，欣欣爸爸揪着小叔的衣领说：“我女子呢？为啥就她一个人不见了？”小叔连忙说：“那天中午你们女子没来学校，我刚想跟你们打电话问她是不是出啥子事了，就地震了，我也不清楚她在哪。”

小叔话音刚落，就结结实实地挨了欣欣爸爸一拳：“我女子那天中午都走到学校门口了，还专门跑回家来给你拿腊肉，你狗日的说你没看到，你有没得良心？”说着作势又要往小叔身上打，我爸连忙走过去，拉住欣欣爸爸的手：“好生说话，先不要打人。”

欣欣爸爸见自己的手被人拉住，立马又举起用另一只手，一拳抡在我爸脑袋上，连续地打了好几拳。旁边的人看见了，赶紧冲过来抱住他往后拉：“你先说清楚你女子为啥又半路回来嘛。”欣欣爸爸这时气得话都说不出来，冲着他老婆吼："你给他们说！"

欣欣妈妈抹了把眼泪，对小叔说："我女子那天中午看到我从墙上取下来块腊肉，听到我说这是要拿给你的，就说她下午上学的时候把腊肉带给你。我想了一下，就那么一块腊肉，又不重，她也拎得起，我就说'要得'，喊她顺便带给你，你也好难得跑过来拿……

"然后我就把腊肉放到桌子上，喊她睡完午觉起来记得拿，结果她睡完午觉起来就直接走了，腊肉也没拿，我觉得没拿就算了嘛。哪晓得过了一阵她又跑回来，说走到学校门口才想起没拿腊肉……

"我当时还骂她，说：'没拿就没拿嘛，你还跑回来干啥，你等下上学万一迟到了怎么办？'她都没听我说完，抱上腊肉就又跑了。"

说到这欣欣妈妈停顿了一下，接着又哽咽地说："我哪晓得她根本还没走拢学校就地震了，从屋子到学校这一路，我都找了几转了，都没找到我女子。"

说完，欣欣妈妈紧接着又是一阵哭。欣欣爸爸在这哭声里也没忍住，止不住地掉眼泪。

小叔愣在原地，过了半晌，几乎吼着说出来："我不是说了我自己去拿腊肉的吗！"说完没等欣欣爸妈反应，就跑了出去，我爸见状也赶紧跟着跑了出去。他俩沿着欣欣家到学校的那条路一直找，要不是我爸几次拦着，小叔差点跳下山崖去找。

我爸见这样子也不是个办法，就去找当时援助旋坪乡的解放军，让他们帮忙找找孩子。一个负责救援的队长听说要下到悬崖边去找一个孩子的尸体，有点生气："活人还没都救出来呢，怎么能先找死人呢？"

我爸想想也对："那这样行不行？你们把工具借给我们，我们自己去找。这孩子是因为我弟弟死的，我们帮忙把人孩子找回来，也算是尽点义务。"

队长听完我爸简明扼要讲完前因后果，叹了口气："这样，我只能给你们派两个人，我们还需要用大批的人手去抢救正被埋在废墟下面的人。"

后面的几天，我爸、小叔还有那两个解放军，轮流用绳子拴着下到悬崖边去找欣欣。在第三天的下午，满脸是血的欣欣终于被一个解放军抱上来。

欣欣爸妈看见自己女儿成了那个样子，木然地坐在旁边，连哭的力气都没了。我小叔站在一旁，哭得站不稳，得由我爸使劲搀着才能勉强站住。

几天后，欣欣就下了葬，下葬那天，欣欣爸妈不准我小叔去。小叔就只能离得老远站在一座小山头上，远远地看着欣欣的葬礼。

4

后来，我小叔在旋坪又待了两个多月，每天都去欣欣家门前站着。

开始欣欣爸爸一看见我小叔就要揪着他打，时间长了，也就任由小叔那么站着，不再管他。

那两个月里，我爸前后来了旋坪五次，给欣欣爸妈家里送了些东西，也顺便给小叔带几件衣裳，欣欣爸妈每次都把我爸送的东西扔出来。

有天，我爸陪着小叔进了他家的门。一进门，小叔就冲着他们两口子跪下："我知道我对不起你们家，对不起你们女儿，我不奢求你们能原谅我，我希望你们能接受我的道歉，我以后每个月都会来看你们，我给你们养老。"

说完，小叔朝他们磕了个头。

我爸也在旁边说："我们也没想到事情会变成这样，希望你们接受我们的道歉和帮助。"

欣欣爸妈听完小叔的话，没立即表态。不过又过了段时间后，他们也没再扔出过小叔送的东西，只是仍然不跟小叔说话。

在新的北川县城修好之前，小叔一直留在旋坪乡陪着欣欣爸妈。也就是从二〇〇八年开始，小叔再也不吃外面的烧白，只吃欣欣妈妈做的烧白和自己一年当中做的那两次烧白。小叔做烧白的时候，不再讲究用什么样的腊肉和芽菜，每次都是做一大碗出来，自己慢慢吃完。

后来听我爸说，欣欣爸妈对小叔的态度缓和了些，准他进家门，有时候也会让他上桌一起吃饭。

地震过后三年，欣欣爸妈重新生了一个儿子，小叔跟我们说起这事时，笑得比谁都高兴。夫妻俩给儿子取了名字叫陈祝安："祝安，就是祝福他这一生能够平平安安长大。"

北川重建之后，小叔回到新县城上班，每个月按时给欣欣爸妈打钱，也会抽出时间回到旋坪看看他们。

夫妻俩对小叔的态度慢慢好转起来，后来小叔结婚，他们还托人从旋坪送下来几块腊肉和几斤芽菜。婚后，小叔生了个女儿，他把女儿抱去给欣欣爸妈看，说："以后，你们就是她的干爹干妈，我会让她记着欣欣。"

去年，我考上大学，在家里办完酒的第二天，小叔叫我陪他去一趟旋坪。去的路上，小叔车里一直重复放着张国荣唱的《春夏秋冬》，一路我都在玩手机，没太在意。

到了陈家，欣欣爸妈看见小叔来了，便迎了出来，那天中午，欣欣妈妈又做了腊肉烧白。

腊肉切得很薄，用筷子夹起，美如水晶肴肉。山里自己熏的腊肉好过城里卖的赔钱货，光用鼻子闻，就能闻到一股浓郁的腌熏香味儿。这股味儿再配上芽菜地道的甜味儿，就着白米饭，能吃两大碗。

小叔指着我说："这是我哥的女儿，和欣欣一样大，她今年刚考上大学，欣欣要是在，也会是她这个样子。我越想越觉得对不起你们两个，真的对不起。"

欣欣爸爸看了我一会儿，瘦得像刀刻的一张脸转向小叔说："都这么多年过去了，再伤心难过也是没办法的事，把现在的娃娃照顾好就对了。"

说着他把安安叫到跟前来，指着我对他说："你姐姐要是活着，也像这个姐姐这么大了，你知不知道你有个姐姐？爸爸跟你说过很多次，你要记住你的姐姐。"

吃完饭，我陪着安安在院子里玩，他靠在我身上，奶声奶气"姐姐、姐姐"地叫，他爸妈见了，只顾冲着我俩笑。

回去的路上，车上还是单曲循环着《春夏秋冬》，我问小叔为什么老放这一首歌，他说："歌词好，我一听这歌词就能想起欣欣，我不能忘了她。"

我去网上搜了歌词，歌里唱，"春天该很好，你若尚在场。"

我的童年，是美食和赌债

· **墨寻** / 时光荏苒，初心不改我的家乡地处浙江沿海地区，青石雨巷，山水氤氲，我出生于一九九〇年，算是个地地道道的南方小镇姑娘。

在我物质匮乏的儿童年代，支撑家里经济来源和我温暖记忆的，是母亲每天烹饪美食的双手。

可同样是这双手，也曾埋下一个让我耻于与外人说的秘密。

1

我的父亲是一名老实巴交的纺织厂工人，身材矮小，相貌平平，他一生唯一令人称羡的，大概就是娶了我的母亲。

如果不是生于那个父母之命、媒妁之言大过天的年代，父亲恐怕是万万不可能有机会能娶得我母亲这样的佳人的。在外人眼里，这桩姻缘真可以算是我父亲修得了八辈子的福分。

母亲是方圆几十里出名的美人，“骨重神寒天庙器，一双瞳人剪秋水”。这般美好韵致，大概是对我母亲年轻时相貌的最好诠释。年轻时的她肤如凝脂，唇若涂丹，一头飘逸的秀发松松挽在脑后，柳眉细腰大长腿，平时还爱戴一对圆圆的金耳环，随着走动摇摇曳曳，更衬得她眉目如画。即使如今她已年近六十，眼角眉梢早已悄然爬上了细纹，那牛奶一样细腻白滑的肌肤依然令我自愧不如。

母亲在怀孕时便没吃过饱饭，在我呱呱坠地的那一刻，奶奶知道只得了个孙女，冷哼一声转身便走了。我尚在襁褓中的时候，家里穷得连个像样的灶台也没有，父亲只得在后门的泥地上用土塑了一个简易的烧火台，给我做米糊吃。

父亲去工厂上班，母亲就一个人在家养猪养鸡养鸭，日日悉心照料，渴盼着小猪仔一天天长膘，或者多攒几个鸡蛋，好换够钱给我买一罐奶粉。

可过年时，奶奶不由分说就将母亲养的猪给宰掉，然后给另外两房的叔叔伯伯送去了，最后分到母亲手上的，只有一小刀带皮的肥肉。

2

母亲外表看起来柔弱清丽，为人处世却很是泼辣，大概是觉得父亲家这边指望不上，母亲开始在学校和街道上摆摊卖小食，给我赚伙食费。

咸菜、豆干、豆芽再加一点肉丝儿和成馅儿，包进面团里，再用手掌压成扁扁的一个圆饼，投到沸腾的油锅内，转眼便炸制成了金黄酥脆的馅饼。炸完一大摞后，再将馅饼用棉被裹好，放入白色泡沫箱子内，可以保温很久。两毛钱一个，吃一个就能顶饱。

还有如今早已在街头销声匿迹、极具本土传统特色的面饺，是母亲自小就从外婆那学来的手艺：面粉加水搅拌成稠稠的面糊，加少许味精和盐调味，铁质圆盘加热至烫手，在上面刷一层薄油，舀起一勺面糊沿顺时针方向摊成薄薄的一层面皮，再将事先炒好的绿豆芽放在面皮一侧，对折后将边缘压紧，一个热乎乎的面饺便出炉了。

刚出锅的面饺，皮儿还带着点点焦黄，像素白的纸绢上染开的点点金黄色花瓣，用塑料袋套着，捧在手心，呼哧呼哧吹几口气，几口便进了肚子。

除了这些小面食，母亲还在学校附近摆过烧烤摊。每天从菜场买来新鲜的牛肉，用铁丝串成串儿，炭火烤得油脂滋滋滴落，鲜红的肉块紧缩变色，香气扑鼻，也是两毛一串。

靠着这些摊子上的小吃和串串，母亲为我赚够了奶粉钱，将面黄肌瘦的我养成了黑黑壮壮的胖宝宝。

等到我能蹒跚学步、咿呀学语的时候，母亲终于租下了一间临街的两层小店面，结束了日晒雨淋出摊的日子。我们一家三口搬离了破旧的老房子，住在店铺的二楼。

母亲将这爿小店变成了一个面馆，在我们家乡这边，面馆被叫做“点心店”——这大概是因为我们南方人都把面条、粉干、馄饨作为正餐之间“打牙祭”的缘故吧。

母亲做面条的动作利落干净，快得让人来不及眨眼。铁锅里的水一沸腾，投入晾好的面条，任其在水沫中翻滚沉浮。母亲趁着这一小段空隙，取空碗，放入味精、盐、酱油、老酒，用滚烫的热水冲开，就是汤底；再烫一把青菜，用筷子和笊篱捞起面条，沥干水放入汤中，撒虾皮葱花，最后再浇一勺猪肉炒制而成的肉臊子。满满当当的一大碗面条，只要八毛钱。

母亲几乎是以一己之力撑起了小小的点心店，灶上的炉火几乎没有停歇的时候。每天来吃面的人踏破了门槛，甚至有搬迁到县城或更远地方的人，还会专程赶来我家小店，只为了吃一碗母亲做的姜酒索面。即使到了深夜，还总会有零星的顾客紧裹着外衣，神情疲惫地来店里吃完一碗面，再一身暖意地回去。

烟雾缭绕里，母亲挥舞着锅铲，在铁锅里炒制生姜。老酒倒下的瞬间，浓郁的香气伴随着嗞嗞声，响彻整间小店。

煤炉上的小锅里咕嘟咕嘟炖着切成小条的肥肠，软软糯糯，入口微辣，舀一勺放在刚从锅中捞出的粉条里，好吃得让人快要将舌头给一同吞下去。薄如蝉翼的小馄饨，在滚水里几秒就能熟透，放入紫菜虾皮，炒瘦肉熬成的肉汤，那鲜美的滋味儿能从舌尖钻到心尖上去。

母亲的脸被锅中升腾的热气蒸得通红，光滑的面颊白里透粉，额头渗出了细密的汗珠。

3

父亲是街道上都出了名的好男人，宠爱妻子，任劳任怨，每天去工厂上班的同时，还会抽出一切时间，帮母亲打理店内的生意。虽然在岁月和社会的磨砺下，母亲的性格变得愈发泼辣暴躁，对待他的态度霸道而强势，但这些，都在他日复一日细润无声的包容下显得不足为道了。

妇唱夫随，和和美美，我家的日子一天天地好起来。很快，一个天大的馅饼又重重地砸到我家的头上：父亲的工厂早年向职工集资出售股权，没想到竟然真有了回馈，父亲一下领到了十几万人民币——这在当时，就是足以令人瞠目结舌的巨款。

小小的我那时尚不明白这些钱所代表的意义，只记得那段时间父母反复叮嘱我不可以向任何人泄露这个消息。可世上没有不透风的墙，更何况这件事已经算整个小镇的爆炸性新闻了。在这之后不久，这笔钱便被我母亲娘家的亲戚借走了大半，时隔二十多年，一分未还。

在 F4 的《流星花园》席卷全国的时候，我已经能躺在躺椅上，跷着二郎腿看着家里的大彩电，享受着影碟机、组合音响和卡拉 OK 了，时下最流行的 CD 摆满了一桌。家里的冰箱堆满我喜爱的冰激凌雪糕，平时我随手就能拿到五元、十元的零花钱，邀请小伙伴往校门口的小卖部跑。有次我将一双母亲去县城逛街给我买的鞋子穿到学校里，在同学的大呼小叫中才知道，脚上这双鞋要四五百一双。

小学三年级时，母亲带我去了小镇上唯一一家教授钢琴的辅导班。那天，母亲穿了一件黑底印花的毛衣，长发柔柔地挽了一个松散的发髻，几缕发丝温婉地散落在两颊，母亲还专门擦了一点淡淡的粉底，涂上砖红色的口红。她端坐在走廊的一张椅子上，双手放在膝盖上，交叠着双腿坐着，与钢琴老师轻声慢语地讨论，润红的唇角上带着温柔的笑意。

母亲小学只上到二年级便因贫辍学，是一个再普通不过的农村女性。但那天的她，却有一种说不出的知性娴静，与平时系着围裙、喜欢大声叫吼批评我的她完全不同。

这一幕，也成为后来我为数不多的对母亲的温馨的记忆之一。当时的我，沉浸在作为全镇少数能够学习钢琴的孩子的优越感中，做梦也不会想到，在不久的将来，我的家庭乃至全家人的人生，都会发生难以想象的改变。

在我小学毕业前，母亲在大姨的怂恿下，踏入了赌场。一晚，店里生意冷清后，她拉着我走过店铺后门的一条狭长黑暗的小路，路灯微弱的白光隐隐照在她的脸上。她一边快步走着，一边雀跃兴奋地和我说：她今天在一个地方赚到了一笔钱，可以给我买好吃的。她还说，以后还要再去赚，一定还会有更多。

当时的我也被母亲的喜悦所感染，心里瞬间划过了一个念头——“要是能经常这样赚到钱就好啦！”

4

当一碗点心从八毛钱涨价到两块五时，母亲做出了一个重大的决定：将点心店转型成在当时看来最赚钱、最吃香的快餐店。

煮面的铁锅被收起，几块宽宽的木板，上面摆上十几个脸盆大小的不锈钢面盆，里面装着母亲每日新鲜炒出来的各种菜肴，供顾客选择。

二○○二年，点心店改成快餐店后不久，我小学毕业，升上了镇上的初中。那年暑假，店铺的房东中止了租用合约。关闭店门的那一天，已经从工厂辞职的父亲推着装满生活用品的板车走在前头，我在后面背着书包，手里拎着一只大大的蛇皮袋，里面是我的书和小玩具。母亲则一人在寂静的店内整理她的瓶瓶罐罐和厨具。

我们一家人又搬回了那间有近八十年房龄的老宅。从店里搬来的桌椅盘碗将原本就狭小的老屋挤得满满当当。

在我初一开学后不久，父母找到了一个新的店面，在公路边上，看起来比原来的店面气派了一些，门口是乡镇巴士公交站，平日里尘土飞扬。

之前小店面的人气旺，靠的是长久以来的口碑，搬到新店面后，父亲特意去做了一个简单的招牌，上面写着：平价快餐店，价廉味美。

初中正是长身体的阶段，母亲忙碌之余，常给我做猪蹄冻。猪肉周围全裹上了晶莹剔透的肉冻，胶质的鲜美被牢牢锁住，再配上热乎乎的白米饭，吃一口，就像冰与火的碰撞，说不出的过瘾。

可猪蹄冻的美味，却抵消不了我的另一段记忆：

初一开学后，很快要进行英语测试，我便将每个单元的单词都抄记在一个巴掌大的小本子上背诵。

临近下午，菜市场狭窄的过道两旁，零零散散地有几个散户摆着摊子，上面的干货、蔬菜都用布掩着，没有什么人影。母亲又带着我，熟门熟路地穿过这里，来到了一处混合着泥沙石子的空地上。

与冷清的菜市场形成鲜明对比的，是这里的喧哗闹腾。二十多个人围着一张破桌子，里三层外三层地站立着，最外边的一圈甚至有不少人拿来了长凳，直接踮脚站在了凳子上。

他们中有叼着香烟的中年男人，有穿着碎花裙的中年女人，有染了黄毛穿了耳洞的青年人，全都使劲往前倾着身子，似乎桌子上有磁铁一样的东西，在吸引着他们拼命靠近。他们挥舞着双手，尖锐嘈杂的吆喝声夹杂着刺耳的土话，不断地咒骂着，每个人脸上都带着一种说不出的癫狂和兴奋，近乎狰狞。

“你在这里等下，妈妈去一会儿就过来。”母亲拍了拍我的肩膀，转身就挤进了那个圆圈内，被层层叠叠的衣角所淹没。

我翻来覆去把考试范围内的各单元单词都背了个遍，说好只是“去一会儿”的母亲，还没有从人群里出来。

回家的路上，另一个从人堆里挤出来的阿姨跟我们结伴而行，我听着母亲和她说着“牌九”“坐庄”等等奇怪的名词，越发感觉到母亲说这些话的时候脸上的表情是那么奇异、陌生和狂热。

这跟那个做猪蹄冻时认真的母亲，判若两人。

5

新店开张后，父母时常忙得不可开交，但营业额却始终上不去。

中午一过了饭点，或者等到下午服装交易市场一关，人流散去，整条公路便陷入了沉寂，只有我家的店面依然亮着灯光。有时候父母等到深夜十点，也等不到几个顾客上门，我晚自习下课回来，架子上托盘里的各色菜都还满满当当，半点都没有卖出去。

为了招徕客人，父母在店门口搭起了灶台，早上煮砂锅一直到九点，下午煮面条外送，其余时间还要照常准备好中午和晚上的饭菜。一天二十四小时被他俩利用到了极致，也透支了他们的全部精力。

五元钱一碗的早餐砂锅里足足包含十余种丰富的食材：豆腐泡，豆干，花蛤，蘑菇，大虾，虾蛄，牛肉，猪肝，腊肠，蔬菜，鹌鹑蛋，小鱼仔，还有任选的面条，鲜粉，番薯粉，年糕，米面。

所有食材都由母亲亲自调配好备用，猪骨熬制的汤底，海鲜要每天从菜市场买最新鲜的，虾在水盆里突突地窜动，开煮的时候才夹几只放进去。食材在深褐色的砂锅里咕嘟咕嘟翻涌沸腾，沸腾到顶点的时候，关火，连锅上桌。

被父亲戏称为“大杂烩”的宵夜，则是我初中每个晚自习放学后最期待的美味：把一天卖剩下来的豆腐、青椒、排骨、笋干、豆角等等一股脑儿装到一个大盆里，然后在煤炉上加热到沸腾，连盆放到桌上，配着米饭和饮料，酣畅淋漓。

寒冷冬日里，那红红的炉火，炉上沸腾的食物，烟雾中父母的开怀笑脸，仍犹在目。

然而，生意毫无起色，没有顾客上门的失望，也让母亲的心思越来越不在店里。不费吹灰之力就能快速赚到大笔钱的欲念，使得她迫切地想要挣离眼前的这些束缚，到她的赌桌上去。

如果不是因为母亲，我也不会知道，赌博在这个看似平静的小镇已经泛滥到了何等地步：菜场、民宅、仓库、敬老院，甚至是香火袅袅的寺庙，都成了赌徒们肆无忌惮豪赌狂欢的场所。

母亲开始更长时间地待在赌场里，每天忙过中午的生意以后，便撂下店里的所有事情，连晚上需要贩卖的饭菜都懒得准备。很多时候她甚至赌得忘记了一切，直到夜幕降临，要吃晚餐的顾客上了门，她也不回来，只留下父亲一个人拼命干活，挤着笑脸应付着顾客们的抱怨和催促。

有次放学回家，我对着正在从沸锅中捞面的父亲，讨要二十块钱去买字帖。父亲沉默了片刻，从口袋里抠抠搜搜地拿出几张零钱，低低地说了句：“字帖也挺贵的啊，要是不买也行吧……就这么多，你省着点花。”

从小到大，我想要的东西，没有什么是父亲不愿意给的。和学习有关的书籍、文具，父亲向来都是干脆大方得很，第一次像今天这样，说出这种奇奇怪怪的话。

6

二〇〇五年，我到了县城里读高中，需要近万元的集资费。父亲居然是硬着头皮跟当时的邻居借的这笔钱，才将我送进了学校。

可那时的我，每个周末回家，依旧能吃到母亲做的蒸蛋。我从小就爱吃蒸蛋，蛋黄绵密蛋白嫩滑，无需多余的调料，在上面淋一点儿酱油和老酒就好。一碗四个蛋，我至少能吃掉三个。

天真的我根本没有发觉，在这样平和的表面下，却隐藏着令人胆寒的可怕事实——短短一年时间，母亲就像不知疲惫的陀螺，游转于散落在村子各个角落的赌场，输掉了多年来做生意存下来的积蓄，输掉了存下来的父亲厂里的分红，输掉了下一年就要交齐的房租，欠下了不知道多么惊人的外债。

母亲几乎彻底抛掉了店铺里的生意，除了准备当天必要的食材饭菜，剩下所有的时间都交给了赌场。父亲也阻止过、争吵过，可最终还是只能独自咬着牙，苦苦支撑店内的生意。

在这样的压力下，父亲得了抑郁症。这还是多年以后，父亲无意中向我说起的。

“睡觉是最可怕的，好端端躺在床上的时候，突然就感觉有人抓着我往下沉，也不知道是什么妖魔鬼怪，感觉连床也跟着一起晃来晃去，不知道要掉到哪里去，但我就是醒不过来，尤其是后来，我药没有吃对，又严重起来了，走在路上都有可能晕过去，那时候你妈啊，我说什么又都听不进去，也不管店里的生意，我再难受也只能是忍着，还有生意要做呢，店也得开啊……”

可不管怎样，父母还是小心翼翼地对我隐瞒住了这一切。每个周末我回家的时候，一如往常地给我准备鲜美的饭菜，和我嘻嘻哈哈地开着小玩笑。我没发现半点端倪，也忽略了父亲两鬓染上了灰白，变得愈发臃肿和衰老。

我是在读高三时知晓了这个秘密的。

那是一个深夜，我偷偷下了床，坐在二楼的楼梯口，听父亲母亲在楼下的低声讨论。

我家的老房子实在太狭小太破旧，几乎没有任何隔音的功效，他们就算再压低了声音，我也能断断续续地捕捉到他们话语里的主要内容。

“债已经欠下了这么多，店里生意难做，这个月利息还要这么高……”

“前几天那个人又来催了，说起码要还一半，村里的独生子女奖励金在我卡里，先把里面的钱拿去顶一顶吧……”

“女儿马上要考大学了，读书的钱得想办法借……你怎么赌那么大，啊？跟你说过十赌九输，根本不可能会有什么钱给你赢的……”

“我还不是想多赢一点吗？哪里知道运气这么差，就全都给吃进去了……”

很多话语都最终消逝在父亲重重的叹气声中，母亲的话不多，在说到欠债和利息的时候，语气中充满了不甘和气愤。

我独自蹲坐在楼梯口，一种前所未有的恐惧和害怕铺天盖地而来。我知道家里的生意不好，也知道母亲有出去赌博的习惯，但我从来没有想到事情已经变得这么严重。

欠债？到底会是多少钱啊……我不敢问，也害怕会从父亲口中听到更为残酷的事实。

在那以后，我一看到父亲沉默，一听到他们叹气，就心脏紧缩，全身冰凉。我害怕极了，控制不住地去想象：会不会我家的店就要开不下去了？会不会连这个家也会没了？

7

2008 年，在公路旁经营了五年的店铺被房东粗暴收回，父母再次失去了赖以生存的本业。在苦寻新店无果的情况下，母亲想到了一个在她看来最为合适的新营生——在赌场贩卖零食瓜果和简单的生活用品——赌徒通常是不会在意那几毛几元差价的，就算把价格提高个两倍也不是问题。

在这之后，我很少能够在周末回家的时候见上父母一面。他们每天扛着装满商品的大桶，像打游击战一样游走在各个赌场间，甚至比开店时还要忙碌——每天我下楼后只看到桌上早早烧好的饭菜，有时还会有一大盆母亲熬夜做好的卤味。

母亲的生意策略似乎真的奏效了，家里的日子似乎又慢慢好起来了。我在忐忑不安、又有些许期待的心情中考入了大学，带着他们花八千多块钱给我买的最新款笔记本电脑，开始了悠闲又轻松的大学生活。

远离家乡，我好像也渐渐远离了那些惊恐的日子，追追剧吃吃零食，和所有同龄的女生一样享受着美好的大学时光。我刻意地去遗忘和忽视一些东西，以为情况不会再坏了，至少不会比那时候更坏了。

直到有一天，我在宿舍接到表姐打来的一通电话。

“你知不知道，你爸爸妈妈现在欠了很多很多钱在被人到处追债？你妈妈打赌的事情，你知不知道？”

表姐在电话另一端劈头盖脸的一句话，让我瞬间回到了那个在楼梯口偷听的夜晚。

原来，赌桌上红花花的钞票和人群中爆发出的疯狂喊声，始终在诱惑和刺激着母亲。她在赌友的提议下，拿出了手头上所有能支配的钱，做起了高利贷生意。赌场的鼎盛时期，母亲的那一小笔钱。钱滚钱、利滚利，像滚雪球一样慢慢变成了一笔相当可观的积蓄。

可她没有拿着这笔钱还债，而是又义无反顾地杀到了赌桌上去。很快，这笔钱就像青烟一样消失了。

但是母亲已经赌红了眼，她拉着父亲，坐上专门拉载赌徒的车，去了很远的山上，每天拖着疲惫的身子，到处借钱，然后继续赌。父亲高度近视，摘下眼镜后几乎和盲人没什么两样。为了能够监督好母亲，也怕母亲会出事，他只能跟着母亲一起每天坐几个小时的车，一起爬陡峭的山坡，在母亲输钱的时候想尽办法为她筹钱还债。

一次，警察突然上山清缴赌场，母亲情急下躲在了一个木桶里，而父亲则在拼命下山奔逃的路上摔断了腿，从此落下顽疾。直到现在，他路一走多腿就会疼，上楼抬腿也十分艰难，几乎没有办法再走山路。

我不敢想象当我远在异乡时，他们过的是怎样的日子：像母亲这样没有任何后台、已经被压榨一空的中年妇女，赌场里也不会再有放高利贷的人愿意再借钱给她。

每天都有不同的债主上门来讨债，老房子的破门板被人砸得哐哐响，尖酸刻薄的女债主扯着嗓子在门外喋喋不休地咒骂，流里流气的小混混直接踹开了门，拿着棍棒和刀逼着他们跪下。

邻居们都在背后议论着我家欠下巨额债务的消息，说我父亲被人逼疯了，整个人变得痴痴傻傻，甚至还流传出了我在外地因为不堪重负、企图自杀的消息。

8

二〇一〇年暑假，我下了车，提着行李往家走，远远地就看到两个熟悉的身影坐在老屋的门槛后，低着头，伛偻着背，在一个个小圆球上涂上胶水，再将银色的亮片一张张地粘贴上去。炎炎烈日，暑气夹杂着化学塑胶的味道，充斥在鼻尖——他们怕风会吹得那些金色银色的亮片粉末到处飞舞，连风扇都没有开。

“反正在家里也没有事情做，现在做做这些小东西还挺流行的，你奶奶也有在做，我跟你妈也一起做做，就当赚个菜钱。”父亲的汗珠随着脸上黝黑的纹路滑落，裸露在外的膀子和腿早已经晒成了黑炭一样的颜色。母亲原本牛奶一样细腻的皮肤，竟然也已经晒成了黑黄的颜色，长长的头发盘在脑后，说不出的苍老。我永远忘不了那一刻我内心的震动，和无法抑制涌上心头的酸楚。

而这样的假期也并没有平静多久，一天晚上，母亲突然慌张地关掉了楼下的灯，然后嘱咐我赶紧上楼，无论楼下发生什么事、听到什么声音都不要下来。

然后，我就听到楼下有人砸门的声音，紧接着是桌椅在地面上剧烈摩擦的刺耳声响，夹杂着分不清男女的喊骂声，还有重物滚落在地上的闷响。我听到语气向来温和的父亲拔高了声线，吼到嗓音嘶哑：

“现在真的没有钱！不骗你们，真的没有！你们这样过来是要逼死我们吗？我说了只要有钱就一定还你，你们还想怎么样？啊？还想怎么样啊？！”

我呆呆地坐在楼上，看着面前跳动的电脑屏幕，戴上了耳机，调大音量。我感到愤怒、悲哀、害怕、羞耻，更感到无比的绝望。那一刻，我才真正体会到了自己的懦弱和渺小。

接下来的整个暑假，我都默默地陪着他们，一起做手工饰品。一个月下来，父亲从承包这些手工零活的工头那里领到了九百块钱。

拿到钱后，母亲马上去菜场买了一桌我爱吃的菜。她的手艺还是那么好，鱿鱼和五花肉滋味浓郁，鸡蛋羹嫩滑鲜美，猪蹄炖得软烂熟糯。在学校里的时候我每天都想念这些菜的味道，但终于吃到嘴里时，我却嚼出了满口的苦涩。

假期快结束的时候，父亲吞吞吐吐地问我，学费能不能跟班主任说一下晚一点交，或者有没有什么贫困助学金可以申请，还有我上小学的时候花了一万多买的那架钢琴，是不是可以当二手卖一点钱？

我在床上转过身，用被子盖住了脑袋，没有说话。

开学的前几天，父亲不知道在哪里借到了我的学费。两位几乎不曾碰面的婶婶突然到家里来看望我，坐在我的面前一边有一搭没一搭地嘱咐我好好学习、不要被家里的事情影响，一边时不时地相互交换一个眼神，里面闪烁着显而易见的讥讽和嘲弄。

她们走的时候，每人给了我两百块钱，我收下了。我知道现在父亲口袋里可能连五十块钱都没有，我不能再给他增添更多的负担。

那年，我还未满二十岁，早已没有了无忧无虑的年纪。

9

磕磕绊绊的，我终于毕业了，一结束实习就回到了家里。

母亲凭借着一手烧菜的好手艺，在县城的一个熟人开的棋牌室里当烧饭阿姨，父亲在旁边为她打下手，两个人加起来大概四五千左右的月薪。

每天深夜，母亲都会把顾客吃剩下的白米饭和一些干净的饭菜带回家，让我当宵夜和第二天的午饭吃。

将带回来的剩饭剩菜放在锅里热的时候，母亲微垂着头，低低地开了口："村里给咱家分的套房，爸爸妈妈就先卖掉了，比较匆忙，也来不及和你商量。你放心，以后妈妈一定给你买个更大更好的，一定会买的。"

不知从何时起，那个有些高傲的、严苛的母亲，已经变成了眼前这个笑容温和到有些怯懦的妇人。家里依然入不敷出、拮据窘迫，时不时还会有蛮横的债主找上门争吵，母亲终于没有了资本和胆量，不再去赌场了。

我却终于感到一种久违的心安。

老房子没有几样像样的家具，餐桌就在煤气灶边上，没有油烟机，每次母亲在老屋狭小的空间里做菜时，整间屋子里便烟雾弥漫，无比呛人。

午饭的时候，桌上多了一大盆鱼头豆腐汤。鱼头很大，表面煎得金黄酥软，衬着白花花的豆腐，色泽诱人，香气扑鼻。

我扒拉了一大口米饭，才开始吃这盆菜。豆腐滑嫩，鱼肉鲜美，鱼汤更是鲜香无比，我连着吃了好几口，十分好奇地问："妈，这是什么鱼头啊？是不是很贵啊？以前都没有吃过，很好吃！"

母亲噗嗤一笑，语气平淡，神情上却是掩饰不住的欣喜："这便宜得很，就菜场里那人卖剩下的鱼头，这种鱼头没什么人买，收了一块钱就当卖给我了，怎么，真的有那么好吃？”

闻言，我又惊又呆，这么好吃的鱼头，居然会没有人买？

母亲看出了我的疑惑，脸上笑意更浓了：“烧这个我可是花了很多功夫的，鱼头里面一定要洗干净，用热油把两面都煎了，最主要放的是我们家自己酿的糯米酒，慢慢多炖会儿，这样才好吃咧！”

“真的很好吃！豆腐和汤也好喝，我最喜欢吃这样的鱼头豆腐了！啊，怎么能这么好吃啊！”我一边埋头喝汤，一边摇头晃脑，陶醉地感叹。

母亲被我的模样逗得更开心了，笑容止都止不住：“这有什么稀罕的，你要喜欢吃，明天我让老板再给我留，多留几个，让你吃个够！”

这一刻，我才觉得，自己那个风风火火、勤劳能干的母亲又回来了——食材不分贵贱，更没有高低之分，一切只在于做的人是否用心。

每一口汤，每一口鱼肉，我都能吃出母亲饱含其中的无尽耐心和爱意——她用她的所有来爱我，这一点永远不会改变。

10

很快的，我在县城找到了工作。每个月三千多的工资，我会先抽出两千交给母亲。我知道这一点钱对于我家欠下的债务来说，只能算是杯水车薪。但我想尽我所能去帮他们分担一点点，哪怕只是一点点。

二〇一二年，父母终于又找到了一个位置绝佳的店铺。房东是过去的熟人，当天谈妥，交付好了定金。那天下午我正背着笔记本电脑，赶去给学生辅导功课。天空特别蓝，连续的梅雨悄然散去，空气中还带着一点湿润，路上母亲打电话过来，欣喜万分地跟我说了这个消息。

那一刹那，我被一种夙愿终于成真的巨大喜悦感贯穿全身，几近眩晕，激动得皮肤上的鸡皮疙瘩都要炸裂开了。我已经记不清自己是怎样回答母亲的话的，只记得一瞬间街道上的所有车笛鸣声和嘈杂声响全部隐去，只留下了那句：

我们家要重新开饭店了！

多少次我在梦里，都在帮忙把热气腾腾的米饭装好给顾客端上桌，梦见母亲系着围裙在锅炉前挥舞着锅铲，父亲在招徕着客人……

这一次，不是做梦！

这间拥有两间店面的新店铺，高大敞亮的门面，全玻璃落地窗，墙上贴的墙砖和地面上铺设的瓷砖都是我亲自去选的，墙面是磨砂的浅黄，地面透着淡淡的粉。

它距离儿时我家的那间点心店，只有不到几十米的路程，冥冥之中，曲折动荡，一家人又回到了最开始的地方。

父亲咬牙花了一大笔钱，做了发光字体的灯牌，店名是我母亲的名字。一切都是崭新的，一切都回到了轨道上。

开店六年，父亲母亲起早贪黑，努力经营着这来之不易的店面，拼尽全力偿还债务，将所有的精力和心血都投在了这家店里。那个会嫌弃抹布油污的女儿也早已变了，我会切洗食材、煮饭，每天打扫好店内的卫生，为客人装菜打包，快速准确地结账，微笑着送走熟客，麻利地端盘子理桌子，洗好一摞摞碗，也会为我能为这间小店尽力而感到满足。

店里的灵魂依然是母亲。每天五十多样的菜色，全部是她一个人准备的。打仗一样地忙完一天，晚上还有繁复纷杂的任务清单要去完成：炖猪蹄，做腌鱼干，做腌菜，买来鲜鸡做熏鸡，熬制虾酱，挖黄泥做咸鸭蛋，清明要做麻糍，冬至做糖团，过年晒酱油肉，喂养老家的鸡鸭……

这些极琐碎而又难熬的事情，让母亲曾经细白的纤纤十指，也粗糙起来，遍布老茧肿痕。可就算如今的她，已经是一个体态臃肿、普通平凡的中年妇女，唯一不变的，是她那依然白皙的皮肤，还有她最爱的砖红色口红。

而这些年吃尽了苦的父亲，也重新变得爱说爱笑，只是一头黑发早已花白。

尾声

岁月流转，四季变迁，一切终归平静。

我敲开了一只母亲用黄泥腌制的咸鸭蛋，用筷子轻轻一戳，蜂蜜一样的蛋黄油流了出来。

端午就要到了，晚上照例会有一群附近中学的学生来吃饭。这七八个孩子，从初一开始就在我家店里吃，今晚这顿，是他们参加中考前的最后一顿饭，这顿饭后，他们将各奔前程。

母亲在厨房忙活了一下午，专门做了时下孩子们爱吃的孜然羊排、水煮鱼、香辣花蛤和可乐鸡翅。当孩子们放下沉重的书包，看到满满一桌的菜时，有几个女孩子悄悄红了眼眶。

所有菜都吃得干干净净，一点儿没有剩下。

待他们走后，母亲一边收拾着碗碟，一边念叨着："读书不容易，希望他们都能上好高中，都考出好成绩。"

我的鼻子有些发酸，却忍不住地笑开来——我想我梦寐以求的平凡幸福，其实早已到来。

愿母亲的美食料理一如往昔，温暖灵魂，慰藉心灵。